夜のリフレーン

皆川博子
日下三蔵＝編

角川文庫
22548

夜のリフレーン　目次

夜のリフレーン 6
夜、囚われて…… 8
スペシャル・メニュー 23
赤姫 28
夜明け 35
陽射し 43
恋人形 58
赤い砂漠 76
紡《つむ》ぎ唄《うた》 83
踊り場 100
笛《ふえ》塚《づか》 120
虹 139

妖瞳 150
七谷屋《ななたにや》形《かた》 177
島 191
紅《あか》い鞋《くつ》 211
青い扉 232
新吉、おまえの 264
桑の木の下で 276
そ、そら、そらそら、兎のダンス 287
水引草 288
メタ・ドリーム 290
蜘蛛が踊る 295
そこは、わたしの人形の 298

あとがき　皆川博子 305
編者解説　日下三蔵 307
初出一覧 316

夜のリフレーン

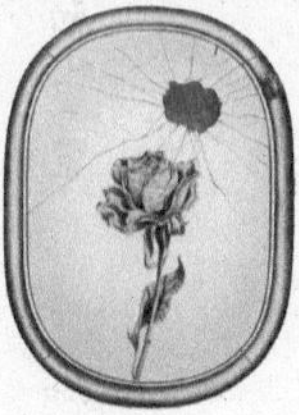

姉さん
今夜もまた、ヴィデオ・テープを観ましょうね。
姉さん
音をもう少し大きくしましょうか。耳のきこえない姉さん。
姉さん
画面をもう少し明るくしましょうか。眼の見えない姉さん。
姉さん
あなたの恋人が闘っています、今夜も。あれは、わたしの恋人でもあった男。
姉さん
あなたに奪われた、わたしの恋人が闘っています。あれは、試合の前に、カプセル入りの毒を、わたしに飲まされた男。
姉さん
耳もきこえず、眼も見えず、骨だけになってしまった姉さん。小さい壺《つぼ》のなかの姉さん。
今夜もまた、わたしたち二人の恋人が、リングで死ぬのを観ましょうね。

画／福田隆義

夜、囚われて……

女は、嘲笑《あざわら》った。濃い口紅のために、かえって皺《しわ》のめだつ唇。下瞼《したまぶた》の蒼《あお》ずんだ翳《かげ》り。羽をむしられた鶏のような咽喉《のど》。嘲笑いながら、女の目は暗く淋《さび》しかった。

「わかった？　それでもよかったら、殺してごらん。さあ。そうすれば、あんたにも、はっきりするわよ。さあ、突いてごらん」

女は、両腕をひろげた。孤独な鳥が、狩人《かりゅうど》にむかって何かを訴えるように。

女の背後には、窓が開いていた。四角く切りとられて窓枠に嵌《は》めこまれた夜空。

ナイフの柄《つか》は、彼の手にねばりついていた。

彼は、躰《からだ》ごと、女の胸にぶつかっていこうとした。

だが、彼は、女のわきをすりぬけた。その瞬間、女のかすかなにおい。梔子《くちなし》の香の香水と、乾いた夜と、死にかけた時間のにおい。熟《う》れすぎた追憶のにおい。

彼は、窓枠に足をかけ、身をおどらせた。

黒いなめらかな空が、彼を包みこんだ。

恐怖の叫びは、彼の咽喉から噴き上がったのか。女の声か。彼は、堕《お》ちてゆく。底のない闇の底へ。果てしなく堕ちる。

「うなされていたわ。怖い夢でも見たの？」

　闇が薄れた。部屋の中は、薔薇《ばら》色のやわらかい光。苺《いちご》色のカーテンが、射しこむ陽ざしを、あたたかい色にかえていた。

「汗をかいているわ。ほら」少し掠《かす》れた女の声。額に冷たいタオルの感触。女は、ついでに、彼の瞼にもタオルをのせた。

「眠りながら、涙を流していたわ。どうしたの。よほど、怖い哀しい夢？」

「忘れた」どんな夢を見たっけ。思いだせなかった。夢なんて、目ざめたとたんに、忘れるものさ。

　彼は起きなおった。ゆたかな部屋。この部屋には、彼の持っていないものが、何でも揃っている。

　スプリングのきいた、セミ・ダブルのベッド。ヴィデオ・カセット装置のついた大型テレビ。コンポーネント・ステレオ。サイドボードの中には、レミーマルタンやナポレオンがずらりと。

「何時？」

「九時よ」女は、まだネグリジェのままだ。乱れた髪が額をふちどっている。

「いけねえ。遅刻だ」

「早番だったわね」

「そう」

「たまには、お店すっぽかしたら？」やさしく誘惑する。

彼は、ふと、妙な気がする。ここに泊まったのは、はじめてのはずなのに、何だか前にも……。

「そんなことしたら、大変ですよ。クビになる」

「冷蔵庫に、ハムも卵もあるわ。あたし、まだ眠い。かってに食べて」

「いらない」

「少しでも食べないと、躰に悪いわよ」

こんなことを言うところも、郷里《くに》のおふくろに似ているんだなあ。もっとも、おふくろは、ネグリジェなんてしゃれたものは着ないし、寝まきのままで口紅をつけているなんて、だらしのないこともしないな。

「店でトーストでもかじるから、大丈夫ですよ、モカさん」

「あとで、また、お店に行くわ」

困るな、と彼は思う。店で働いているのは、彼一人じゃない。

彼の体温の残っているくしゃくしゃになったシーツの上に、女は躰をのばし、枕に顔を埋めた。

「遼《りょう》ちゃんの髪のにおいがする」

しつっこいものを食べすぎたときのように、胃が酸っぱくなった。

マンションを出て、彼は地下鉄の駅にいそいだ。外に出るとすぐに、女のことは心から消えた。かわって、若い娘の笑顔が心を占めた。

——あの娘《こ》、今日も来るだろうな。

あとでお店に行くわ。かさかさした女の声が、耳をかすめた。

＊　＊　＊

「休憩、かわってやるよ」コーヒーの粉をサイフォンに計り入れながら、彼は、相棒に言った。休憩は、三人の従業員が一時間ずつ交代でとることになっている。

U字型のカウンターの外側に、スツールが二十ほど並んだ、スタンド形式の小さい珈《コー》琲《ヒー》専門店が、彼の職場だった。ブティックを集めた六階建てのビルの二階の片隅にある。買物やひやかしの女性客が、コーヒー・ショップにも立ち寄って行く。ブティックの売り子も、休憩時間に訪れる。

「モカさんが来る時間かい」相棒がからかうように言う。モカさんというのは、あの女に店の従業員がつけた呼び名だ。ゆうべ彼女のマンションに泊まったことは、誰にも話していない。

いつごろから、あの女は、欠かさず店に来るようになったのだろう。来るたびに、

「モカをね」一杯か、時には二杯。三十分から一時間。たいてい、煙草をくゆらしなが

ら文庫本を読んでいる。その合間に、一言、二言、彼やほかの従業員と言葉をかわす。

今日は、暑いわね。そろそろ冷房が欲しいわ。

一日中立っていて、疲れるでしょ。

——おとなしそうな、やさしそうなひと。おふくろに、似ているな。彼はそう思ったのだった。

おふくろより、少し若いし、服もしゃれたのを着ているけれど。そんなことを思っているときに、ちょうどその女が入ってきたので、彼は、にこっと笑ってしまったことがあった。

「何?」モカさんは訊《き》いた。顔をあわせたとたんに、思わせぶりに笑われて、少し気を悪くしたような声だった。

「似ているんですよ。おふくろに」彼は、あわてて弁解したのだった。

モカさんは、とまどったような顔をした。

「ほんと。そっくりなんです。そっくりさん」

彼は、うろたえて、必要以上に強調した。悪意で笑ったととられたら困る。

「嘘じゃないんです。今度、写真持ってきてみせますよ。似てるんだから」

「そう」女も笑顔になった。

あとで、相棒に言われた。「ばかだな。おふくろに似てるなんて。あのひと、気を悪くしたぞ。せめて、姉さんに似ているとでも言えばいいのに」

「だって、おれ、姉さんいないもの」

「ばか。関係ないだろ、いてもいなくても。お世辞使うなら、もっと上手に使え」

「お世辞じゃないって。本当に似ているんだ」

次の日、彼はすっかり忘れていたのに、女から催促された。

「写真は？」

「あ、忘れた。明日持ってきます」

「きっとよ」

その夜は友人の下宿で飲んで泊まりこんでアパートに帰らなかったので、次の日も、写真を持ってこれなかった。また、催促された。

ようやく三日目に、角の少し折れた写真を見せた。女は首をかしげていた。

「自分じゃ、もっと美人だと思っているんだぜ」あとで相棒に言われた。

それから、女が彼に言葉をかける回数が多くなった。

店は年中無休だが、従業員は交代で週に一度休み番になる。

昨日の夕方、セーターにジーンズというかっこうで店にやってきた彼をみて、スツールに腰かけてモカを飲んでいたモカさんが声をあげた。

「あら」

「休みなんですよ、今日は」

彼は、モカさんの隣りのスツールに腰かけた。

「ぼくもモカ」

白いワイシャツに黒いヴェスト、従業員の制服の相棒が、カウンターの中から、にやにやしながら、女に説明した。

「こいつ、ドジでね、三、四日前に財布を落としちゃったんですよ。それで、せっかくの休みなのに、どこへも遊びに行けないんです。ここなら、コーヒーただで飲めますからね」

「本当？」モカさんは叫び声をあげた。

「まさか、全財産入っていたわけじゃないでしょ」

「それが、郷里のおふくろさんに仕送りしなくちゃならないもんで、ちょうど、貯金下ろして財布に入れたばっかりだったんですよ」

相棒が言い、彼は苦笑した。モカさんがあまり親身に心配そうな顔をするので、甘えた気持ちになって、つい、彼も愚痴をこぼした。

「煙草も買えないし、ミジメーって気分です」

「そんなかわいそうな話ってないわ。あとで東京のおかあさんがカンパしてあげる」

女の言葉を彼は聞き流した。冗談だと思ったのだ。ところが、彼が帰りかけると、モカさんも肩を並べてきた。「お小遣いにして」ズボンのポケットに何か押しこんだ。

「困りますよ！」彼は悲鳴みたいな声をあげた。折りたたんだ一万円札だったのだ。

「こんなの、困ります」突き返した。

恵んでもらうつもりで喋ったんじゃない。そんな下心があったようにとられるなんて。うっかり愚痴もこぼせないよ。

「ごめんなさい」モカさんは、あっさりお金はひっこめた。好意はわかるけれど、いやなやり方だな、と彼は少しこだわった。金さえあればいいってもんじゃないよ。こっちの自尊心てものも考えてくれよ。

そのとき、彼は、反射的にもう一人の娘を思い浮かべたのだった。名前はまだ知らない。ビルには、ブティックの他に本屋が一軒入っている。娘はそこで働いていて、週に一度か二度、コーヒーを飲みにくる。彼とは顔見知りになっていた。彼が財布をなくしたのに気がついたのは、その本屋で劇画の週刊誌を買おうとしたときだった。娘は、まるで自分が財布をなくしたように心配し、ロッカー室までついてきた。彼が、ロッカーの上に置き忘れたような気がすると言ったからだ。「困ったわね」娘は溜息《ためいき》をついた。あたし、貸してあげられるといいんだけど……。

無雑作に一万円札を押しつけてくるようないやみなことはしなかったな、あの娘は。したくたって、安月給でできないだろうけれど、それだから、いいんだよな。お金を落としたの？　それじゃお小遣いあげるわ。ぽんと一万円なんてのは、おれたちとは別世界の住人だ。おれとあの娘は、同じ人種さ。

それでも、彼は、「お夕飯をごちそうしてあげるわ」というモカさんの誘いにはのってしまったのだった。

「私、家族っていないのよ。いつも一人で食事するの。淋しいわ」

本当に、淋しそうな顔だった。

お金を押しつけられたときは、ちょっとしゃくにさわったし――一万円は、そりゃ、魅力あるさ。そいつを目の前に突きつけられて、ことわるこっちの気持ち、せつないんだぜ。何しろ、すっかんぴんなんだから。でも、まさか、物乞《ものご》いみたいにほいほい手は出せねえだろ、畜生――いやなやつだと思ったけれど、相手が悪気じゃないことはわかっていた。

食事ぐらいなら……。彼が承知すると、モカさんは、陽がさしたような顔になった。

マンションの一室に誘われ、スコッチの水割りを何杯も飲んで……。

「休憩、かわってやるよ」と相棒に言ったのは、モカさんが来る時間だからじゃない。彼女とは、長い夜とけだるい朝をいっしょに過ごしたのだ。でも、抱きはしなかった。おふくろみたいな年上の女に、酒と食事でまるめこまれてなんてだらしないざまにはなりたくなかったのだ。――それじゃ、あんまり、主体性ってものがなさすぎるだろ。でも、抱きたかったさ。酒飲んでると、相手がきれいにみえてくるんだよな。でも、しゃくだもんな。

モカさんを抱いてしまったら、本屋のあの娘と顔をあわせたとき、まっすぐ目をみつめられないような気がした。

モカさんも、臆病《おくびょう》なんだな。部屋に誘いこんだものの、はねつけられたらそれっきりだと思うのか、こういうことに慣れていないのか、ぶきっちょなんだ。外国の映画なんかだと、年上の女は、とても上手に若い男をあしらうのだけれど。

それとも、ただ親切に、金をなくしてろくなものの食えないおれにごちそうしてくれるだけのつもりだったのだろうか。

彼の体温の残るシーツに顔を埋めていたモカさんを、彼は思い出し、首を振って、その幻影を追い払った。

そのとき、本屋の娘が店に入ってきて、スツールに腰かけた。

――やっぱり、休憩を相棒ととりかえてよかった。きっと、この時間にくると思ったんだ。

「いつものと何だか味が少しちがうみたい」

彼のいれたコーヒーを二口三口飲んで、娘は言った。

「あ、わかる？」彼は声をひそめた。レジにいる店長にきかれるとまずい。「いつものブレンドじゃなく、ブルーマウンテンいれたんだよ」

「わあ、最高ね。あれ、高いのに」

ないしょ、と彼は合図した。

モカさんのところで中途半端な夜を過ごしたおかげで、彼は躰の芯《しん》が熱くなっていた。

どちらかといえば内気な彼が、娘と親しさを増すよう積極的につとめはじめたのは、モカさんの、ためらいがちに、それでいて執拗《しつよう》にのばしてくる触手をふりもぎりたい気持ちが働いたためもあったようだ。

この日から、娘と誘いあわせていっしょに帰るようになった。唇を知りあった。そうして、やがて、躰も。

＊　＊　＊

モカさんは、あいかわらず、毎日やってくる。時間は、まちまちだ。今日はもう来ないのかなと思っていると、閉店まぎわにあらわれたりする。あの夜のことなど忘れたような顔をしている。大人はずるい。戦局不利とみてとると、さっと退却して、何くわぬ顔をしているんだ。

本屋の娘とモカさんが、店でかち合うことがある。彼は娘と話しこみながら、モカさんの視線を感じる。濡《ぬ》れた鳥の羽が、そっと肌を撫《な》でるように、モカさんの視線は、彼の頬に首筋に、痕跡《こんせき》を残す。彼がふり返り、目が合うと、モカさんは、さりげなく微笑《ほほえ》んでみせる。

そのうち、モカさんは、娘と親しくなった。娘は、熱心に、感心したように、モカさんの話をきいている。

「あのひと、小説を書いているひとだって。そう言えば、名前、きいたことがあるみたい」娘は彼に告げた。「たしか、現実離れした幻想的な話を書くひとよ。たまにしか本出さないけれど。うちでも扱ったことがあるわ」

彼は、ちょっと肩をすくめた。劇画以外は、印刷物には縁がない。

モカさんは、娘を上手に手なずけたようだ。若い娘は、知的な職業に従事している同性の先輩に弱いものらしい。

＊　＊　＊

珍しく、モカさんが彼に声をかけた。「今日は、早番でしょ。帰りに寄らない？　あなたのおともだちといっしょに。おともだちは来てくださるって。私の誕生日なの」

娘はお祝いに花を買った。彼は何も買わなかった。モカさんはよろこんで花束を受けとった。部屋が華やいだ。この部屋には、何でもあるけれど——と、彼は思った。花だけは置いてなかったな。

ワインとブランデー。ワインは、薄紅《うすあか》いローゼ。口あたりのいい冷たいコンソメ。フィレ・ステーキ。グリーン・アスパラガスのサラダ。モカさんは、自分の皿のステーキを半分切りわけて、彼の皿にうつした。そうして、彼が食べかけて残したプチ・オニオンのグラッセにフォークを突き刺して、自分の口にはこんだ。彼の歯型と唾液《だえき》の残った小さい玉葱《たまねぎ》が、モカさんの舌の上にのり、嚙《か》みくだかれ、飲みこまれた。娘の表情がちょっとこわばり、モカさんと目が合い、娘は少しむりして笑った。招待されたお客さまなのだから、行儀よくしなくちゃ。

食事のあとで、モカさんは、アルバムをみせてくれた。

最後のページで、娘の顔色がかわった。

彼も、まっさおになった。一瞬、心臓がとまったような気がした。

モカさんの部屋。セミ・ダブルのベッド。眠っている若い男——彼。半裸で。

娘は、立ち上がった。しずかに、彼を見た。それから、テーブルの上のワイン・グラスをとると、彼の顔に投げつけ、女王のように胸をそらせ、まばたきといっしょに涙を一粒こぼして、部屋を出て行った。鉄の扉が激しい音をたてて閉ざされた。

彼がわれにかえったとき、モカさんが、これもしずかに微笑んだ。

彼は、思わず、テーブルの上の肉切りナイフをつかんだ。

「怒ったの？」

彼は、あえいだ。

「かわいそうに。私を殺したいの？」

彼女は立ち上がり、窓を背にして立った。そうして、言った。

「殺しても、何もならないのよ、遼ちゃん。あなたのナイフが私の胸にささった瞬間、私は目をさましてしまうかもしれないわ。いくら夢でも、殺されるのはやはり怖いもの」

あなたは、私の夢なのよ。ここは夢の牢屋《ろうや》。あなたは、孤独な、もう若くはない女の願望がつむぎ出した影。

　朝から夜まで、夜から朝まで、ほとんど誰とも口をきくこともなく、都会の隅っこで、原稿用紙の升目を字で埋めている。

　その字は、みんな、孤独という字ばかり。

お早う、こんにちは、さよなら、ただ、そんな挨拶《あいさつ》がしたいばかりに、毎日、なじみの喫茶店にでかけて行く――。

私はあの店からあなたを連れ出して、私の夢の中に閉じこめた。私が目がさめれば、あなたは消えてしまうのよ。あなたの恋も。

現実のあなたは、あの喫茶店で働いているわ。本屋の娘にちょっと好意を持って。でも、キスしたり躰で愛しあったり、それは、この牢屋の中でのできごとよ。私が眠っているかぎり、あなたはここからぬけ出られない。

女は嘲笑った。濃い口紅のために、かえって皺のめだつ唇。

　下瞼の蒼ずんだ翳り。

「それでもよかったら、殺してごらん。さあ。そうすれば、あんたにも、はっきりするわよ。さあ、突いてごらん」

　女は両腕をひろげた。孤独な鳥が、狩人にむかって何かを訴えるように。

　ナイフの柄は、彼の手にねばりついていた。彼は、躰ごと、女の胸にぶつかっていこうとした。

女の目の淋しさが、彼の心に刺さった。彼は、女のわきをすりぬけた。死にかけた時間のにおい。彼は、窓枠に足をかけ、身をおどらせた。——堕ちてゆく。底のない闇の底へ。

「うなされていたわ。怖い夢でも見たの？」

闇が薄れた。

部屋の中は、薔薇色のやわらかい光。

「眠りながら、涙を流していたわ。どうしたの。よほど、怖い哀しい夢？」少し掠れた女の声。

「忘れた」どんな夢を見たっけ。

彼は起きなおった。ゆたかな部屋。何でも揃っている。欠けているのは、女の若さと希望だけ。彼は、ふと妙な気がする。ここに泊まったのははじめてのはずなのに、何だか前にも……。

「何時？」「九時よ」「いけねえ。遅刻だ」……。

スペシャル・メニュー

エレヴェーターに乗りこんできた客は、一人だった。体格のいい、七十歳ぐらいの紳士だ。

「十二階」と、紳士は命じた。このビルの最上階である。

十二階には、フランス料理専門のレストランと、関西料理の小座敷、それに中華ヴァイキングの店がある。

「かしこまりました」あたしは12と数字を記したボタンを押した。自動式なんてみみっちいことは、やらない。お客さまには最上のサービスを、である。

「どちらの店においでになりますか」

箱が停まり扉が開いたとき、あたしが訊《き》くと、紳士は、フランス料理専門店の名をあげた。

紳士が下りるあとに続いて、あたしも大いそぎでとび出し、クロークのカウンターの内側に入った。カウンターのかげにかがんで、エレヴェーター係の制服を脱ぎ、クローク係の服を着、立ち上がると、紳士はすでに、コートを突き出していた。

コートを預り、合札を渡し、あたしはまたもや、脱兎《だっと》の勢いでフランス料理専門店の従業員控え室にとびこみ、ウェイトレス用の青いミニのワンピースを着、ひだ飾りのついたエプロンをつけ、少し息を切らせながら、テーブルについた紳士のところにメニューを持っていった。四十七歳にもなると、走りまわるのは楽じゃない。

「スペシャル、できる？」

紳士は、あたしの耳に口をつけるようにして、ささやいた。

「当店では、いたしておりませんの」

「そう」

紳士は淋《さび》しそうな顔をし、コンソメ・ア・ラ・マドリレーヌとメロンのポルト酒風とベニエ・ドゥ・ポワソンとコック・オー・ヴァンを注文した。とても品のいい、好感のもてる方なので、あたしはつい、七ヵ月ほどお待ちいただければ、と言いそうになり、止めた。

その日の客は、結局その紳士一人だった。

レジをしめ計算していると、クリーニング屋が注文をとりにきた。いつも、汚れたナフキンやクロスを出しているのだ。

「遅いじゃないの」あたしが文句を言うと、

「すみません。今までいた御用聞きが痛風で辞めてしまったものですから」と、革のジャンパーにジーパンをはいた新しい御用聞きは淋しそうに言った。よく見たら、さっきのすてきな紳士だった。

「あら、それじゃあなたがいつもくるクリーニング屋の……」

「はあ、主人です」

あたしと紳士は、人手が足りなくて困りますねえ、と嘆きあった。

あたしは自宅に帰るため、電車の駅に行った。マイ・カーも一時持っていたのだけれど、税金と強制保険の費用が高すぎて維持できなくて売ってしまった。

改札口で駅員に定期をみせる。あたしとほかに三人ほど乗客が改札口を通りぬけてホームに行くと、改札係がよたよた走って来て、ホームにとまっている電車の運転席につき、出発進行、とどなり、電車を動かした。

まったく、人手不足だ。

かつては一億近い人間が運営していた日本国を、たかだか七千人ぐらいの人間でやりくりしているのだ。

ところが、皆、高度の文明文化生活に浴した人ばかりだから、文明文化の水準をさげるわけにはいかないのだ。一億人がやっていたとおりの生活水準を維持しようと、けなげにも、七千人でがんばっているのである。東京都だって、せっかく近郊をスプロールし、ひろげにひろげた東京の勢力範囲を縮小するのはいやだから、都心流入制限をして、通勤距離一時間半の東京圏ベッド・タウンを確保しつづけているのである。

TVだって、観る人が少ないから局を減らしましょうというわけにはいかない。国営二チャンネル、民放は東京だけで五局、地方局も、つぶれては面子《メンツ》にかかわると、根性のあるところをみせている。文化水準は、断じて、下げるわけにはいかないのである。文化国家の体面は守りぬかねばならぬのである。

あたしだって、ギックリ腰に鍼《はり》を打ちながら、エレヴェーター・ガールとウェイトレスとレジスターと便所掃除と最高級フランス料理店、中華ヴァイキング、関西料理店の経営を兼業している。どれ一つだって、東京の文化人のためには欠かせないのだ。

文明文化国家を維持するには国費がかかる。厖大《ぼうだい》な国家予算を七千人で賄《まかな》うのだから、一人あたりの税金の凄《すさ》まじいことといったら、国税、地方税を合算すると、全税金は全収入をオーヴァーするのである。

モナコのように国家が国際ギャンブル場を経営し外人から金を吸い上げればいいようなものだが、人口減少とインフレーションは全世界的傾向なのだ。もちろん、海外旅行という文化文明的レジャーは消滅しない。五、六人の乗客をのせたウルトラ・スーパー・ジャンボ・ジェットが、国際空港の上空でごったがえしている。路線縮小とスピードの鈍化は、文化文明の後退であるからして、各社、赤字にめげず、がんばっている。

なぜ、これほど人口が激減したか、原因はいろいろあるらしい。新聞は三面記事だけ、TVは昼メロと歌バンしか見ないあたしには、核家族化がどうとかいう社会経済評論家の先生方のお話は、さっぱりわからない。

しかし、美味求真が一つの原因になっていることは、誰も表だっては言わないけれど、どうも確からしいのだ。

　食道楽は、文化人の資格の一つである。

　黒海のキャビアも、フォアグラも、食べあきた、猿の脳みそは、業者が大量生産のため変な餌を食わせるので味が落ちてきた、なんて言っているうちに、仔牛《こうし》の肉よりやわらかく、猿の脳みそよりコクがあり、舌の上でとろりととろけ、しかも腹にもたれない、一度食べたら忘れられない、この世で最高の料理の存在が、ひそかにささやかれはじめたのである。

　最初は本気にしない者の方が多かったそうだ。今だって、そんな料理は存在しないたてまえである。

　その料理の製法を書くと、本は発禁になり、編集者と筆者は告訴され、過激人道主義派の襲撃を受ける。

　誰も、そんなものはないと言っているが、あたしは、店にくるお客さんによくきかれる。スペシャルは？　って。

　あたしはまだ食べたことがない。ちょっと抵抗感があった。でも、三ヵ月ほど前、たのしい一夜を過したおかげで、独り身のあたしも、もう少し待てば材料が手に入ることになった。最初で最後のチャンスだろうな。あたしも四十七なのだから。要するに、あたしの細胞の一部分じゃないか、とも思うのだけれど……。やはり、ちょっと、抵抗があるなあ。でも、みんな、やっているんだし……。

これでも、昔は繁盛した芝居小屋でした。さびれたのは、テレビのおかげです。そう、わたしは思います。決して、市川珊瑚《いちかわさんご》のあの事件のせいじゃない。まして、今度、市川扇之助《せんのすけ》が珊瑚の亡霊にとり殺されたなんて、与太でございます。扇之助は、警察のお医者さまのお見立てどおり、心臓の発作で死んだんでございます。大酒のおかげで、ずいぶん軀《からだ》が弱っておりました。

家の居間で、チャンバラだろうが、スリラーだろうがたのしめるんですから、わざわざ、便所のにおいのする芝居小屋に、どさ廻《まわ》りの舞台を見に出むいてこようという客は、めっきり減りました。

思い出しますねえ。ひところは、板の間にゴザを敷いた見物席は、もう、すし詰めでした。二階だって、手摺《てすり》がこわれるんじゃないかとひやひやしたくらいです。定員は百五十ですけれど、消防署の目をかすめて、いくらでもつめこみました。

お目当ての役者が出ると、祝儀《はな》がとぶんです。むき出しの現金ですよ。ぎっしりつまった客をかきわけて、舞台のきわまで行って、どうかすると舞台の上までのぼっちまって、役者の懐につっこんでやると、役者も心得たもので、そりゃあいろっぽい流し目で、手なんか握ってやる。役者にのぼせあがるのは、自分で商売をしているような、金はあるけれど、肌淋《さび》しい中年過ぎた女たちです。女にとことん貢がせるのが、どさの役者の甲斐性《かいしょう》なんです。

　この小屋は、わたしの父が持っていたもので、父親が死んでから、ひとり娘のわたしがひきつぎました。

　昔から、汚なさかげんは変りません。便所のにおいが客席に流れるのも、階段がきしむのも、最初《はな》っからです。

　それでも、楽屋風呂《ぶろ》はけっこう広くて、役者さんたちに喜んでもらえました。父親が役者を大事にする人だったんです。脱衣所に大きい扇風機を備えたのも父でした。夏場は、たいそう重宝がられました。

　わたしは小屋で育ちました。母親はもぎりをやり、わたしも小さいころから座蒲団《ざぶとん》貸しだの、お茶売りだの、手伝わされました。

　小屋の板壁には、わたしのいたずら書きが残り、楽屋の壁や床には先輩にいじめられた若い役者の涙や、色恋のもつれで刃傷沙汰《にんじょうざた》になった刃物の痕《あと》や、いわば幾つもの人生の痕跡《こんせき》がきざみこまれ、楽屋風呂の湯舟には、溶けた白粉《おしろい》や紅がしみこんでいました。

　汚なかろうと、小屋には活気と華やぎがありました。

わたしの小屋がさびれたのはテレビのせいですが、市川扇之助一座の逆境は、座長扇之助の女房が子供を連れて出ていったのがきっかけだと思います。

役者は、ひいき客に買われるのも商売のうち。扇之助は、色ごとが多うございました。楽屋に女客が何人も鉢合わせする。扇之助はそのなかの一人に目をつけると、今夜はあれと寝るよ、座員にはおおっぴらでした。出が素人《しろうと》のかみさんには、がまんができなかったんですね。

扇之助は、いい役者でした。おドサにしては、芝居に品がありすぎるのが玉に瑕《きず》という人もありましたが。

扇之助が座員のなかでもとりわけ珊瑚に目をかけ、いい役を与えるのが気にくわない者も何人かいて、前から何となくおもしろくない空気ではあったんですけれど、かみさんが出ていったのを機会《しお》にそういう連中が座を抜けた。欠けはじめると、残った者も浮き足だつんですかねえ、足を洗って堅気の職につきますとか何とか、十八人いた座員が七人に減っちまったんです。

どさ廻り——近ごろでは大衆演劇といいますけれど、わたしはドサという言葉の方がはるかに好きですねえ。何でこれが蔑称《べっしょう》であるものですか——の芝居は、文字で記した台本なんかありゃしません。座長が口立てで筋を作ってゆくんです。座員はそれを頭に叩《たた》きこみ、すぐ立稽古《たちげいこ》です。当然、舞台でアドリブも多い。受けこたえの機敏なこと、のみこみのよさ、たいしたものですよ。

人数が減っちまったから、扇之助も筋を作るのに苦労していました。芝居は日替わりなんです。一週間なり十日なり、一つ小屋で、芝居を二本と歌謡ショーの三本立て、毎晩違うものをやるのです。年に二回、三回、同じ小屋に来て、演じものは決して重複させません。たえず新作を作っていかなくちゃならない。まあ、似たりよったりの筋も多くはありますけれど。

たった七人では、いかにも侘《わび》しい。客の乗りも悪い。扇之助劇団の危機、というのも大袈裟《おおげさ》ではありませんでした。強気な扇之助が、いっそ解散しようかと弱音を吐いたくらいなんですから。

それを救ったのが、珊瑚だったといえましょう。金まわりのいいひいき客が、行く先ざきでつくのです。きれいな若者でした。小柄で華奢《きゃしゃ》なので、女形《おやま》をよくやりましたが、逆に、むしりの鬘《かつら》でちょっとニヒルな男の役をやらせると、奇妙に倒錯した凄《すご》みが出るのでした。

珊瑚の強みは、若いだけに、ギターでもドラムでも、何でもこなしてしまうんです。歌謡ショーにひとり数役のバンドをとりいれたのは、珊瑚の発案です。宝塚の男役みたいに目ばりをいれ、つけ睫毛《まつげ》のメイクアップの珊瑚が、やくざ姿の着流しで、汗を散らしドラムを叩きエレキギターをひき、歌う。これが受けました。邪道だなんて言ってはいられません。中年の女客たちが、確実に、セクシュアルな昂奮《こうふん》状態にひきずりこまれるのが、客席のうしろで見ているわたしにもわかりました。

客の昂奮は、一万円札であらわされるのです。珊瑚の軀じゅうに、札が貼りつけられてゆきます。

他の役者も煽《あお》られて気合がはいり、一座は立ち直ったようにみえました。

珊瑚は死にました。わたしの小屋の楽屋風呂で、湯を真赤に染め、そりゃあきれいな死に顔でした。手首を切ったのです。一応、自殺ということに結着つきましたけれど、一座の者も小屋主のわたしや下足番なども、ずいぶん厳しいお調べを受けました。扇之助が殺したという噂は、根強くひろがっていました。扇之助のひいき客を珊瑚が奪った意趣返しだとか、珊瑚の人気を扇之助がねたんだのだとか、歌謡ショーで扇之助が歌っているとき、珊瑚がバックのギターをかってにロック調にかえてはしゃぎまわり、扇之助を立往生させ恥をかかせたからだなんて、馬鹿馬鹿しいことを言うものもいました。

扇さんは座長だよ、そんなことで遺恨を持って人殺しするような、けつの穴のせまい男なものか。わたしは言いかえしてやりましたよ。

それが、ちょうど一年前、去年の秋のことでした。

芝居者は迷信深いので、わたしの小屋の楽屋風呂に珊瑚の幽霊が出るという噂がたつのに、時間はかかりませんでした。

舞台化粧のまま風呂に入った役者が、溶けた自分の血糊《ちのり》を本物の血とまちがえて悲鳴をあげたり、風で電線がうなるのを不気味な音がしたと鳥肌立ったりしているのですから、いくじがないったらありゃあしません。

よその土地を廻り歩いて、再びわたしの小屋に来た扇之助を見たとき、わたしは、だめだ、と思いました。役者の花がまるでなくなっていました。

扇之助は、楽屋風呂で死にました。床に倒れていました。手首を切ったんじゃありません。ただ、心臓がとまったんです。警察のお医者さまだって、そう言っておられます。

わたしは、小屋に火をつけました。はい、放火いたしました。

扇之助の死に、わたしの小屋の末路を見る思いがいたしましたんです。わたしの分身のような小屋が、みじめに老い朽ちてゆくざまを見たくなかったんでございます。

金銀の縫いとりをあしらった豪奢な赤姫の衣裳《いしよう》をまとったように、わたしの小屋は絢《けん》爛《らん》と燃えあがり、燃えつきました。わたしは満足でございます。

扇風機の羽根に埃《ほこり》がなかった……、確かなんですか、それに気づいて不審を持ったのは、座員のひとり？ それでわたしのしたことを推察して、警察に告げたんですか。それじゃ、しかたございません。かくしとおせるか、ばれるか、ばれてもかまわないと、わたしは思っておりましたんです。小屋も焼いたことですし、べつに娑婆《しやば》にみれんはないんです。老い朽ちる前に、わたしも消えた方がいい。脱衣所の扇風機のコードの被覆をむいて、その部分を浴室にひきこみ、桶《おけ》のかげにかくしておきました。扇之助が床にあぐらをかいて躯を流しはじめたとき、扇風機のスイッチを入れました。湯のたまった浴室の床は、そのまま、刑場と化したんでございます。躯が濡《ぬ》れていると、皮膚抵抗が少くて、電流斑《はん》ができないんだそうでございますね。扇之助は、噂どおり、珊瑚を殺しております。嫉妬《しっと》からですけれど、ひいき客を奪われたからではなく、珊瑚の気持ちが扇之助から他の女にうつったのが許せなかったんでございますね。

珊瑚は、わたしの産んだ子供です。誰も知らないことですけれど。

と、どう、扇ちゃん、こんな因果話。今度のお芝居の筋にゃならないかしら。おまえさん、アイデアに困っているようだからさ。原作料はおよこしよ。

誰さ。静かにおしよ。いま座長と打ちあわせ中なんだから。

え、珊瑚が？　楽屋風呂で……！

夜明け

——昔この所にて御狩《みかり》の有りしに、御鷹《おんたか》を失なひここかしこを尋ね給《たま》ひしに、一人の野守参りあふ。いかに翁《おきな》、御鷹の行方や知りてあると御尋ねありしにかの翁申すやう……

「野守」より　世阿弥元清《ぜあみもときよ》

「ずいぶん探したんだよ」

見知らぬ男は言い、隣りに腰を下ろした。小柄で痩《や》せた初老の男であった。

「肉色が落ちたじゃあないか」

奇妙な言いかたをして、わたしの顔をすかし見る。

夜が、男の目鼻立ちに紗《しゃ》をかぶせていた。

夜——といっても、まだ九時にもならない。夏なら宵の口でとおる時刻だ。

黒い森にかこまれた神宮の境内は、わたしと男のほかに、人の姿はない。

街娼《がいしょう》とでも思っているのか、と、わたしは狎《な》れ狎《な》れしく寄ってくる男から、少し躯《からだ》をひいた。

ひと足森の外に出れば、しゃれたブティックやレストランの並ぶ街に、ホワイト・クリスマスとジングル・ベルがからみあい、赤鼻のとなかいが駆けまわり、街路樹に色とりどりの豆電球が明滅し、若いペア、家族連れ、笑い声、話し声、今夜のうちに売り切ってしまおうと、店頭に山積みにされたデコレーション・ケーキの函《はこ》を前に声を嗄《か》らす売り子たち……。その明るさにいたたまれず、神宮の静寂に逃げこみ、ベンチにからだを憩《やす》めたのだった。疲れきっていた。

良彦《よしひこ》と約束の時刻は、九時半。場所はH＊＊ビル一階のレストランK＊＊。

店に入って待っている方がいい。良彦から、予定変更の連絡電話がかかってくるかもしれない。そう思いながら、眩《まばゆ》い電光の下に移る気になれない。

「爪嘴《つめはし》がのびただろう」

初老の男は、わたしの手をとった。なぜか逆らう気になれず、手をゆだねる。快い安《あん》堵《ど》感がわたしを浸す。膝《ひざ》の上に上向けにのせ、手首を押さえた男の指の力は、鉤《かぎ》のように強い。その強引さが、安らいだ気持の底に、ふいに憎しみを呼びさました。手をひき抜こうとしたが、男の力に勝てない。男は、鋭利な刃物をとり出し、わたしの中指の爪の先端を削《そ》いだ。

「おまえは、強情なやつだ」

「兄さん？」

この男が、わたしの兄であるわけはないのに、わたしは思わず呟《つぶや》いた。おまえは、強情だ、強情だ、と幼いころからわたしを押さえつけたのは、長兄だった。父を早くに亡くし、家長になった長兄は、父親の役もひき受けたのだが、男親の度量の広さを持ちあわせなかった。

この男の風態《ふうてい》は、都会では見なれないものだ。短く刈りこまれた髪は半ば白い。膝までの着物の上に黒羅紗の絆天《はんてん》、浅葱《あさぎ》色の股引《ももひき》に脚絆をつけ、職人の親方といったふうだ。

「おまえの部屋は、ほかのやつには使わせない。おまえが逃げたときのままになっている。おまえがすぐにも水浴びできるよう、水舟には清潔な水をたたえてある」

そう言われると、奇妙なことに、狭い暗い小屋の内部が、眼の裏に浮かんだ。藁《わら》を厚く敷きこんだ土間の一隅に、畳半分ほどの大きさの浅い水槽がしつらえられ、丸竹が柱から柱にわたしてある。こんな場所を、夢のなかでも、見たことがあったろうか。

長兄の家にいたとき、わたしの部屋はなかった。二DKの公務員アパートなのだから、当然だ。長兄は郷里の鹿児島から上京して、東京で就職し結婚した。わたしは未婚のまま中絶したために郷里で悪評をたてられ、家を出た。長兄の家以外に、頼るところはなかった。良彦と結婚したのは、長兄の鎖を断ち切るためだったろうか。そのころ、良彦はやさしかった。

絆天の男は言った。

「おまえはな、わたしが捕えてから、二週間も餌に喰《く》いつかなかった。強《きつ》いやつだった。ふつうは、繋《つな》いだその夜か、二、三日後には喰いつくものなのだがな。その後、調教《つめ》をはじめた。十日、餌を与えずにおいた」

わたしは、空腹であることを思い出した。会社で昼食をとってから後、何も食べていない。食事どころではなかった。

会社からアパートに帰ってきたら、レイがいなかったのだ。

ゆうちゃんちに行くよ。レイ

テーブルの上の紙片に、小学校二年のレイの、たどたどしい字があった。

迎えに行こうと立ちかけたとき、電話のベルが鳴った。

田上《たがみ》さんの奥さんですね。田上さんはおられますか。

田上とは別居しています。どこにいるのか、わたしにもわかりません。

住所はそちらになっているんですがね。

ええ。彼の名義で借りていますから。でも、彼はここにはいないんです。

かくすと困ったことになりますよ。

かくしてなんかいません。居場所がわかったら、わたしの方が教えてほしいくらいです。

アパートの家賃だけは、良彦が負担する約束だった。月に一度、土曜日にアパートに来て、レイの面倒をみる。そのとき家賃も渡してくれる。その取り決めが、三ヵ月前から守られていない。ご主人はいますか、という電話があちらこちらからかかってくるようになったのも、そのころからだ。朝の七時ごろベルは鳴りはじめる。夜九時ごろまで、断続的にかかってくる。日中は、わたしは会社に出ているから、ベルに悩まされなくてもすむけれど。声はさまざまだが、どれもサラ金の取り立てであることにはかわりない。良彦が悪質の賭博《とばく》に手を出し、生活費を渡さなくなったのは、そのだいぶ前からだ。

ゆうちゃんの家に行くと、

レイちゃん、おうちに帰ったんじゃないんですか。

ゆうちゃんの母親は、けげんそうにわたしを見た。

四時ごろ、遊びにみえたんですよ。二人で外に出て、ゆうじは五時に一人で帰ってきたの。うちは、五時を門限にしていますから。うちのゆうじは、きちんと約束は守るんですよ。もう、七時でしょ。奥さん、いつもこんな時間にお帰りになるの。それじゃ、レイちゃん淋《さび》しくてかわいそうね。

ゆうじの母親は、急に身をひき、ドアを閉めた。怕《こわ》い眼……。そう言ったようにきこえた。

陽の落ちた空が頭の上にひろがっていた。かすかな鳥の羽鳴りを、わたしは聴いたように思った。胸苦しさは、レイのいない不安のためばかりではなかった。郷愁に、それは似ていた。

アパートに走り戻り、心当たりの家に電話をかけ、レイが行っていないか、たずねた。長兄のところにもかけた。おまえがだらしないから、子供までだらしなく、かってに出歩くのだ。帰ってきたら、綱をつけて縛りつけておけ。

受話器を下ろすことで、長兄の声を断《た》った。良彦から電話がかかってきたのは、その直後だった。

レイといっしょにいる。クリスマスだから……。

どうして、黙って連れ出したの。

返事はない。つごうの悪い話になると、黙りこむ。

わたしに会いたくないからでしょ。会えば不愉快なことを言われると思って。

せっかくのクリスマスなんだから、三人で食事でもしようや。九時半に、K**で待っている。H**ビルの一階だ。

レストランで食事って、そんなおかね……。

電話は切れた。

レイのいるところでは、良彦の居場所を探すサラ金からの電話で困り果てていることなどわたしは話題にしないと、良彦は承知している。

レイが無事とわかり、いくらか気が軽くなった。少しは身なりをととのえて出ようと、たった一つ、わたしが持っている値打ち物、亡父の妹からもらった真珠のネックレスを出そうとして、紛失しているのに気づいた。気のぬけた声で笑った。わたしのパールで、良彦はクリスマスの家族の団欒《だんらん》をするつもりなのだ。どうでもいいわ。呟いて、良彦が署名と捺印《なついん》をすれば提出できるようになっている離婚届を箪笥《たんす》の抽出《ひきだ》しからとり出し、バッグにおさめた。

「捕えてから、ここまでおまえを馴らすのに、二ヵ月かかった。すっかりなついたと思ったのが、油断だった」

男は言い、黒羅紗の絆天の下から、何かとり出した。鳩であった。両羽を背の方に組まれ、身動きできずにいるが、生きていた。黒い眼は光を失っていなかった。

男は右の親指を鳩の胸にあてた。そのとき、わたしは、朱色の紐《ひも》がわたしの足首に、いつのまにか結びつけられているのを知った。

男は親指に力をこめ、鳩の胸を突き破った。親指は付根まで胸毛の奥に喰いこんだ。血にまみれた小さい肉塊を掻《か》き出した。鳩は首を垂れた。

「心臓だ。一番うまいところだ。さあ、生き餌の味を思い出すがいい。明日からでも、野仕込《のじこみ》に出よう。白鷺《しらさぎ》、五位鷺、野鴨、おまえが自分の爪で捕えてくるのだ。うまく捕えたら、また心臓を喰わせてやろう」

肉塊は舌に温かく、のどを滑り落ちるときも、まだ温かかった。ひく、と動いたような気がしたのは、錯覚か。

「さあ」

男が朱色の紐をひいたとき、わたしは男の顔を爪で薙《な》いだ。両手で顔をおおい、仰向けに倒れた男の懐から刃物を奪い、紐を断ち切った。紐は絹糸に革を綯《な》いまぜた強靭《きょうじん》なものだが、苦もなく切れた。わたしは、子供の顔を忘れた。翼をひろげた。

深い雪山の樹々を打ち鳴らす風の音を聴いた。

夜、鳥たちは眠っている。わたしの羽搏《はばた》きは、彼らを驚かし、飛び立たせるだろう。
わたしの懸爪《かけづめ》は彼らをとりひしぎ、嘴《くちばし》は彼らの胸を突き破るだろう。
やがて、朝の陽は朱《あか》いしたたりに彩られた玉砂利を照らし出し、太陽の黒点に紛《まが》う、
遠い鷹の、かすかな羽鳴りを、地上の人は聴くだろう。

陽射し

お父さまと、手をつないで歩いていた。枯れた草が靴の下で、音をたてずにくずれた。葉を落とした木立の梢《こずえ》が銀色に毛羽《けば》だった空に迷路をつくり、そのあいだを薄墨《うすずみ》色のもやが流れ、湖の底のように静かだった。お父さまはひどく背が高く巨《おお》きくて、下から見あげると、ほとんど顔が見えないのだった。

「小指が光っているよ」

――小指が光っているよ。

夢のさめぎわに、そう、きこえた。

背すじをのばし、机の上の教科書《リーダー》に目を落とす。隣りの席から鉛筆がのびて、教師が音読している箇所を示してくれた。

小指が光っているよ。

お父さまの声だったな。

お父さまときたら、夢とうつつの境界線を平気でのりこえちゃうんだから。

濡《ぬ》れた衣服をぬぐように、夢をぬぎ捨ててうつつに戻ったのに、その声は、まつわって離れない仔犬《こいぬ》みたいに、夢の木立のなかから、めざめるゆう子についてきてしまったのだ。お父さまったら、自分が死んでいるのも気がついていないんじゃないかしら。ゆう子は右手の小指を窓の方にかざしてみた。内側から、仄《ほの》かな光が透《す》けて明るんでいるような気がした。父の手の感触が、手のひらに残っている。父の手は大きくて樹の肌のようだった。以前は、湿っていた。死ぬと水気がなくなる。

家に帰りつき、玄関の三和土《たたき》に揃《そろ》えられたハイヒールを目にした。金色の仰々《ぎょうぎょう》しいバックルで飾られたハイヒールである。爪先《つまさき》が傷んでひび割れている。

居間に通じるドアが開いて、母が顔を出し、

「お帰り。登喜子《ときこ》叔母《おば》さまがみえてるのよ。ごあいさつして」

少しつくろった高い声で言う。

わかってる、と、ゆう子はうなずいた。母がひっこんでから、もう一度、ハイヒールを見下ろした。

父が死んだあと、母と、大学一年の姉、中学三年のゆう子、女ばかり三人の暮らしがつづいている。思いのほか、ぐあいがいい。たがいに気をつかいあったりしなくても、なめらかに時間がすぎてゆく。もろいガラスの器をそっと抱き持っているような、はらはらする思いは、いらなくなった。もちろん、お父さまは、あたしたちの前では、危なっかしいところを見せないように気をくばっていた。あたしたちも、気がつかないふり

をしていた。

映画館でお父さまをみかけたのは、去年——ゆう子が中学二年の夏休みだった。補習をさぼり、冷房のきいた映画館に入って、通路ぎわの空いた席に腰かけたら、すぐ前の列に、お父さまが椅子の背に頭をもたせかけて眠っていたのだ。また会社をさぼっていると、すぐにわかった。

こんなとき、二人で、〝わァ、どっちもおサボだね〟と笑いあえるふうだったら、最高なんだけど。あたしはそれができるけれど、お父さまは、だめだ。

だいたい、お父さまは、会社や学校をさぼって映画を観るのが、悪いとは、ちっとも思っていないのだ。ただ、みじめなことだと、思いこんでいる。逃避の原動力は、劣等感なのだ、お父さまの実感では。

お父さまの場合は、たしかに、そうだ。だから、子供には絶対知られたくないことを知られてしまった、と自己嫌悪に陥り、その上、あたしが校則を破って独りで映画館に入っている、あたしが非行化している、あたしが学校でみじめな思いをしているのにちがいないと、うろたえてしまう。そうわかっているから、ゆう子は、父に気づかれぬよう、息をひそめていた。せっかくおもしろそうな映画だったけれど、終わって客席が明るくなる前に、外に出た。

ゆう子が大学を卒業したら、おれも会社をやめていいな、と、父が母に訴えるような調子で言っているのを、ゆう子は耳にしたことがある。ゆう子が中学に入った年で、

〃あと十年か、長いな〃深い淋《さび》しそうな吐息がつづいたのだった。あたしだって、学校、たのしいばかりじゃないよ、お父さま。同じ痛みをわけあう慰《なぐさ》めやはげましになるはずの言葉だけれど、それを口にしてはいけないと、ゆう子は承知していた。父にとっては、二人の子供が、自分のような痛みは知らず、無邪気にのびのびと暮していると思うことが、唯一の救いであるようだった。

「ゆう子、何をしているの」

ドア越しに、母の声。ゆう子は、靴をぬぎ、階段をのぼった。二階には四畳半の和室と六畳の洋間が並んでいて、洋間は姉とゆう子が共用し、四畳半は、父が〃とじこもる〃部屋だった。

六畳は、カーテンで半分に仕切ってある。手前がゆう子、奥が姉の領分である。制服をブラウスとスカートに着替え、机の前に腰かけた。本やノートが乱雑に積み上げられた机のわずかなスペースに頬杖《ほおづえ》をつく。右手の小指を見る。

小指が光っているよ。

お父さまは、夢の終わりに、ときどき声をきかせてくれるようになった。

目がさめたとたんに、夢のなかみは忘れてしまうのだけれど、声だけが、はっきり残る。

――人はだれでも、死ぬときに、何か一つ、もらえるんだよ。

そういう声をきいたのは、一月ぐらい前だったかな。

だれがくれるの。お父さまは何をもらったの。

そう聞きかえしたかったが、夢のさめる方が早かった。

お父さまがもらったのは、何だろう。〝鍵《かぎ》のかかる部屋〟かな。〝とじこもる部屋〟は和室なので、鍵はない。つけようと思えば、襖《ふすま》でも何か細工《さいく》はできるのだろうけれど、たぶん、お母さまやあたしたちが不愉快がると思ったからだろう、鍵で閉ざすことはしなかった。ゆう子たちの部屋も、洋室だけれど鍵はない。

火葬場の炉の扉は外から閂《かんぬき》がかかるらしいと、ふと連想し、ゆう子は、頭《かぶり》をふって、赤く灼《や》けた鉄の扉や、すきまからちろちろのぞく火の色や、ごうごうという音を、頭から追い払おうとした。本物の炉は見ていない。すきまなんて、実際はないのだろう。外からは燃えているとわからないような、近代的な設備なのかもしれない。

階段をのぼってくる足音。

あいさつをしないで部屋に入ってしまったので、お母さまが叱りにくるのかなと、ゆう子はちょっと眉《まゆ》をひそめた。

母の足音に、もう一つの足音がかさなる。叔母さまもいっしょにのぼってくるのだ。

「ものすごく、ちらかっているんですよ」

きまり悪そうな母の声だ。

「かたづければ、子供の部屋に使えるんですけど、どこから手をつけていいかわからないくらいで」

お父さまの部屋のちらかりようは、並みじゃないのだ。本とごみとレコードとカンヴァスとで、ほとんど床が見えないのだけれど、その本とごみとレコードとカンヴァスの山をむりに押しのけて、絵具箱だの筆洗だのがおいてある。そうして、お父さまが腰を下ろしたり寝そべったりする場所だけが、積み上げた本やごみの間に昏《くら》い穴みたいにあいている。絵具と溶き油と莨《たばこ》のにおいと、食べ残しの腐った食物のにおいと、お父さまのからだのにおいが、窓と雨戸を閉めきった部屋に、いつも、こもっていた。このごろは、いくらか薄れたけれど。

部屋は、お父さまの、異次元への通路だった。

「そりゃあね、すぐには、かたづけてしまう気になれないわよね」

叔母と母のかわす声が、少しずつ近くなる。

「でも、これでもう三箇月かしら。早いわね。つい、このあいだのような気がするのに」

「ええ。ぼんやりしていて、気がついたら、三箇月……」

「大雪だったわね」

「東京では珍しいくらい」

「この階段、急ね」

「建坪を節約してあるんです。建売りだから」

「じゃ、見せていただくわね」

二人は、隣りの部屋——お父さまのとじこもる部屋——に入った。

建売りの安っぽい家だから、壁は、音に関しては、無いのも同然だ。お父さまは、レコードを聴くときは、ヘッドフォーンをつけていた。お父さまが聴いているヘッドフォーンを、つけてみたことがある。

頭の中で凄《すさ》まじい音が爆発した。

そのヘッドフォーンは、父が死んだあと、ゆう子も姉も欲しがり口喧嘩《くちげんか》になったので、母がとりあげて、どこかにしまいこんだ。

お父さまは、あたしとお姉さまが言い争うのを、とてもいやがった。お母さまがあたしたちを荒い声で叱るのも、いやがった。辛《つら》そうな哀しそうな顔が、父親らしく威厳を保とうとする顔の裏に、透けるのだった。

ゆう子がコップをダイニングキッチンの床に落として割ったとき、たまたま、母の虫の居所が悪かった。

〝ゆう子は、いつもそそっかしくて、物を粗末にするんだから〟

くどくどと叱り、お小遣いで弁償しなさいと命じた。ゆう子は小学生だった。いまなら、そんなふうに怒られても平気だけれど、そのときはまだ小さかったから、べそをかきながらガラスのかけらを箒《ほうき》で掃《は》きよせていると、父が食事の手をとめて、〝そう怒るな〟と、母に言った。なだめるというより、哀願するような口調だった。

〝あなたは、子供たちに甘すぎるわ〟

〝きびしくしすぎて、いじけられるより、どんなにましかしれない〟

「たいしたコレクションじゃないの」

叔母の声が、ゆう子の追憶に割りこんだ。

「康《やす》兄さんは、絵を見る目は確かだったのね」

「そうですか。わたしは絵のことは何もわからなくて」

「もっとも、版画が多いから、値段としては、それほどね」

「仕事がら、掘出し物を手にいれやすいって言っていました」

「ずっと美術部にいられればよかったのにね。経理部会計課なんて、康兄さんの柄《がら》じゃないわ」

「美術部って、デパートの部門としては、出世コースからはずれた閑職《かんしょく》なんだそうですけれど」

「会計課は、伝票切りでしょ。数字をまちがえて、古参の女子社員に軽蔑《けいべつ》されるって、くやしがっていたわ。課長が平《ひら》にばかにされるのでは、立場がなかったわね」

「兄貴も妹もできがいいのに、おれだけ……って、ときどき……。会社づとめをやめて、登喜子さんのところのように画廊でもやりたいって言っていました」

「画廊だって、商売よ。康兄さんは、だめよ。人が好《よ》すぎたわ。商売のできる人じゃなかった」

「わたしや子供たちがいなければ、康二《やすじ》さんも、もう少し冒険に踏みきれたんでしょうけれど—」

「そんなふうに、弓子さん、自分を責めているの？　あなたが無理に結婚してくれと迫って足をひっぱったわけじゃない。康兄さんが、ふつうのサラリーマンコースを、自分で選びとったのよ。自信が持てなかったのよ。規格をはずれた生き方に」

「お父さまやお母さまが、画家になることをおゆるしにならなかったって。堅いおうちですものね。お兄さまは官庁だし」

「よくある図式よね。賢兄愚弟《けんけいぐてい》」

「登喜子さんは、ずいぶん自由に好きなことを」

「そうでもないわよ。画商の後妻ですもの。それも、こちらは初婚。親の反対はそうとうなものだったのよ。でも、父も母も、画商の実態を知らないから、何かとても〝文化的〟で、〝芸術の香気〟を感じさせるなんて思っちゃったのね。経済的にも、一見、ゆとりがあるふうだしね。母なんか、貧乏絵描きは大嫌いだけれど、金持の芸術関係者には、そこはかとなく憧《あこが》れちゃっているのよ」

「ずいぶん辛辣《しんらつ》ね」

「康兄さんが親の反対ぐらいでめげちゃったのは、つまり、才能に自信がなかったからでしょ。そして、正解だったのよ、やさしいかわいい奥さんもらって、毎月、きまったサラリー保証されて」

「でも、辛かったみたい」

「あなたの方が、よほど辛かったでしょ」

叔母は、いたわるように言った。

「康兄さんのような、割れた陶器を接着剤でどうにかつないで形を保っているような人を、なだめたりはげましたりして、家庭を維持《いじ》してきたの」

勝者は、どんなにでも、ものわかりよく寛大《かんだい》になれる、と、ゆう子は思う。

「わたし、鈍《にぶ》いんですね。絵も詩も小説も、康二さんがほめるものは、何もわからなくて」

「だから、康兄さん、救われていたのよ。奥さんがそういうことに一家言《いっかげん》ある人だったら、たまったものじゃないわ」

「そうかしら。でも、救われていたら、薬……睡眠剤の……中毒になんか……」

「弱すぎたのよ、あの人。はっきり言って、康兄さんは、表現の才能は、まるでなかったわ。それなのに、表現したいという欲望だけは……。ところが、いけないことに、純粋な欲望が、ゆがんできてしまっていたのね。うちの、オープニング・パーティーなんかに、兄さん、来るじゃない。そうして、画家がちやほやされるのを見るでしょ。新聞の美術欄や美術誌に、画家の名前が出るでしょ。自分も世間にもてはやされたい、自分の名を世に出したい、そういう気持ばかり強くなっちゃって」

「…………」

「いまに、安井《やすい》賞をとって、会社の、おれを馬鹿にするやつらを見返してやるとか」

「…………」

一ろくな作品を描いていないのに、大家や批評家に紹介してくれとか、うちで個展をひらかせてくれとか」

「登喜子さんを困らせたみたいね」

「正直、困ったわ」

「康二さんは、登喜子さんだけが自分を理解してくれる、唯一、話のわかる相手だって、信頼していたわ」

「わたしが積極的にバックアップしないって、恨《うら》んでいたでしょ。でもねえ、ちゃんとした作品がなくちゃ、話にならないわ。どれもこれも、中途半端で投げ出してある。中途半端でも、光ったものがあれば、描きつづけるようにわたしも言うわよ。うちで個展を開きましょう、批評家にコネをつけましょう、って。でもね、うちの信用を落とすようなものを、推薦できないわ」

「ほんとに、登喜子さんにはご迷惑かけて」

「いいのよ。ところで、このカーテン、何なの。さっきから気になっていたの。窓じゃない、壁でしょ、ここ。壁に、どうしてカーテンを」

「絵具のしみがひどくて、あまりみっともないものですから。癇癪《かんしゃく》を起こしたとき、絵筆を投げつけたんです」

「部屋じゅう、こんなふうなんだから、壁の汚れぐらい」

「それはそうなんですけど。ああ、だめ！」

叔母がカーテンを開けようとしたのを、母が制止したらしい。悲鳴のような声を、母はあげた。

「見ないわよ、見るなというのなら。それじゃ、この版画のコレクション、いただいていくわね。形見わけの催促《さいそく》みたいだけど。これは、商売をはなれての話でよろしいわね。兄さんの形見におかねを払うというのもおかしなものだし、あなたにも失礼ですものね。いいえ、わたし、いくらかお払いしようかしらと言ったの。そうしたら、母が、とんでもない、そんなことをしたら、弓子さんのご実家で気を悪くなさる、って言うのよ」

うへッ。商売人だね、さすが。ゆう子は声を出しそうになった。

「ご実家の面倒見が悪いとあてつけているみたいに思われると困るって」

汚ねえ商売人だな。おばあちゃんたちまで引き合いに出して。

一枚二枚ならともかく、洗いざらい持ち去るつもりらしい。お父さまの悪口をさんざん言ったあげくに。

形見にさしあげるのですから、決して、お売りにならないで、と、お母さま、釘《くぎ》をさせばいいのに。登喜子叔母さんだの、おばあさまだの、お父さまの身内の人には何も言えないんだから。

あたしが言おうか。叱られるだろうな、出すぎたことを、って。

ゆう子は、窓の外を見下ろした。狭い前庭に、つつじだの、どうだんだの、金木犀《きんもくせい》だの、山茶花《さざんか》だの、うっとうしいほど庭木が茂っている。庭いじりの好きな母が、植木市で苗木《なえぎ》を買いこんできては植えるのだ。お父さまの睡眠剤の量が増えるころから、苗木の数も急に増えた。

雪の降り積もった朝、お父さまは、裸で雪に埋もれていた。雪は降りしきっていた。こんもりと白い塚に、お父さまは自分のからだを埋葬していた。睡眠剤を多量に摂《と》りすぎると、からだが熱くなるのだと、あとで検視の人が言っていた。お父さまは蚕《かいこ》のような色になって、とても巨きくみえた。

「それじゃ、失礼するわ」

叔母が言った。

「ええ」

母の声は、なんだかぼんやりしていた。

叔母の足音が階段を下りて行く。母の足音はつづかない。見送りに出ないつもりなのかしら、お母さまらしくないな、と不審をおぼえて、ゆう子は隣室をのぞいた。

母は、くずれた本の山の上にべったり坐《すわ》り、壁を眺めていた。カーテンが開いていた。ゆう子が入って行くと、うろたえたように立ち上がってカーテンをひこうとし、あきらめたふうに、腰を落とした。

「見ちゃったのね。……まあ、しかたないわ」

この壁の汚れを見るのは、ゆう子は、今がはじめてではない。なぜお母さまはこんなところにカーテンをひいたのかと、不思議に思い、とっくに、開けてみている。母にそのことは言ってなかったけれど。

「叔母さまには見せられないわよね。こんな、ご自分が殺されている絵なんて、叔母さまが見たら……。ねえ、どんなにか、いやな気持でしょうよね。お父さまは、叔母さまを、これほどまでに……。あなたたちにも見せたくなかったから……。壁を塗ってしまえばいいんだけど、お父さまの、ほんとの気持をぶつけた絵でしょ。ねえ、わたしは絵のことは何もわからないけれど、これは、お父さまの一番の傑作じゃないかしら」

「殺されている絵って、お母さま……」

「叔母さまに、よく似ているわねえ。一目でわかってしまう」

叔母さまが殺されている絵？

「赤や黒の、絵具の飛沫《ひまつ》が散っているだけだ。どのように見なおしても、人の顔には見えない。

お母さまには、この汚れが、お父さまが叔母さまを殺しているところに見える……。だって、お母さま、これ……。言おうとして、ゆう子は、やめた。ただ一つ狂っているおかげで、母は、ほかの部分を正常にもちこたえていられるのかもしれない。お母さまは、お父さまのように薬のもたらす安らぎに逃げこむわけにはいかないのだ。

ゆう子はカーテンを閉ざした。母は黙って坐りこんでいる。

部屋に戻り窓の外を見下ろすと、大きな包みをかかえた叔母が、せかせかと門を出て行くところだ。

ゆう子は、机の上の筆立てからナイフをとった。折りたたみの刃をひき出し、窓を開けた。叔母は気づかないらしく、振りかえらない。叔母一人が悪いわけではなかった。しかし、父を、そうして、だれよりもまっとうで平凡でふつうな母を、追いつめた力の、叔母は代表者のように思えた。投げつけたって、届きはしないかもしれないけれど……、ナイフを握りなおそうとしたとき、

小指が光っているよ。

　ふいに思い出した。

内側からいのちの灯《あか》りがぼうっと光っているような指に、兇暴な刃物は持てないじゃないの、お父さま。小指が血に濡れているよ。お父さまは、そう言ってくれるべきなのだ。ナイフを左手に持ちかえ、刃先を小指にあててみる。仄かな光が明るんでいる。

恋人形

1

真珠母色に底光りする夕雲と、連なる土蔵の海鼠壁《なまこ》を映して、疏水《そすい》はほとんど澱《よど》んでいるかに見える。

「流れているよ」

ほら、と明生《あきお》は水面《みなも》を指さす。

「違うわ。雲が流れているのよ」

恭子《きょうこ》は、わざと逆らう。水が流れていようと澱んでいようと、別に関心はないのだけれど、小さい諍《いさか》いは、二人のあいだの棘々《とげとげ》しい気分が溶けた証《あか》しのようで、身を寄せて甘えながら、

「雲よ、流れているのは」

——こんなふうに言い返しても、もう大丈夫なんだ。明生の気持があの女の方に向いていないとわかったのだから。

浴衣の身八ッ口から、明生の手がしのび入り、乳首に触れる。すっと足から力が抜けてゆくようで、恭子は、軀《からだ》の重みを明生の腕に半ば委《ゆだ》ねる。片手はそのまま、空いた片手で、明生は枝垂《しだ》れた柳の葉先をちぎり、水に放った。黒ずんだ芥《あくた》のように、澄んだ水に浮いた葉は、緩やかに流れはじめた。

何でも、実証的なんだ。明生らしいやり方。恭子は微笑する。

勝ったよ、というふうに、明生は、乳首をつまんだ指先に力をこめた。

痛い。口の形だけで恭子は言い、その唇を、明生はす速く吸った。

夕涼みのそぞろ歩きをたのしむ人々の姿が、ふっととだえた束の間であった。

乳首をはなれた明生の手は、恭子の腰のくびれのあたりでたゆたう。

女の骨盤は、蝶《ちょう》の化石よ。

あの女は、男とみれば誰にでも、あの言葉を口にするのだろうか。

女の軀のなかには、石の蝶が棲《す》んでいるの。

疏水が網の目を作る小都市の、河口に近い一劃《いっかく》に、スナックが数軒かたまっている。『沙蛾《さが》』で、明生はその女を識《し》った。

ここに転勤してきたのは、数箇月前だ。十一月に結婚するとき、四月には転勤とわかっていた。せいぜい二年、その後は東京に戻れるということだった。東京に生まれ育った恭子には、地方の小都市の暮らしは馴染《なじ》みにくかったが、二年、と思うことで我慢した。

明生が『沙蛾』の女とひどく親しいと恭子の耳に入れたのは、明生の同僚の妻だった。ほかにも、何人かの口から聞かされた。

やはり四月ごろに東京からこっちに移ってきたんだそうだよ。店のママの友人でね。それで、むこうの方が懐しがって、親しみをみせるだけだ。明生はそう言った。美人じゃないよ。恭ちゃんの方が、よっぽど若くてきれいだ。あっちは、かなりの年だよ。ひょっとしたら、四十過ぎているんじゃないかな。痩《や》せて……まあ、個性的っていえば個性的かな。石の蝶の話を、そのとき、明生は恭子に伝えたのだった。

女から、電話がかかってくるようになった。嗄《しゃが》れた声だった。

沙蛾のひとからよ。

テレビを観ていた明生は眉《まゆ》をひそめ、居留守をつかうよう目顔で合図した。

何度かそんなことが続き、恭子は神経がささくれ、東京に帰らせてもらうよう、仲人をしてくれた社の上役に話すとまで言った。別れて一人で帰る気はまったくなかった。

向こうが一方的に近づいてくるだけだよ。おれ、うるさくて閉口しているんだ。『沙蛾』にだって、ここ一月《ひとつき》顔を出したことはない。つきあいで、飲まなくちゃならないときは、他の店で飲んでいる。

すると女は、明生のいる店に入ってくるというのだ。その店の女主人と言いあいになるという。

うちのお客さんを奪《と》りに来ないでちょうだいよ。

わたしだって、今夜は客よ。べつに、彼をうちにひっぱろうっていうんじゃないから、いいでしょ。がらがらした声で女はそう言い、明生の隣に坐《すわ》ろうとする。明生が迷惑がっていることを知っている明生の連れが、気をきかせて二人の間に割り込んで坐ったりした。

　電話は止まなかったし、狭い街だから、夕方買い物に出たとき、恭子はその女を見かけもした。明生のいうとおり、ふくよかな魅力に欠けた女だった。ずば抜けて背が高いので、どこにいても目立った。骨ばった軀つきで顔も頬骨が高く顎《あご》ががっしりしている。気まぐれなのか、けばけばしく紅やアイシャドウを塗りたくっているかと思えば、クリームも塗っていないような顔のときもあった。踵《かかと》の低い靴をひきずるような歩き方をした。幅広の大きい足を見て、恭子は何となく安心した。明生は足の小さい女が好きだと言い、恭子の華奢《きゃしゃ》な足を愛撫《あいぶ》するとき、ことさら気持が昂《たか》まるふうなのだ。しかし、女には、別の、何か奇妙に人を魅《ひ》きつけるものがある。恭子は、つい、女の腰に視線を這《は》わせる。石の蝶……。女の腰は、ゆたかに張っていた。平たい胸やとがった肩とは別の軀のようだった。

　女の電話がうるさいので、恭子はたまりかね、沙蛾の女主人に会い、訴えた。

　わたしにどうしてくれとおっしゃるの。

　電話なんかよこさないように言ってください。困ってるんです。

　女主人は苦笑し、あなたの言葉を伝えはするけれど、幼稚園の先生が園児に命ずるようなことはできない、大人なのだから、と言った。

事態は、少しずつ好転しはじめた。明生の帰宅が早くなったのだ。女につきまとわれるのがうるさいから、飲屋街へは行かずうちで飲むと言って、同僚などを連れて来るようになった。いささか家計にひびいたけれど、恭子は客を歓迎した。甘やかされて育った恭子は、はじめから、明生のサラリーだけでは暮せず、実家の援助に頼っていたのだが、事情を話して口座に振り込む額を増やしてもらった。実家ぐるみで、恭子は女に立ち向かっていると言えた。強力な援軍に、恭子は恵まれていた。

女が家の前をうろうろしていることがあった。優越感と憐《あわれ》みを持って、恭子は家の中から女を盗み見た。

転勤した社員のために会社で用意してある一戸建ての社宅である。東京では望めないゆったりした住まいであった。

女のおかげで、明生の気持がかえってはっきりした。明生は、わたし一人を、この上なく大切に思ってくれている。

つい数日前、会社から帰宅する明生を、女は家の前で待ち伏せていた。むしゃぶりつく女を明生は突き放し、これ以上しつっこくまつわるなら、法に訴える手段をとると、きっぱり言いわたした。その声を、恭子は家の中で聞いていた。

勝ち誇ってもいいところだ。それなのに、何故か、うっすらとした淋《さび》しさを、恭子は感じた。女はただ一人なのに、恭子には、あらゆる武器があった。社会の秩序、正義という武器。そうして、若さ。明生の愛。

――なにも、女の気持を思いやる必要はないのだ。あっちは理不尽な闖入者《ちんにゅうしゃ》。

川風に乱れた髪が首すじをくすぐる。恭子は明生に凭《もた》れかかり、安らいでいる。

明生が、少し突き放すように身をひいた。

足音が聞こえた。早足で近づいてくる。小走りに走り寄り、いきなり、ぶつかってきた。

明生は恭子をかばいながら、機敏に避《よ》けた。

水音が上がり、しぶきが恭子の髪を浴衣を濡らした。

水底に倒れた女の首の付根から、紅い靄《もや》がたちのぼり、水面にひろがっていった。

透明な水の底に、恭子は沈んでゆく刃物の煌《きら》めきを見た。

2

「それは、わざわざ、どうも」

将吉《しょうきち》は、冷たい抹茶を女客にすすめた。

吉沢《よしざわ》恭子と名乗ったその初対面の客は、将吉より三つ四つ若く見える。二十二、三か。

使うことの少ない来客用の座敷は、長押《なげし》や違い棚にうっすら埃《ほこり》がたまっている。あの女がいたときは、掃除も隅々までいきとどいていたのだが。前触れもない突然の訪問なので、床の間に花を活《い》けることもできなかった。

「人形は、ここには置いてないんですのね」

「仕事場の方に置いています」

「人形師さんと伺ったので、家中お人形でいっぱいと、かってに想像していましたの」

「そうですか」

「あの方の部屋、あなたの創られた人形が一体……。すばらしい、なまめかしい……哀切な……。ああ、何て表現したらいいのかわかりません。言葉で言いあらわせるわけはありませんわね。縮緬《ちりめん》の着物。髪は……。こんなことをあなたに説明する必要は……。よくご存じのことですものね」

「一人だけ連れて、家を出ました。あの女《ひと》は」

「あの方、わたくしの夫を刺そうとして、夫が身を避けたので、勢い余って疏水に落ち、そのとき、はずみで、刃物で頸動脈《けいどうみゃく》を切り……。警察の調べに、わたくしも夫も、そう申しのべましたし、幸い、目撃者もございました。人通りはないと思っていたのですが、路地などから見ていた人が何人もおり、夫とわたくしの言葉の通りだと証言してくれました。あの方の……」

「自業自得」

「ええ。でも……」

「何か？」

「あの方、殺そうとするほどに、わたくしの夫に溺れてはいなかった。それどころか、ほとんど愛しても……」

「そうですか」

将吉は、浅い白磁の茶碗《ちゃわん》の飲み口を指で拭《ぬぐ》い、薄いみどりに染まった指を懐紙にあてた。

「どうしてわたくしがそう感じたか、お訊《き》きになりませんの」

「どうしてと言われても……」

「ずいぶん、冷たいんですのね。あの方が愛していたのは、あなた。そうとしか思えないんです。ええ、あの方は、わたくしの夫につきまとい、それは、しつっこかったんです。わたくしも、最初は、不愉快でしたわ。夫を責めたて、見苦しく騒ぎました。こちらの……――東京の実家――にも長距離電話をかけて、夫の浮気を訴えたり……。浮気というほどのことでもなかったんですわ。あの方が、かってに、一方的に……。でもね、何だか違うな、って……漠然とですけれど、女の勘ですわね、感じるようになってきたんです。うちの前に坐り込んだり、道ばたでわたくしの夫にしがみついたり、誰が見たって、夫にのぼせあがって常軌を逸しているとしか。それでも、わたくしには違うふうに……。どうって、言葉ではうまく……」

「もう一服、たてましょうか」

「いいえ、結構です。ああ、いただきますわ。おいしい。わたくし、お作法を知らなくて」

「作法なんて、いりませんよ。どうぞ、くつろいで」

「くつろいでますわ。汗がひきました。冷房も入れていらっしゃらないようなのに、涼しいわ、お宅。広いからですわね。広くて古いおうちって、何かひんやりしている。あの方が亡くなってから、わたくしね、あの方が借りていたお部屋にあがらせてもらいましたの。わたくしと夫を、あんなに困らせた方……ええ、それは困りましたのよ、迷惑しました。電話は始終かけてくるし、困らせられたばかりじゃなくて、何か秘密ありげな。

いったい、どういう人なんだろう。好奇心……そう、好奇心かしら。とにかく、知りたかったんです、どういう方なのか。

あの方が働いていたスナックのママ、河田《かわだ》さんという方に、まず会いました。

河田さんは、あの方と高校のころ親しかったのだそうです。河田さん、ご存じですか」

「あのひとが死んでから、電話を貰《もら》いました。そのとき、はじめて名前も知りました。河田さんの方では、ぼくの名を知っていましたが」

「高校を卒業してから、河田さんは結婚、離婚といろいろなことがあって、あの疏水の街でスナックをひらいたのは七年前だそうです。あの方とは、年賀状のやりとりくらいは、ずっと続いていましたって。あのひとが、あなたといっしょに棲んでいたことも、年賀状に書き添えられた言葉や、送られてくるあなたの創作人形の個展の案内状などから、承知していたということです」

「そうですか」

「この四月、突然、あの方が訪ねてきて、沙蛾で働かせてほしいって。河田さんは驚いて、将吉さんと別れたの？　ええ、って、あの方は答えたそうです。別れた理由は、あの方は言いませんでした。河田さんも、相手が話したがらないことを無理に詮索《せんさく》する性《た》質《ち》ではないので……。ただ、正直なところ、店で働いてもらうのは気が進まなかったって言ってました。あの……河田さんとしては、どうせ人手を増やすなら、もっと若い……、あの方、四十二か三？」

「三十九でした」

「そうですか。もっと上かと。老けて見えたんですわね。もっと若い女の子をおきたかったし、あの方は水商売向きじゃないと、河田さんは思ったんですって」

「向いていないでしょうね、水商売には」

「でも、頼み込まれて、承知したんだそうです。何だか放っておけないような、危険な状態だと直感して。そうしたら、じきに、わたくしの夫とああいうことになりましたでしょ。河田さんもあの方に忠告はしたそうです。

　あの方が亡くなってから、わたくし、河田さんに頼んであの方が借りていたアパートの部屋にいっしょに入りました。まだ荷物を整理する前でした。河田さんが荷造りしてこちらに送り返そうとしたら、あなたは要らない、って」

「ええ。電話があったので、そちらで処分してくださるよう、頼みました」

「お骨も、引き取りに行かれないって」

「適当なお寺に預けてもらうようにしました」

「冷たいんですのね」

「そうですか」

「あの方の部屋にはね、わたくしの夫を愛していると思わせるようなものは、何一つありませんでした。夫の写真もないし。あんなにしつっこく電話をかけてきたり、まつわりついたり、最後には、夫を刺そうと……。それほど夢中になっていたのなら、何か、それを思わせる痕跡《こんせき》が、残っているのが普通じゃないでしょうか」

「そうですか」

「あなた、そうお思いになりません？」

「さあ……」

「わたしだったら、相手の写真を飾るわ。紙に相手の名を書き散らすわ。相手が身につけていたものを、何か一つ自分の身近に」

「人によって、違うでしょう」

「いったい、どういう方だったんですの、あの方」

「他人のことを、一口でどうこう言えませんね」

「他人ですって！」

「自分以外は、皆、他人です」

「でも、いっしょに」

「棲んでいました。それだけです」

「正式に入籍していなかったから、無関係だっておっしゃるの？」

「そういう意味じゃありません。親子だろうと夫婦だろうと、自分のほかの人間は、他人です。さあ、そろそろ失礼させていただいていいでしょうか」

お帰りください、と言外に促した。

「仕事がありますので」

「将吉さんの作られた人形、見せていただけません？」

「ごらんになったでしょう、あの人の部屋で」

「一体だけ」

「一つごらんになれば、十分でしょう。それじゃ、これで」

将吉が立ち上がったので、女客も、渋々座を立った。

3

女客を送り出し、仕事部屋に戻った将吉は、縫いかけの人形の衣裳《いしょう》をひろげた。人形といっても、身長は一メートル五〇ほどあるから、衣裳も人間のそれとほとんど変らない。地の厚い縮緬の小袖《こそで》は、将吉が丹念に縫い絞って染めた豪奢なものである。

床に坐り、縫いはじめると、ぴしっと針が折れた。折れ口が指を刺し、血の粒が浮いた。

反射的に、電話に目をやる。電話器は沈黙している。肉の奥にじんわりと痛みが溜《た》まる。

別れた後、女からたびたび電話がかかってきた。厚手の生地を縫うので、針が折れ、指を傷つける。間、髪を入れず、ベルが鳴るのだった。

将吉、今ね、ふと気になって……。何かあった？　大丈夫？

何事もないよ。邪魔しないでほしい。

そうね。ごめんなさい。そうなのよね。邪魔はしないわ。そのために、わたし……。切るわ。もう、決して、邪魔はしないわ。

物心ついたとき、将吉は、すでに針を持っていた。縫物をする祖母の傍にちんまりと坐り、祖母から貰った端切《はぎ》れを縫い綴《つづ》る手つきは、小さい子供にしては危げがなかったそうだ。

祖母は芝居が好きで、小芝居に彼を伴った。客席は仄暗《ほのぐら》く、ただ眼前の一劃だけが妖《あや》しい光の中に在《あ》り、彼は自分の軀が消えて眼だけになるような感覚を味わった。

だれにも教わらず、一人で工夫して人形を作るようになった。何か見えぬものに導かれるような、自然な成行きであった。

個展を初めて開いたのは、彼が十八のときだ。作り溜めた等身大の人形は、芝居のなかの男や女の顔と姿態を持っていた。

「動きたがっているわ。ものを言いたがっているわ。なぜ、動かしてあげないの」

見知らぬ女が、以前からの知己のような口調で彼に話しかけた。

彼が女と共に棲むようになるまでに、長い時間はかからなかった。

女の示唆により、彼は人形を舞台にのせ一人遣いで操れるよう工夫した。アシスタントも使い、独得の人形劇を演じるようになった。

女は、彼に欠けている部分を補ってくれた。対外的な折衝、プロデュース。

これぞと思う作家を選び脚本を依頼し、作曲者をさだめるのも、女の仕事であった。

彼の周囲に、彼の人形とその舞台に魅せられた人々が集まりはじめ、いつか、ブレーンが形成されていた。

始めのうちは、具合よく事は運ばれていた。彼は、イメージのおもむくままに人形を作り、舞台はその人形を活かすように構成された。彼はきわめて倖《しあわ》せな状態にあった。

しかし、次第に、女と各ブレーン、それぞれの主張がぶつかり合うようになった。

彼の意図は、往々にして無視された。

ブレーンの中でも有力な一人は、女を切ることを彼にすすめた。女と別れねば、自分たちは手を引くとにおわせもした。

彼にとっては、わずらわしい限りであった。

彼は、女と臥床《ふしど》を共にするのを止めていた。

人形作りに打ち込んでいるとき、日常の外界は稀薄《きはく》になった。日常に戻って行くのに、肉体的な苦痛すら感じた。

清玄桜姫《せいげんさくらひめ》をモチーフにした三体の人形を、彼は制作していた。桜姫に恋着する破戒僧清玄、無頼の男権助《ごんすけ》と、その権助に恋して女郎にまで身を落とす桜姫。

南北《なんぼく》の芝居を基に書き下ろされた、人形による舞踊劇である。

人形が完成すると、舞台にのせるための、操作の稽古《けいこ》が始まる。

彼は桜姫を受け持ち、振り付けをした舞踊家が権助を操った。清玄は、アシスタントの一人が遣った。

人形の桜姫がこれも人形の権助に抱きすくめられるとき、彼は軀の悦《よろこ》びを感じた。

稽古の間、女は、献身的に皆の世話をした。

冷えた飲物や、口あたりがよくて精のつく食物などが、常に用意されていた。

深夜、独り仕事場で睡《ねむ》っていた彼は、ふと目ざめた。視線を感じた。

壁にとりつけられた鏡の面がぼうっと明るく、鏡の中から女が彼をみつめていた。

見直すと、女の姿は清玄の人形になった。

反対の壁ぎわに置いてある人形が映っているのかと納得したが、室内は灯をともしていないのだから、鏡面が明るいのは、やはり奇妙なことではあった。

気にかけず、彼は睡った。すると、髪の毛をつんつんとひっぱられ、痛みに目がさめた。枕もとに女が坐っていた。

邪魔しないでくれ、と彼はうるさがった。

女はうなだれた。

翌朝、彼は女を咎《とが》めた。疲れているのだから、深夜邪魔されるのは困る、と言うと、女は、あなたの部屋に忍んでいったりはしていない、と応《こた》えた。

女は彼によく尽したが、干渉もした。身のまわりの世話を細々《こまごま》とやくのみならず、仕事の上でも、たえず口を出した。

出先から電話をかけてくることもあった。

今、胸騒ぎがしたが、何かあったのではないか。

指に折れた針が刺さったり、鋏《はさみ》が滑って手に軽い傷をつけたりすると、すかさず、電話がかかってくるのだが、彼は、何でもないと応えるのを常とした。

食事を残すと、胃が悪いのだろう、医者に行けとすすめ、今日は機嫌いい？　と、毎日、問いかけた。

ブレーンの人々とは、女は言い争ってばかりいた。

『桜姫』の初日が近づくにつれ、彼も女も、裏方をひき受けた人たちも、次第に狂躁《きょうそう》状態になる。公演の前はいつもそうで、このときに始まったことではないが、彼は、女に、出て行ってくれと言った。

深夜、始終、鏡の中にいられるのは、うっとうしくて敵《かな》わない。枕もとに坐られるのも、わずらわしい。

そう言うと、

でも、私は、そうしたくてやっているのではないのだから、と女はおとなしく言った。

彼と振付け師が桜姫と権助の濡れ場の稽古をしているとき、女は、隅で見ていた。そうして、荷物をまとめ、出て行った。

舞台稽古のとき、彼は、人形と一つになって男の愛撫を受けているような、いつも感じる奇妙な感覚が生じないのに気づいた。

その方が、舞台は、うまくいった。演出家も褒めた。公演の間、彼は冷静に人形を操れた。

七日間の公演は成功した。上演中に、大資本の劇場から、新しい企画が持ち込まれた。

女から、九州の友人のもとに身を寄せたと知らせがあったのは、そのころだった。

そうして、女は、再び鏡の中や枕もとにあらわれるようになった。

彼は女のところに長距離電話をかけ、邪魔をしないでくれと、少し声を荒らげた。

そうしたくてやっているのではない。あなたの邪魔をしないようにつとめている。それでも、私があらわれてしまうのは、私にはどうしようもない。女は、声を静めるようにして言った。

恭子という女の夫に夢中になっていると、あの女は自分自身をだまそうとしたのだな。彼は、血の粒の浮いた指を吸い、折れた針を針入れに捨てた。新しい針に糸を通し、再び縫いはじめた。

ふと鏡に目をやり、苦笑した。女は、気恥ずかしそうに、すまなそうに、彼に笑いかけた。

赤い砂漠

青い小さい光が、つ、と飛んだ。消えたあたりに目をさまよわせていると、

「ちょっと懐しいわね」

スクリプターがささやいた。

「まだ、いるのね、蛍」

わたしは放心したまま、応じた。

「え、蛍、どこに？」

スクリプターはあたりを見廻《みまわ》す。

「見なかったの？　いま、懐しい、って……」

「このムードの事よ、わたしが言ったのは」

『夏休み映画大会』

小学校の校門の脇に、墨で記した立看板がたてかけられ、浴衣《ゆかた》がけやサマードレスの家族連れが、三々五々、集まってくる。

エキストラなのだが、この近所の人たちも駆り集めた。

サマードレスというよりは、アッパッパといった方が似つかわしい身なりにしてもら

った。

「わたしの子供の頃も、あったな、野外の映画大会。夏休みなんかに」

「この頃は、居間のヴィデオですんじゃうものね」

「蚊がひどくて、団扇《うちわ》で追いながら見たっけ」

「この頃は、蚊もいないんじゃない」

「校庭、アスファルトだしね」

「本番、いきます」

監督がメガフォンをあげた。

主役をつとめる子役の浴衣の着付けを、わたしはちょっとなおしてやる。メーク係をつとめるようになって十何年か。

主役の子が校門を入って行くところを、監督はさりげなく撮りたいのだが、素人のエキストラたちは、つい、俳優に視線を向け、NGが重なった。

暗さを増した校庭にはスクリーンが張り渡され、人々が蓆《むしろ》に陣取っている。

カメラの位置を定めライトのセッティングをするので、暫《しばら》く時間が空いた。

ノーギャラで集まってくれた素人のエキストラのために、古い映画を実際に通して上映する事になっている。

「＊＊さんの母校なんですってね、この学校」

人の群れから少し離れたところに佇《たたず》み、スクリプターが言う。

「そうなの」

「こんな古い木造の建物が、よく、まだ残っていたわね。たいがい、鉄筋に建てかえているのに。＊＊さんが推撰《すいせん》したの？　ここ。監督に」

「偶然よ。驚いちゃった」

「監督、イメージにぴったりだって、喜んでるわね。懐しいでしょ」

「うん……まあね」

「気のない返事。子供の頃の思い出って、無垢《むく》で、たのしくて、一番懐しいのにな」

「そうね」

「NOと言ってるみたいなYESね。どうでもいいけど」

どうでもいいけど、というのは、スクリプターの口癖だ。理屈っぽい事をいろいろ述べたて、ふいに、どうでもいいけど、と投げやりに言う。

どうでもいい、と放り出せない記憶が、わたしには、ある。

長いあいだ忘れていた。ロケ地が昔の母校と知って、ようやく、記憶の上に積もり重なっていた埃《ほこり》が払われた。

来たくなかった。ここには。しかし、代わりのメーク係といっても、すぐには手の空いた人はいない。仕事の選《え》り好みのできる立場でもなかった。

あのとき、切出しナイフを持ってさえいなければ……。

あのひとは、どうなったのか。記憶にない。

何もあんな事をする必要はなかった。しかし、あのときは、なぜか……。

ジー、とフィルムの廻る音がし、仮設の柱から柱に張り渡された白布のスクリーンがぼうっと明るみ、次第に焦点が合う。

モノクロームの画面に目を向けながら、

――祖母の死が、そうして、祖母に対する母の仕打ちが、わたしには耐えがたかったのだ……。

　祖母は、わたしにやさしかった。

　わたしばかりではない。だれに対しても、祖母が荒い声をあげるのを、わたしは聞いた事がなかった。

　二つの年から小学校にあがる直前まで、わたしは、ほとんど父方の祖母の手で育てられた。

　祖母の膝《ひざ》の感触、肌のにおい、衿《えり》の合わせ目に手をさし入れ、さぐった胸の薄さ。それらをはっきり憶《おぼ》えているのだから、四つ五つになっても、まだ祖母に甘え、まつわりついていたのだろう。

　祖母は、鼻炎を患っていた。蕺草《どくだみ》の葉の汁が効くと、誰に教えられたのか憶えていないが、わたしは祖母のために、せっせと、厭《いや》な臭いのするその薬草を摘んだ。

　顔面神経痛も、祖母の持病だった。マッサージが効き目があると、これも誰から聞いた知識だったか、わたしは祖母の膝に馬乗りにまたがって、祖母の歪《ゆが》んだ頬を、両手でこすった。

繕いものをする祖母の傍で、おぼつかない手つきで端切れを縫い綴《つづ》るのは、幼いわたしの至福のひとときだった。そこでは、すべてが許されていた。訥々《とつとつ》とした語り口で、祖母は針をはこびながら昔話を語った。陽溜《ひだま》りの縁側には、此《こ》の世ならぬ静寂があった。

母親や家族が、わたしにいなかったわけではない。わたしの家は、祖母の家から電車で二駅ほどの所にあり、父も母もいた。そのほかに、年子の弟もいた。

弟が病気がちで母はその世話にかかりきりであったため、わたしは祖母の家にあずけられている事が多かったのである。

小学校に通い始めてからは、祖母の家に泊まりきりというわけにはいかなくなった。その頃、わたしは父の書棚に備えられた美術全集を眺めるのが好きだった。その中に、一枚、恐ろしい絵があった。迂闊《うかつ》にページをめくってその絵に出会《でくわ》すと、慌てて分厚い本を伏せるのだった。『楽園追放』と題がついていた。アダムとイヴの話を、その頃すでに知ってはいたが、これほど恐ろしい哀しい表情の絵は、見た事がなかった。

祖父が死に、ひとりになった祖母がわたしの家にひきとられて来たのは、わたしが小学校二年の秋であった。祖母にとってはわたしの母が、祖母を邪慳《じゃけん》に扱うのを、わたしは日夜目にして過ごす事になった。

子供だからわからないと思うのか、母は、わたしの前で平然と祖母をないがしろにした。癇《かん》の強い母の機嫌を損ねまいと、祖母は始終おどおどしていた。祖母が井戸端で下《げ》駄を臀の下に敷き盥の前にしゃがみ込んでシーツや母の下着まで洗っているとき、わたしは横に並んで、小さいハンカチを洗い、祖母がシーツを絞るのに手を貸した。それは、二人のたのしい遊びだった。

その翌年の春、祖母は死んだ。憎しみが、わたしの心に芽生えた。良医にかける費用を母が惜しんだのに、わたしは気づいていた。差額ベッドの金が払えぬほど、貧しくはなかった。母の指を飾る宝石の一顆《いっか》で、それは賄えるはずであった。その頃のわたしは、宝石の価も入院費の額も知りはしなかったけれど、母の豪奢《ごうしゃ》な装いと祖母が横たわる病院の大部屋の汚なさの落差を不釣合と思うほどには知恵づいていたのである。

『夏休み映画大会』。祖母が死んだ年の夏休みであった。

朝顔の模様の浴衣を、わたしは着た。わたしが柄を選び、祖母が買ってくれたものだ。

校庭のスクリーンの前は、人の山だった。背のびしても大人の背しか見えず、最前列に坐《すわ》れば首が痛くなる。思いついて、わたしは、スクリーンの後ろに廻った。そこは、わたしの他誰もいない特等席であった。画面は、裏からでも、表と変わりなく眺める事ができた。右と左が逆になるという奇妙な感じさえ気にしなければ。

鏡の奥の世界を見るのに、それは、似ていた。表から見るのと殆《ほとん》ど同一でありながら、微妙な差異があった。しかも、それは、唯《ただ》わたし一人の前に、在る世界であった。物語は憶えていない。わたしは、その世界の中にいた。モノクロームの画面は、いつしか、荒寥《こうりょう》とひろがる砂漠となり、地平線に真紅の太陽が沈みかかっていた。

空も紅《あか》く、砂漠も紅かった。無辺際の砂漠は、わたしを誘った。走り込もうとして、

傍に女が立っているのに気づいた。

女は、わたしを止めようと手をのばした。

母。一瞬、そう思った。なぜ、あのとき、切出しナイフなど持っていたのか。柄《つか》を握りしめたとき、その女が母でない事はわかったのだ。しかし、わたしは、身の内から衝《つ》き上げて来る力を抑えられなかった。理解できない外からの理不尽な力にむかって、わたしは遮二無二刃物を振ったのだった。

映画は終わりに近づいていた。

わたしは、思いついて、スクリーンの後ろに廻った。

朝顔の浴衣の幼女が、画面に目を吸いつけられている。

『終』という字が、左右逆になって、画面にオーヴァーラップする。

わたしは、思わず、幼女に手をさしのべた。激しい眸《め》が、わたしを見返した。

刃物の光が、懐しく目に映った。

紡《つむ》ぎ唄《うた》

「ねえ、ねえ、奥さん」

下から呼びたてる甲高《かんだか》い声が、窓越しにきこえる。

母を呼んでいるのだ。わたしは関係ない。

麻子《あさこ》はひろげた本に視線を戻す。

ページの上に、糸屑《いとくず》のような小さい蜘蛛《くも》がいる。胴と腹の部分は胡麻《ごま》粒《つぶ》ほどだ。そそくさと走っては止まり、また、せかせかと動く。蜘蛛が止まったところの字を、麻子はたどってみる。悪、殺、美、悦、何かの啓示のようだ。

「ねえ、奥さん、危いわよ、あれ」

騒いでいるのは、向かいの女だ。

何が危いのだろう。

〃あれ〃か。

麻子は思いあたる。麻子も気づいていた。

あれは、危い。

危いと思うと、少し心がはずむ。

「ほら、あれ。奥さん、ちょっと下りてきて、ここから見てみなさいよ」

傾斜地に造成された住宅地なので、この一帯の敷地は階段状に迫《せ》り上がり、道路は高い石垣の下を掘割のように通っている。

向かいの女は、道路に立って首を仰《あお》のかせ、飛べない家鴨《あひる》が羽搏《はばた》くようなかっこうで、手をばたばたさせているにちがいない。声も家鴨に似ている。

麻子の部屋は雨戸を閉めているのに、女の声は、スチールの雨戸とガラス戸とレースのカーテンとジャカードのカーテンを貫いて侵入してくる。麻子が昼も雨戸を閉ざしているのを父はいやがるが、受験勉強のために静寂が必要なのだというと、母は納得した。

母が下りていったとみえ、声がちょっととだえた。母はしかめっ面をし、それから愛想のいい笑顔に切りかえて、出ていったのだろう。

「まあ、いやだ！　しつっこいんだわ！」

母の声だ。それから、また声はとだえた。

話しあっているのだろうが、きこえない。

麻子は、思いついて、電話の受話器をとった。糸屑のような蜘蛛は、まだ、字から字へと這《は》いまわっている。悪、睡《ねむ》り、ゆ、か……。

電話は、居間と麻子の部屋、弟の部屋、三箇所に切り換えられる。

父も弟も外出しているし、母は外で向かいの女につかまっているから、安心して長時間独占できそうだ。祖母は電話をかけることはめったにない。

呼出し音が鳴りはじめたが、相手はなかなか出ない。日曜日だから、うちじゅう留守なのだろうか。

腹立たしくなってくる。乱暴に切ろうとしたとき、相手が出た。

――もしもし。

「牧《まき》ちゃん？」

――いいえ。ああ、麻子ちゃんね。

「知子《ともこ》叔母《おば》さま？　声が似ているから、いやんなっちゃう」

――みんな、まちがえるのよ。牧子に御用？

「ええ」

――あの……。

「お留守ですか」

――麻子ちゃん、あのね。

叔母の声が、ちょっとあらたまったような気がしたが、

――待ってね。呼びますから。

と言った声は、いつもの調子にもどっていた。

――お待たせしました。牧子です。

牧子の声をきくと、麻子はいつも、少しいらいらする。何を怯《おび》えているのかしらと思うようなささやき声を出すからだ。あたし、あなたのお邪魔をしていません？　ごめん

なさいね。そんな感じの声なのだ。

「コード、のばした？　叔母さま、いるんでしょ」

——ええ、大丈夫。お風呂場《ふろば》の中よ。

風呂場の中にいるのは、叔母ではない、電話機をかかえた牧子だ。

牧子の住まいは二DKの社宅で、電話は一台だけだ。家人にきかれたくないとき、牧子はコードをいっぱいにのばして、風呂場にとじこもるのだという。牧子の母——知子叔母も、そうする。コードを長くしたのは、知子叔母の発案だそうだ。

「あのね、しつっこいのよ」

——え？

「しつっこいの」

——何が？

「知子叔母さまの樹」

——ええっ？

牧子の声が、大きくなった。

——何のこと？

「悪意の樹」

——悪意……？

「でしょ。そうとしか思えないじゃない。石垣のね、一番はしのきわなのよ」

――……。

「わたし、見ちゃったの。叔母さまがあそこにかがみ込んでいるのを」

――……。

「玄関前の植え込みの隅。はじめはね、立葵《たちあおい》か何かだと思ったの。芽が出てきたとき。だれも叔母さまが植えたなんて、思わないで、種子《たね》がどこかからとんできたと思ったのよ。わたしも、叔母さまがあそこにかがみ込んでいたのと、うちのものがだれも植えたおぼえがない芽が生えてきたのを、すぐには結びつけて考えなかったし。もしもし、きこえてるの？」

――ええ……。

「お向かいのうちに、立葵があるのよ。その種子がとんできて自然に生えたのだろう、って、うちの人たち、思ったの。雪柳もね、どこかから種子がとんできたらしくて、自然に生えたの。それから紅葉《もみじ》も。うちの庭ったら、そんなふうなのが多いのよ。父も母も、喜んじゃって。けちね。それでね。知子叔母さまの悪意の樹なんだけど。聞こえてるの、あなた？　わたし、知子叔母さまの悪口を言ってるんじゃないから、安心して。あのね、立葵にしては、芽が、まっすぐにどんどんのびるのよね。そして、茎が太くなるの。竹みたいに」

――そう……。

「不細工に、どんどんのびて、すごく頑丈なの。どうも立葵じゃなさそうだし、道路に面した角のところに、にゅっとのびてるのかっこう悪いから、抜こうとしたわけ。ところが」

——抜けないのね。

「そう。抜くのがやりにくい場所でもあるの。植え込みの向こう側の隅っこぎりぎりのはしっこだから。とても手に負えなくてね、去年、植木屋をいれたとき、母が頼んだの、抜いてくれって」

——それじゃ、もう、いいんでしょ。

「植木屋が無精しちゃったのね。生えているところを切りとって、根は残しちゃったんだ」

——そう。

「植木屋が言うのにね、立葵なんかじゃない。〝桐〟だって、あれ。わたしもね、桐じゃないかなと思っていたの。知子叔母さま、桐の種子か苗か知らないけど、黙ってこっそり植えたのよ」

——……。

「幹を切ったらね、また、芽がのび出したの。脇芽だわね。上にまっすぐのびないで、横に葉がのさばりはじめたわ。ずんぐりと密度濃く茂っているのよ。根がね、すごいの。石垣の継ぎ目がだんだん割れてきて、一番上の石が斜めになっているの。放っておいたら、あの石、落ちるわ。それどころじゃない、石垣がくずれるわ。すてきにしっこく生えてくる。幹を切ってもだめなのね」

――……。

「ねえ、きいているの？　知子叔母さまって、すごいわね。黙って、あんなことしていたの」

――……。

「わたし、少しわくわくして、石垣が割れて一番上の大谷石が傾いてゆくのを毎日見ていたんだけれど、今日、お向かいのおせっかいがうちの母親に教えちゃった。残念だわ」

――よかったじゃないの。通行人の頭に落ちたら、無関係な人を怪我《けが》させてしまうわ。

「上を切るだけじゃ、だめね。ヒドラみたいよ。一つ頭を切ったら、切り口から二つだか四つだか頭が生えてくる。根を掘り起こさなくちゃいけないのよ。ところがね、掘り起こすといったって、大変なの。根が石垣のあいだにのびていこんでいるわけでしょ。大谷石をいったんとり除いて、根を掘り出して、また石を積みなおすの。素人ではできないわ。本職をたのまなくちゃ」

――大変な手間ね。

「ね、悪意の樹といったの、わかるでしょ」

――……。

「知子叔母さまは、悪意の象徴として、あの樹を植えたの。こっそりと」

――……。

「でもね、さっきも言ったでしょ。わたし、叔母さまの悪口を言ってるんじゃないって」

――わからないわ、あなたの気持。

「クリスチャンの知子叔母さまだって、悪意の紡ぎ手だったんだ。わたし、胸がすっとしちゃった。あの、知子叔母さまがよ。あら、蜘蛛が〝悪〟の上で睡っちゃってる」

――蜘蛛？　あなたって、ときどき、変なことを言う。

「牧ちゃん、あなたのお母さまね、うちの母親を憎悪する理由があるのよ」

――姉妹なのに？

「だからこそ、でしょ」

――あなた、どうしてそんなことを知っているの。

「うちの電話、切りかえなの、知ってるでしょ。割り込みという装置がついてるの。たとえば、居間の電話機の割り込みをONにしてね、わたしの部屋のも外線に接続して受話器を耳にあてると、居間の電話の会話が全部聴こえるの。相手の声も」

――盗聴……ね。

「知子叔母さま、うちの母に、子供のころからいじめられとおしてきたの」

――……昔の話……じゃないの。

「いいえ、いまも、条件反射みたいに、うちの母に頭があがらない。知子叔母さまの方がうちの母親より絶対、頭がいいのよ。だから、大学だって行けたのに、うちの母が行かせなかった。あなた、知ってた？　こういう話」

――……母親は、娘にそんな話は決してきかせないわ。

「ことに、叔母さまはクリスチャンですものね。ところが、娘には話さなくても、姉の夫に、つまり、わたしの父親には、みんな打ち明けているのよね、姉の仕打ちを」

――あなた、それを……。

「ええ、盗聴。できるんですもの、この電話。わたしは盗聴なんてされないように、この自分の部屋の電話の割り込みがOFFになっているのをたしかめてからダイヤルするわ。外からかかってきたときもね。いまも、大丈夫よ。それで、知子叔母さまは――牧ちゃん、あなたのお母さまはね、うちの父親に、綿々と話すわけ。姉が――つまり彼の妻が、いかに陰険で横暴でばかな女かということを」

――そんな……。

「わたし、きいていてわくわくしたわよ。うちの母親が、虚栄心が強くて愚かで我儘《わがまま》かってだというくらい、わたしだって十分承知している。だから、聞かされたってべつに驚きはしないけれど、知子叔母さまの仮面が、それでぽろぽろ剝《は》げてゆくってこと。こんな痛快なことなかった。知子叔母さまは、左の頰《ほほ》を打たれたら右の頰をって人じゃない。敵も愛しましょうの人じゃない。それが、恨みごとたらたらよ、訴えているのよ、同情を乞《こ》うているのよ。うちの親父がまた、それに同調して」

——……。

「あなた、もう少し何とかてきぱき返事をしてよ。ほんとに苛々《いらいら》する。ね、こういう関係って、わかるでしょ。あなたのお母さまとうちの父親、いっしょになって、父親の妻の悪口を言っているわけ。そういう話をきかされるわたしとしては、石垣ぐらい崩れ落ちてほしくなるわ。ささやかな天変地異よ」

——麻子さん、あなた……きいたの。

「そうよ、叔母さま」

相手は、絶句した。小さい呻《うめ》き声がきこえた。

「叔母さまでしょ？　牧ちゃんとかわったふりをして、ずっと、叔母さまでしょ。いくら声がそっくりでも、わかるわ。だって、牧ちゃんは、わたしのことを〝あなた〟なんて呼びませんもの」

——わたしと承知で、あなた、いままでずっと……。

「途中からね、気がついたわ。汚いことをなさるのね。わたしと牧ちゃんがどんな電話をするのか、好奇心をお持ちになったってわけ？」

——ききたくもなりますよ。

知子の声が攻撃的になった。

——あなた、これまでに電話で、牧子に何をふきこんだの。いつもそういうふうに、わたしの悪口を教えていたの。

「本当のことを言っているだけですわ、叔母さま」

麻子は、甲を上向けた手を本の上におき、小さい蜘蛛が這い寄るのを待つ。

麻子の母の恵子《けいこ》と知子は、姉妹といっても母親がちがう。

恵子の母親は、長らく病床にあった。そのあいだに、知子が生まれた。知子が認知されたのは、恵子の母親が死亡してからだが、その以前から、恵子は知子とその母親の存在を知っていた。

恵子さんがいきなりうちにあらわれたとき、わたしはそれは怖かったわ。

知子はそんなふうに、恵子の夫——麻子の父に、電話で語っていた。

わたしは、まだ五つか六つでしたわ。恵子さんは、小学校の三年……だったかしら。庭先に突然入ってきてね、きゅっとわたしを睨《にら》むの。

恵子の母が死んでから、知子は母親といっしょに、父のもとにひきとられた。恵子が中学一年の年である。母は正式に入籍され、知子も認知された。

恵子は、知子の母を継母と認めなかった。

母の病中から、恵子は家計をあずかっていた。恵子の父は内科と小児科の開業医をしていた。日銭の入る職業である。恵子は小学校高学年のころから、毎日の収入を数えノートに記入し、支出も記帳する習慣を持っていた。

知子の母が主婦の座についても、恵子は、家計を司《つかさど》る地位はゆずり渡さなかった。

知子の母は、ほんの子供である恵子から一定額をわたされ、毎日、支出を書き出し、お釣を計算し、恵子の検認を仰ぐのである。

形式的なことと、いえなくはなかった。

大きな支出は、恵子の父が賄《まかな》うから、知子の母は夫の承諾を得ればいい。しかし、知子の母にしてみれば、ずいぶん不本意なことではあった。恵子の母から夫を奪ったといううしろめたさが、知子の母を弱気にしていた。夫もまた、恵子にはうしろめたさをおぼえているらしく、どんな場合にも恵子の言いぶんを立てた。財布を握ることをゆるされない知子の母は、いつまでたっても、家政婦のような立場であった。

知子の小遣いも、恵子の手から恩恵を施すように与えられた。

小遣いはいつも不足していた。

夜、掘炬《ほりご》燵《たつ》のある居間で、恵子は一日の収入を数える。診療所の会計係をしている女が、襖《ふすま》の外にひざまずき、失礼いたしますと声をかけ、その日の収入をおさめた小さい手提金庫と帳面を恵子にわたす。恵子はノートに記された収入の金額と現金を照合する。

札は揃えて、十枚ずつにし、硬貨も各種類にわけて積み重ねる。知子は、少し大きくなると、金勘定を手伝わされた。知子の母は、現金からは目をそらせ、テレビなど見ている。父は、その時間は、診療所の書斎にこもっていることが多かった。

このお札を一枚もらえたら、と、知子は切実に思う。しかし、勘定した札は、きっちりと輪ゴムをかけられ、別の金庫にしまわれる。手提金庫には明日の釣銭用の小銭をいれて、翌朝、会計係にわたされる。札も小銭も、知子の前を素通りした。

たしかに、知子の母は、金勘定にはうとかった。だらしがなくて、おかねをもっていれば無計画に使ってしまうし、どこか幼かった。若いころは、そんなところが、知子と恵子の父にはかわいらしく感じられたのかもしれない。

学校に納入する金や、学用品を買う金も、知子は恵子からもらわねばならぬ。そのたびに、恵子からいやみを言われた。お父さまが軀《からだ》を酷使なさって得るおかねを、あなたは無駄づかいする。あなたもあなたのお母さんも、まるで経済観念がないんだから。そう決めつけられると、知子は、自分がとんでもない浪費家であるような気がして、おどおどした。

中学生のとき、買ってまもない通学定期を落としたことがある。身分証明書も入っているのだから、すぐに届け出があるかと期待したが、ついに戻ってこなかった。六箇月通用の定期なのに、買ってまだ二月と経っていない。恵子にもう一度くださいと言える金ではなかった。

父に、あるいは母に、話すということを、知子はそのとき、考えもしなかった。恵子から、しじゅう言われている。あなたが金づかいが荒いから、ほんとに、お父さま怒っていらっしゃるのよ。わたしが、あなたが使ったふうに、お父さまには話してあげているのよ。

子供だったから、姉の言葉を鵜呑《うの》みに信じた。母に言えば、母から姉の耳に入る。母は、娘をかばうために、自分の必要品を買ったと嘘をつくような才覚は持たないひとだし、母にそんな嘘をつかせるわけにもいかない。

歩いては通えぬ距離なので、何日かは切符を買ったが、小遣いはじきに底をついた。しかたなく、古本屋に手持ちの本を売ったが、子供の持っている本など、たかが知れている。父の本で不用らしいのを古本屋に持ちこんだ。住所と名前を記入するよう言われ、住所と姓まではありのままに書き、途中でふと不安になって、名だけでたらめを書いた。古本屋から父の方に問いあわせがいった。中学生の子供が売るにしては不似合な書物であったのだ。

姉が知ったから、大変な騒ぎになった。いまにも感化院にぶちこまれそうな勢いだ。しかし、父が知子を一人書斎に呼び、入り用な金があったらお父さんに言いなさいと命じ、それ以上の叱責《しっせき》はなかった。何のために本を売ったのかとも、父は訊《たず》ねなかった。父は恵子を溺愛《できあい》していた。

知子と父のひそかな話しあいに恵子が気づいたので、また一騒ぎが起きた。

わたしは、知子にけちや意地悪をしているんじゃないわ。お父さまの大事な収入をむだ遣いしてはいけないと言っているだけよ。お父さまは、わたしより知子の言うことを信用なさるのね。父は恵子を抱くようにして書斎にこもり、長い時間かかってなだめた。結婚したのは、知子の方が一足早かった。高校を出て文房具の製造と卸《おろ》しをする小さい会社につとめ、そこで知りあった同僚と結婚した。住まいは社宅である。おくれをとるまいとするように、恵子も結婚した。相手は公務員だった。父の家に同居し、父と知子の母、そうして恵子夫婦という家族構成になった。

恵子はあいかわらず父の収入も管理した。知子が実家に立ち寄ると、母は北向きの台所で食器を洗ったり、戸外で洗濯したりしていた。古い家なので洗濯機を置く適当な場所がなく、安アパートのように洗濯機は台所の戸口の外に置かれていた。知子の母は風にさらされて洗濯機を使うのだが、勝手口に人が来ると、いそいで中に入った。衣類を洗っている姿も近所の人などの目にふれてはいけないのだった。義母を使用人のように酷使していると他人にかげ口をきかれるのをおそれる恵子の命令であった。

父はやがて没し、医院は閉鎖された。

遺産はごく少額だった。父の生存中から、恵子が名義を少しずつ自分のものに書きかえていたからである。恵子にはおそらく、悪の意識はなかっただろう。父も承知の上のことである。知子とその母は、何年いっしょに暮らそうと、恵子にとっては、よそから不当に割りこんだ邪魔ものであった。

知子は母をひきとりたいと思ったが、二DKの社宅には、母をくつろがせる部屋がなかった。

母を人質にとられているようだと、知子は思う。知子が恵子に逆らえば、その分、母が恵子にいっそう辛《つら》く当たられる。

……と、そんな事情を、麻子は、知子叔母と父親の電話を盗聴して、知った。

恵子は、毎週一度、帰宅がおそくなる。稽古事《けいこごと》にかよっていて、その稽古仲間と夕食もいっしょにとり、ときには飲んで帰宅する。その留守をみはからって、知子は恵子の夫——麻子の父——に、電話をかけてくる。

妻の非を縷々《るる》と訴えられながら、麻子の父は、不快そうではなかった。共感をもってあいづちを打ち、〝そう、あれはそういう女だから〟などと応じる。

何がきっかけで、そんな立ちいった話をかわすようになったのかは、麻子にはわからないが、電話のたびに、二人のあいだが親しさの度を増してゆく気配は、つぶさに感じとれる。

父は、日曜日はゴルフに出かける。そのときを利用して、二人が逢《あ》ったのを麻子が知ったのは、つい数日前のことだ。やはり、二人の電話から、知った。ひそやかな、罪のにおいのする逢い方であった。

——あなた、それを……牧子に……話したのね。

知子叔母の声は、悲鳴のようにきこえた。

「あら、よくご存じね、叔母さま。叔母さまも、前から盗み聴き……、いえ、そちらの電話は、盗聴はできないのね。二、三日前よ、わたしが牧ちゃんに、叔母さまと父のことを教えたのは。あのとき電話に出たのは、牧ちゃんではなく、叔母さまだったの？」

——いいえ……。牧子よ。牧子が聞いたのよ。

知子叔母の声は、激してくる感情を抑えこむように、低くなった。

——牧子はね、昨日、睡眠薬を服んだわ。わたしが常用しているのをみつけ出して、盗んで服んだわ。

「ほんと……。それじゃ、牧ちゃん……」

——助かりました。いままで、病院に、わたしはいたのよ。帰って来たら……いいえ、牧子はまだ病院、わたしだけ、必要なものをとりにちょっと帰ってきたら、そこへ、あなたからの電話。牧子はね、なぜ薬を服んだのかとわたしが訊《き》いたら、〝それは、麻子さんが……〟と言いかけて、あとは黙りこんでしまった。わたしが牧子のふりをして、あなたの話をきかずにはいられなかったの、わかるでしょう。麻子さん、あなた、なぜ、牧子に……。わたしを責めればいいのよ。牧子には何も……。

「きれいな糸を紡いで」と、麻子は胡麻粒のような蜘蛛に目をむける。「きれいな織物を織って。やさしい手で、織って、さしあげたのよ。叔母さま」

踊り場

階段を昇る従姉《いとこ》の素足に、青葉の翳《かげ》がさした。

鍵《かぎ》の手に折れ曲る階段の踊り場から上は、壁のかげにかくれる。

朋子《ともこ》の素足が彼の眸《め》にうつったのは、ほんの何秒かに過ぎなかった。

雨上がりの庭の青葉の色が窓越しに白い足を染めたのは、更に短い時間であったはずだが、彼はずいぶん念入りにそれを眸に灼《や》きつけた気がする。八つの夏休みだった。

＊　＊　＊

店の前で、朝彦《ともひこ》は足をとめた。つられて、迪子《みちこ》も立ち止まる。古道具屋の多い町であった。

「また？」

ひとり言《ごと》めかし、声音に不満をのぞかせた。迪子は冷房のきいた喫茶店にでも入りたい気分になっている。東京より平均気温は低い土地といっても、真夏の陽射しは暴《あら》い。

大通りは、道幅もひろげられ、全面強化ガラスのファサードを持つビルや、垢抜《あかぬ》けたディスプレイの飾窓などが並んでいるが、一すじ裏に入ると細い路が複雑に交錯し、車の音もとだえる。

これがパリの骨董屋《こっとうや》めぐりとでもいうのなら、わたしも興味は十分あるのだけれど……と、迪子は思う。瀬戸の大火鉢だの大黒の置物だのには、いっこう魅力を感じなかった。

朝彦にしても、一つ一つ手にとったり値段を主人に問いただしたりするほどの熱意はないようなのだが、店の前を素通りはしない。ちょっと立ち止まっては、奥の薄暗がりにも目を投げる。

「古道具がそんなに好きって、知らなかったな」

「別に凝ってるわけじゃないけど、でも、ちょっと懐しいじゃないか」

「全然。わたしの子供のころ、もう、こんな物なかったもの」

「子供のときに見たか見ないか、じゃなくて、何か血の中にひそんでいるんだよ、古い物が」

迪子は気のない声で応《こた》えた。

「そっちもシナリオ書くんなら、いろんな物に興味持った方がいいと思うけどな」

朝彦は先輩ぶった。

「時代物の注文だって、こないとは限らないぜ」

「わたしなんか、書いたってどうせ没だもの」

シナリオライター養成所に、迪子は籍を置いている。家業の薬局を手伝いながら、週に一度、二時間の講義を受け、毎月一本短い作品を提出して講評を受ける。映画会社の本社が教場にあてられており、そこで、中谷《なかや》朝彦と知り合った。

朝彦はシナリオ教室の生徒ではなかった。助監督なのだという。助監督といっても、映画会社の社員ではなく、プロダクションに所属しているわけでもなかった。一本の映画を撮るのに、監督の下に、チーフ、セカンド、サード……と、助監督が数人つく。チーフはまだしも、セカンド以下となれば、雑用と肉体労働専門である。監督の注文とあれば、どれほど困難であろうと、こなさなくてはならない。現場で、監督の突然の思いつきから急に必要になったとんでもない小道具を調達に走りまわるのも、助監督の任務であった。

朝彦は六年前、浪人二年めの夏、あるチーフ助監督と親しくなった。笠井《かさい》というそのチーフが監督に昇格し、劇場用映画を一本撮ることになったとき、彼は手伝いに来ないかと誘われた。笠井としては、経費節約のために、バイトより安い小遣銭程度で使える彼に目をつけたというところだ。彼も、撮影現場にたずさわるのは珍しいし面白いので、安い日当には文句を言わず、手伝った。それ以来重宝がられ、テレビドラマのヴィデオ撮影なども何度か手伝っているうちに、笠井ばかりではなく、あちらこちらから声がかかり、けっこう仕事はとぎれず、いつのまにか本職のようになった。身分の保証はないフリーである。二浪して大学はどうにか受かったものの出席日数不足で二度留年した。

本人は監督兼シナリオライターを志すようになり、中退でもかまわないと思っている。シナリオも書く笠井が養成所の講師陣に加わったので、彼も雑務を手伝うことになった。

笠井と知り合ったきっかけは、環八の交差点だった。彼は二五〇ccのバイクに跨《またが》り、信号が青に変るのを待っていた。隣りに凄《すご》いナナハンが並んだ。彼は感嘆して口笛を吹いた。ナナハンのライダーは、フルフェイスのヘルメットのかげから、得意そうな目を向けた。信号が変るや、彼はすかさず発進したが、ナナハンのスタート・ダッシュの威力には遠く及ばず、たちまちとり残された。しかし、ライダーは彼の感嘆の口笛に気をよくしたとみえ、ときどき彼が追いつくのを待ち、いつのまにかいっしょに気持よく走り、途中ドライヴ・インに二人で入ってアイス・コーヒーをおごってくれた。それ以来のつき合いなのだと、迪子は朝彦自身の口からきいている。

この北の城下町を訪れたのは、笠井の取材につき合ったのである。笠井は下請プロダクションが制作するテレビドラマのシナリオを笠井は依頼されていた。笠井はプロダクションから旅費も宿泊費も出るが、朝彦と迪子は気まぐれにかってについてきたので、すべて自弁である。そのかわり、行動は自由だ。もっとも、夕食の酒代ぐらいは、笠井がおごってくれる。笠井は精算してプロダクションに請求するとき、その分を水増しするのだろう。

三泊四日の取材旅行の間に、朝彦と、もしかしたら関わりが深まるのかな、と迪子は思う。期待とも危惧《きぐ》ともつかない、自分でも正体のさだかでない気分であった。

朝彦に好感は持っている。しかし、一対一の緊密な絆《きずな》を結ぶにはためらいがあった。

朝彦の方でも、まっしぐらに迪子を好きというふうでもない。会えば、互いに冗談ばかり言いあっている。迪子の方には、この機会に朝彦を観察しようという功利的な気持があった。結婚の相手としてどうかという打算が、表には見せないがつきまとっている。

迪子の家が薬局と知ると、朝彦は、おれのおふくろも前、薬剤師していた、と言った。親の職業が同じだからといって、別にどういう事もないけれど、話題がひろがるきっかけぐらいにはなった。

古道具に関心が深いというのは、意外な発見であった。

朝彦の足は、さっきからその店の前で止まったままだ。

「行かない？」

声をかけようとしたとき、朝彦は、店の中に足を踏み入れた。

店の造りそのものも古めかしく、奥は五十センチほど高く上げた床に畳を敷きこみ、そこにも古い家具やら櫃《ひつ》やらが積まれている。

これも売り物なのか帳場格子が置かれ、その向うに店の主人が坐《すわ》っていた。胡麻塩《ごましお》の髪を短く刈った貧相な初老の男で、店の雰囲気に不似合な白いスポーツシャツだ。冷房はしていないとみえ、店主は膝元《ひざもと》の扇風機の首を客の方に向けた。みるからに素見《ひやかし》とわかる若い客には過分なサービスだ。愛想のいい顔はしない。

朝彦は框に手をつき、身をのり出して、主人の背後の一隅に目を放つ。視線の先に、迪子が初めて目にする奇妙な形の簞笥《たんす》があった。

そう……やはり〝簞笥〟だろう。抽斗《ひきだし》やら引違いの戸やらがついている。材は赤樫《あかがし》か何からしい。迪子にはよくわからない。変っているのは、側面から上端にかけて階段状になっていることであった。

五段、ある。したがって、物を入れる部分も、複雑に不規則に、抽斗やら戸棚やらが組み合わされている。踏み上っても、軀《からだ》の重みをがっしり支えてびくともしないと思われる堅牢《けんろう》な造りであった。

しかし、この階段は、昇ってもどこへも通じてはいないのである。

「階段簞笥だ」

主人がぼそりと言った。そう言えば、意味が通じるだろうというふうに、それ以上の説明はつけ加えない。階段の形をした簞笥だから、〝階段簞笥〟には違いない。黒い犬を〝黒犬〟と説明するようなものだ。

「いくらですか」

朝彦が訊《き》いた。あ、ばか、ばか、と、迪子は心の中で言う。どうせ手の出ない値段に決まっている。訊いたりしたら、何か買わないと店を出にくくなるじゃないか。

「四十八万七千円」

主人はそっけなく言った。ほとんど五十万円。

「四十八万七千円」

朝彦は鸚鵡《おうむ》がえしに言い、うなずいた。高過ぎる、という声音ではなかった。

＊　＊　＊

誰に言われたわけでもないのに、彼は、踊り場から上に昇ってはいけないのだと思いこんでいた。伯父《おじ》の家に厄介になっているという引け目から生じた、子供らしからぬ遠慮もあった。

厄介になっているといっても、夏休みの間だけのことで、母の実家に泊まるのに気兼をすることもないのだが、祖父の死後、実家は長兄の代になっており、嫁に東京の外孫の世話をさせるのを祖母がひどく心苦しく思っているふうなのが、彼にも感じとれた。

母が離婚し、一人っ子の彼と二人暮らしになったことも、実家の態度が少し変った原因だったのかもしれない。もちろん、それは後になって思ったことなのだけれど。

以前にも、両親といっしょに訪れたことはあるが、幼かったし、一泊ぐらいの滞在だったせいか、そのときの印象は薄い。

母は離婚する前から、薬剤師として働きながら、アマチュア演劇のグループにも所属し、ときたまささやかな公演を催していた。父は製紙会社につとめるサラリーマンで、演劇には全く無関心であった。

　長い夏休みの間、彼が家にいては、母は仕事にも出にくいし秋の公演にそなえての稽古《こ》もできないというのが、彼が伯父の家にあずけられた理由であった。伯父は、母親が離婚したあげくに子供をよそにあずけてアマチュア芝居などとんでもないという意向で、それを母はしゃにむに押し切ったらしい。伯父は伯母《おば》の前でことさら母を非難した。いささかの遠慮はあるが、彼としては、伯父の家で過す夏休みは、悪いものではなかった。土地の旧家で、何代か前の当主は藩の典医であり、それ以来ずっと医家である。伯父の代に産婦人科の専門になった。母屋と渡り廊下でつながれた診療所は新式の設備をととのえた洋館だが、母屋は部分的に改築の手を加えただけの、だだっ広い古い建物である。奥深く枝分かれした廊下は迷路のようで、歩きまわるだけでも、少しスリルのある探険の気分を味わえた。

　庭がまた、東京のせせこましい町中に育った彼には、深山幽谷めいて感じられた。子供の眼で見たのだから、なおのことだ。

　そうして、夏だったせいだろう、彼の記憶に強く印《しる》されている庭は、鬱蒼《うっそう》と茂った樹々の葉叢《はむら》の青に染め上げられ、黒ずんだ青が翳を作り、陽を透す葉はやわらかに明るい青い光を投げていた。

　伯父の家には、朋子、啓二《けいじ》郎《ろう》、和子《かずこ》、三人のいとこがいた。ともちゃん、と呼ぶ声に彼が返事をすると、それは朋子を呼んでいるので、そんなとき彼はひどく恥ずかしい気がした。そのくせ、同じ呼び名を持つことが少し嬉《うれ》しくもあった。

和子が一番気のおけない遊び相手であった。

一つ年上であるだけなのに、和子はずいぶん年長者ぶるのだが、庭の複雑な小径《こみち》を少しも迷わず彼を引き連れて歩くのだから、彼は反感を持つどころか、敬意を払ってしまう。

笹葉をわけ、細い路を上り、築山《つきやま》のかげにまわると、山吹がこんもりと葉を茂らせた下に、小さい祠《ほこら》があるのに彼は気づいた。高さ二十センチもない木の社である。扉は閉ざされていた。

「これ、何？」

「指さしちゃだめ。指が腐る」

彼が慌てて両手をうしろにまわすと、

「あこさま」

と、和子は彼の耳もとで声をひそめた。

彼がもう少し年長《とした》けていたら、伯父の職業と結びつけ、伯父が中絶した胎児を祀《まつ》ったのだろうかなどと、推量したかもしれない。〝あこ〟が子供をさす言葉だということさえ、そのときは知らなかった。

和子が教えてくれた祠の祭神の正体は、彼には胎児などよりむしろ無気味に思えた。祭神が不気味なのではない。それを祀った人々の心根が恐ろしいというべきだろう。

「おじいちゃんにきいたのよ」と和子は彼に、重大な秘密をあかすように言い、誰にも喋《しゃべ》らないと誓えと、ものものしく詰め寄った。

「喋らない」

「喋ったら、舌が腐るからね。あのね、家を守ってくれる子供を、祀ってあるの。あのね、家を守るのはね、死んだ子供なの。だから、殺したんだって」

「誰を」

「きまってるじゃない。子供」

「ほんと？」

「おじいちゃんにきいたもの」

「いつ」

「昔」

「何だ、昔か」

「昔に決まってるじゃない」

「殺したら、恨んで悪いことしそうだけどな」

「小っちゃい赤ん坊だから、殺されたってこと、自分でわからないんじゃない」

「どうして、赤ん坊が守ってくれるの。小さくて、力なんか無いのに」

彼は、幼い頭で考えられるかぎり理詰めに問いただした。和子の返事は、おじいちゃんがそう言ったもん、の一点ばりであった。

＊　＊　＊

「小さ神信仰って、知っているかい」

朝彦は、唐突に言った。冷房の効いた喫茶店に入り、窓ぎわの席に向かいあっていた。

「うん、まあね、漠然と」

そう言いかけて、迪子は、視線をそらせ、窓の外に投げた。朝彦の顔が急に陰翳《いんえい》を深め、何か凄愴《せいそう》の気といったものを滲《にじ》ませはじめたように感じられる。古道具屋を出てからだ。もちろん、買いはしなかったが、朝彦の眼はいつまでも階段箪笥にまつわりついていた。

「アジア民族の中にはね、赤ん坊を墓に入れない風習があるんだって、知ってる？」

「知らないわ」

「日本では、神は童子によって神意を伝えることが多いんだ」

「ねえ、あの変な箪笥、まだみれんがあるの？　あれと、赤ん坊を墓に入れるとか入れないとかいう話、関係あるの？　まさか、あれ、箪笥じゃなくて、実は赤ん坊の柩《ひつぎ》のかわりだとか、小さ神の祭壇だとかいうつもりじゃないでしょ」

「変なこと、思いつく人だな」

「朝《とも》って、凹凸の少ない顔だと思っていたら、意外に彫りが深い」

「あれの戸棚に骨壺が、なんて考えたのか？」

「ただのガラス板だと思っていたら、光のあてぐあいで、とんでもない浮彫《レリーフ》があらわれた、ってふうよ。朝の顔」

「とんでもないって、どんなの」

「狼とか、鬼とか……」

ふだんなら、歯をむいて、こう？　とふざけるのだろうが、このとき朝彦は、のってこなかった。

「見たことがあるんだ。あれと似たやつ」

「いつごろ」

「がきのころ。親類の家にあった。もっと、でかかったな。ほんとに、階段に使っていたんだ。上が踊り場につながっていて、そこから鍵の手に折れ曲って壁のかげになる」

朝彦はまた、黙りこんだ。

＊　＊　＊

朋子は、いつも二階にいるようだった。食事のときには降りてくるが、食事のものをのせた膳《ぜん》を持って、また、上がっていってしまう。膳の上には、二人分の食器やおかずがのっていた。そうして、しばらくすると、汚れた食器をのせた膳を持って降りてくる。

台所で洗い物の音がする。もう一度昇ってゆくとき、水をつかったあとの指先は少し紅《あか》くなっていた。

二階に誰がいるの、という質問も、何だかタブーのようだった。大人の気配で、彼はそう察したのである。

これも、彼がもう少し大人であれば、朋子は結婚していて、二階に別の世帯を持っている、二階には水屋の設備がないのだ、というふうに思って、さして疑問もなく、そのままに見過したかもしれない。あるいは、二階には病人がいて、朋子はその世話をしているのだ、というふうにでも。

裏庭から見上げると、二階の一部に、明らかにあとから造り足したとみえる張り出した箇所があり、太い土管がその張り出した床から垂直にのび、一階の、これも一箇所突き出したさしかけの屋根を貫いていた。水洗の設備のない二階建ての安アパートに、彼はこういう土管を見たことがあるので、たぶんあれは、二階の便所の排水だろう、風呂《ふろ》場《ば》も二階に造ってあるのだろう、などと推測した。

そうして、彼は、更に想像した。

和子のすぐ上の兄の名は、〝啓二郎〟である。これは、その上にもう一人、〝なに太郎〟あるいは〝なに一郎〟という男の子がいる事を意味しないだろうか。

「ねえ、二階にいるの、もう一人のお兄さん？」

大人のいないところで、彼は和子にこっそり訊《たず》ねた。かまをかけるような聞き方になったが、それほどの悪知恵はない、素直に訊いた結果が、そうなっただけのことであった。

「うん」

和子は、あっさりうなずいた。

「雄一郎《ゆういちろう》兄さん」

推測がぴたりと適中したので、彼はかえってどきっとしたほどだった。

「でも、雄一郎兄さん、死んだの」

「ほんと？」

「うん。でもね、いるの。これ、誰にも言っちゃいけないよ」

「言わない」

「言うと、口が腐るよ」

「言わないよ」

「あのね、朝ちゃんには、あたし教えてあげたけどね、あたしが教えたって、言っちゃだめだよ」

「言わないったら。だけどさ、ぼくに喋って、和ちゃん、口が腐らないの」

「大丈夫。朝ちゃんは、うちの人だもの。あたし、いいと思うの」

和子の論理は、いっこうに筋がとおっていなかった。

「ね、二階って、誰も昇ってはいけないの？」

「そう。朋子姉さんだけ。ほかの人が昇ると、雄兄さん、怒るから」

彼は、ギリシャ神話で読んだ話を、このとき思い出した。迷宮の中央に、巨大で兇暴な牛の化物が住みつき、毎年、犠牲者を捧《ささ》げさせている。退治に行くものは、皆、迷路で道を失ない、出るすべがなくなる。ようやく中心に到達できたものは、牛に殺される。勇士が、美しい娘の手引きで、迷うことなく牛のいるところにたどりつき、退治し、無事に帰還する。そんな話だった。

「雄一郎兄さんて、角、ある？」

「まさか。雄兄さんてね、詩を書く人。詩の本、出したことがあるよ」

「へえ。どんな詩？」

「知らない」

「読んだことないの？」

「お父さんがね、焼いちゃった。いけない詩なんだって」

「何がいけないの」

「知らない。すごく、いけない詩なんだって。それでね、そのあとね、雄兄さん、死んだんだって」

「病気？」

「じゃないみたいだけど、あたし、知らない」

「いじわる」

「いじわるじゃなくて、ほんとに知らない。それでね、そのあと、ずっと二階にいるの」

そう言ってから、和子は、木に登ろうと誘った。

二つの幹がよじれあわさって、一メートルぐらいのところから二股《ふたまた》にわかれ、太い枝を八方にひろげながら空にのびる大樹は、たいそう登りやすく、またがるのにも具合がよくて、二人は気にいっていた。

木登りのこつを教えたのは和子で、朝彦はさんざん笑われながら、どうにか登れるようになっていた。葉叢が和子の顔をかくした。

「見たいな」

「雄兄さん？」

「うん」

「だめ。いけないの」

「いけない事ばっかりなんだ」

「そんなこと、ないよ。よそのうちのお父さんより、怒らないわよ、うちのお父さん」

たしかに、伯父は、子供たちには寛大だった。

とりわけ、和子には甘い父親であるようにみえた。彼の母の長兄にあたるわけだが、母と似ているところは少しもなかった。

彼の母は面長《おもなが》ですらりと瘦《や》せているが、伯父は顎《あご》がくびれるほど肥満し、太い眉《まゆ》の下の小さい眼はやや気むずかしげで、小鼻の肉の厚い丸っこい鼻は愛嬌《あいきょう》があるのだが、唇の両はしが、笑うのを拒むように、ぐいと下がっている。その妻である義理の伯母は、小づくりな軀の肉がかっちりと締まっており、いつも気ぜわしげに動きまわっている。肥《ふと》り肉《じし》の人は気質もゆったりしていそうなものだが、伯父は神経質で、使用人に口叱《くちこ》言《ごと》が多かった。病院を経営している伯父の家には、看護婦やら女中やら、使用人の数が多かった。しかし、和子が叱られるのを、彼は見たことがなかった。彼と和子が庭を走りまわって、伯父の丹精したものらしい盆栽の鉢をこわしても、伯父は和子には苦い顔つきさえみせなかった。

　中学生の啓二郎には、伯父は一人前の大人を相手にするように、対等に話し相手になっていた。啓二郎も大人びた口調で、夕食のときなどテレビのニュース番組をみながら、伯父と政治や経済の話題をかわし、彼は畏敬《いけい》の目で二人を見くらべた。啓二郎は彼にはあまり関心を示さなかった。子供すぎると思ったのだろう。

　朋子に対する家人の態度は、彼には、ずいぶん妙なものに感じられた。腫《は》れものにさわるような、という、そのころおぼえたばかりの形容句が、ぴったりだと彼は思ったのだった。

　朋子は自分からはあまり口をきかなかった。たまに、朋子が一言二言話すと、伯父も伯母も身をのり出すようにし、大袈裟《おおげさ》にたてつづけにうなずいたりして、先をうながす。しかし、朋子のお喋りは、三言とは続かなかった。

　朋子は、どちらかと言えば、伯父に似ていた。ふっくらと大柄で、外の陽にあたることがないせいか、蒼《あお》いほど白い肌をしていた。素顔でいることが多いが、たまに、気まぐれのように濃い化粧をした。それも、悪ふざけのようなつくりで、頬を丸く紅くしたり、唇に青っぽく光る紅を塗ったりしていた。伯父も伯母も、和子でさえ、その毒々しい化粧に気づかぬふりをした。啓二郎だけが、露骨にいやな顔をみせた。

彼は、驚きを顔に出したに違いない。すると朋子は、彼に笑顔をみせた。素早い、光が掠《かす》めたような一瞬の笑顔であった。すばらしくかわいい、と彼は思った。厚化粧は彼の目から消え、その下の素《す》の笑顔を、彼は直視したのである。

朋子が嘔吐《おうと》しているのを彼が見たのは、八月も半ばを過ぎ、東京に帰る日が近づいているころだった。

＊　＊　＊

迪子は、東京に帰ってから、銀行の通帳の残額をしらべた。

両親は、家業を手伝わせるかわりに、同年輩の女の子が会社でもらう給料の平均額をはるかに上まわる額を、サラリーとしてくれる。食費はひかれないし、ねだれば文句は言いながらも洋服だの何だの、金額のはるものは買ってくれる。そのかわり、何かと干渉もされる。いまのうちに、ねだるだけねだり、貯めこんで、独立資金にしようと、迪子は虫のよい計画をたて、預金の数字をふやしていた。シナリオを書いても、実際に採用され映像化される機会は少ない。また、採用されるにしても、ありふれたテレビドラマに向くものを望まれるだろう。いつか、仲間で出資しあって、好きなものを撮ってみたい。コンテストに応募することもできる。そのためにも、貯めこむ必要があった。

買えないことはないな。

数字を見ながら、思う。家を出るのも、映画作りも、数年先に延びてしまうけれど、買えないことはないな。

翳の濃い凄絶とさえ言えた朝彦の顔が眼裏《まなうら》から消えない。

昇りきっても、どこにも通じていない階段簞笥を手に入れたいという願望が、日増しに強くなる。あの簞笥に憑《つ》かれた朝彦の気持が、のりうつりでもしたかのように。

でも、あの簞笥は、危険なのだ。なぜか、そう感じる。手に入れたい。叩《たた》き割るために。叩き割って、燃やしつくすために……。

* * *

古道具屋に、彼は、東京に帰ってから手紙を書いた。必ず、求めるから、もう少しの間待ってほしい。とりあえず手付けを同封する。そう書いたが、手付けに相当する金額は、即座には用意できない。

遠い日の、朋子が嘔吐していた姿を、彼は思い出す。

幼かったから、その数日後、伯父が二階に昇っていったことや、その手に黒い鞄《かばん》があったことや、そうしてそれから更に数日後に、朋子が階下に降りてきて雨上がりの庭に出ていったことや、再び階段箪笥を昇って踊り場を曲り二階に消えていった朋子の、洗ったあとらしい濡《ぬ》れた手や、素足のふくらはぎなどを、一つに関連づけはしなかった。

朋子のふくらはぎは、泥で汚れていた。

母が迎えに来る前日、あこさまの祠を見にいったら、白い野花が供えてあったことも、みな、ばらばらな断片として、記憶に残った。

成人してからの彼は、それらを有機的に組み立て、彼の幼い眼にはうつらなかった陰の部分を想像することはできる。

それがどこまで真実を衝《つ》いているかは確かめようがないし、まだ生存している伯父たちに問いただす気もない。母は彼を連れてその翌年再婚し、それ以来、彼は母の郷里を訪れたことはないのだ。和子も結婚したときいたが、彼も母も式には招《よ》ばれなかった。

どこにも通じていない階段箪笥は、彼を、過ぎた時間、過ぎた空間に、導き入れてくれる予感がある。

一番上まで昇るとそこは踊り場につながっていて、直角に折れ曲がり、壁の陰にかくれた階段を更に昇る。

死んで、なお生きている詩人と、その妹がいる時間と空間の一隅に、ひっそりと身を置くことが許されそうで。

雨上がりの青葉の翳に染まった従姉のふくらはぎには、泥の汚れがついていた。

笛塚《ふえづか》

「連絡がとれないんですよ」小坂《こさか》は不服そうに言い返した。

叱責《しっせき》されたと誤解をあたえるほど強い口調になったのだろうか。

「放ったらかしにしていたわけじゃありません。ベッドが空いたからと電話を入れたんですが、だれも出ないんです」

診療日、職員食堂であわただしい昼食をとっていたとき、セルフサービスのアルミ盆を捧《ささ》げ持った小坂をみとめ、テーブルに呼んだのである。

「時間を違えてかけなおしてみた？」

「ええ、昼にかけて通じなかったから、夕方、また一度。それから二、三日してまたかけたんですが、やはり留守で。そうこうしているうちに、ベッドがふさがってしまって。そういつまでもおさえてはおけません」

丹生《にお》燎子《りょうこ》の入院検査はどうなっているかと、矢上《やがみ》がふと思い出したのは、朝ひろげた朝刊の広告欄に、デパートで開催されるガラス工芸展の広告が目についたからである。

ふだんなら、気にもとめずに見過ごすところだった。学生のころは、人並みに美術や映画にも興味を持ったが、最近ではかろうじて興味を持続しているのは音楽ぐらいで、それも音楽会に足をはこぶような積極さは失っている。妻は三歳と五歳、ふたりの幼児の世話で手いっぱいで、デパートの広告で目が向くのはバーゲンセールばかりのようだ。結婚前は評判の映画、音楽会と、ふたりで行きもしたけれど、是非ともという本然的な欲求によるものではなかった。何か洒落《しゃれ》た時間の過ごし方のように錯覚していたのだろう。

エミール・ガレ、か……。

その名も、若いころのような関心をそそりはしなかったが、『ガラス工芸・古代から現代まで』の文字が、カルテの職業欄に〈ガラス工〉と記した丹生燎子を連想させたのだった。

「自宅にかけたの？　工房でも持っているんじゃないのかな」

カルテに丹生燎子が自分で記した番号のところにかけたのだ、と小坂はますますふくれ顔で言う。

カルテには、勤務先の住所、電話番号を記載する欄がある。丹生燎子が、工房など自宅以外のところにいることが多いのなら、それも書き記しておくべきであり、連絡がとれないのは、たしかに患者のほうの手抜かりであった。

「ベッドが空いたと連絡を入れたのは、いつごろ？」

小坂は考え込み、十日ほど前だった、と言った。

丹生燎子が彼が主任である眼科の外来に初めて来たのは、四ヶ月ほど前である。

小坂の連絡を受けていないのなら、丹生燎子としては、四ヶ月も放っておかれていると、病院の処置に不満を持って当然なところだ。

「よく向こうから苦情を言ってこなかったな」

「そうですね」

気のない返事を小坂は返した。

アルミ盆をカウンターに返すとき、矢上は、思いついて、メモ帳で佐治《さじ》の画廊の番号をしらべ、傍らの電話の受話器をとった。

丹生燎子を彼に紹介したのは佐治である。美術商の佐治は、以前彼の診療を受けたことがあり、それ以来、ときどき患者を紹介してくる。

事務員が、社長はまだ来ていませんとこたえた。＊＊病院の眼科の矢上から電話があったと伝えてくれと言い、席にもどると、小坂は忙《せわ》しげにライスカレーをほおばっていた。

——無いものが、見えるのです。

初診のとき、燎子はそう言った。

眼科よりは、精神科の領域ではないか。彼は、そのとき、とっさに思ったのだった。

総合病院だから、各種の科が揃っている。

無いものが見える。幻覚症状があるということか。しかし、それが、〝無い〟と自覚しているのなら、ＬＳＤの常用者なのだろうか。

燎子が持参した佐治の紹介状は、〝丹生燎子さんをご紹介します。よろしく〟と名刺に添書した簡単なものであった。彼はそれを、カルテの隅にとめた。

燎子の異常な訴えを承知の上、彼なら適当な科にまわすだろうと期待して、よこしたのかもしれない。いきなり、精神科に行けとは、言いにくい。

「無いものが見える、と言うと？」

燎子は、目の表情だけで笑った。

「無が見える……。おかしな言い方ですわね」

彼が診察する前に、小坂が、問診と検査をし、カルテに結果が記されてある。

国立大学付属の病院なので、初診患者はまず若手の医師にまわされる。主任の矢上が診るのは、特別な紹介のあるものか、若い医師から担当の患者をさらに診てほしいと依頼されたときだけだが、それでも、カルテは机上に山をなす。

彼が診る間、担当医は、いささか緊張して傍らに控えている。診断の適不適を主任に試されることにもなるからだ。

「視野欠損があるそうです」

小坂は言葉を添えた。

「眼圧は低いんですが」

カルテに、小坂の子供っぽい字で、そのことは記されていた。

眼圧——眼球内の水様液の圧力は、通常、15～16㎜Ｈｇであり、23以上であれば異常な高値、８以下は異常低値とされる。丹生燎子の数値、10は、低めではあるが、病的というほどではない。

「視野検査はしたの？」

言いながら、カルテに目を通す。

年齢欄に三十二とあるのが、目に入った。

「はい、測定器がなかなか空かなくて、だいぶ待ってもらいましたが」検査と治療の機器は最高のものが備えられてあるのだが、数が足りない。そのため、眼科外来は、いつも薄暗い廊下に患者が溢《あふ》れている。

初診患者の受付は早朝八時半からだが、早い者は八時前から来て順番をとっている。診療開始が九時。そうしていまはすでに午後二時をまわっている。

「無いものが見える。つまり、視野欠損のことですね」

「欠けたのではなくて、無が生まれたと思えるんですけれど」きどった表現に、矢上は、苦笑した。しかし、燎子がわざともってまわったことを言っているのではなく、実感を素直に語っているのだと、理解した。

視野欠損であれば、彼の専門分野である。

「あの視野検査って、夜の空を見ているようですのね。流星をとらえるような」被験者は、半球形の空洞を、一眼ずつでみつめ、蛍火のような光を認めると、手元のスイッチを押す。光は、あちらこちら、ところを変え、光度を変え、点滅する。視野に欠損のあるものは、光を認められない部分が生じる。その結果はコンピューターで図面に記録される。

丹生燎子の測定結果の図は、緑内障の特徴を示していた。

「夜の空。それも、ミニチュアの」

「ふつう、緑内障というのは、眼圧の異常上昇から生じるんですが、丹生さんの場合、眼圧は、むしろ低いので、視神経の萎縮《いしゅく》が考えられます。血液検査と脳のスキャンを今日のうちにすませましょう。それで、異常がないとなったら、一日のうち、ある時間だけ急に眼圧が上がるというケースもまれにあるので、一日入院してもらって、二十四時間、一時間ごとに測定するという検査をします。夜中も検査するのでちょっと大変だけど、一晩だけのことだから、辛抱してください。急激に病状が進行することはありませんから、ベッドが空いたとき、連絡します」

「火をみつめすぎたのかしら」

部屋を出てゆきながら、ひとりごとともつかぬふうに、燎子は言ったのだった。

十一時をまわった時刻は、ふつうなら他人を電話口に呼ぶには遅すぎるが、工芸家というような自由業の者は、就寝が遅いのではないか、と彼には思えた。しかし、カルテは病院にあり、彼の手もとには番号の控えはない。その彼の気持ちに呼応するように、ベルが鳴った。

「電話をいただいたそうで」

佐治の声は、気のせいか、いつもよりぶっきらぼうに聞こえた。

「ご紹介いただいた丹生さんのことなんですが」彼が言うと、「う」と短い咽声《のどごえ》を佐治は洩《も》らした。

「一日入院してもらって検査をしなくてはならないんだが、連絡がとれないんです。そちらに聞けば、仕事場か何か、連絡のつく場所がわかるのではないかと思いまして」

「それは、どうも……」

続く言葉を、しばらく、矢上は待った。

「あれは、いま、ちょっとごたごたしていまして……。入院の日取りは決定しているのですか」

「いえ、丹生さんのご都合を聞いてからでないと、勝手には。しかし、手続きをとらないと、すぐふさがってしまいますのでね。丹生さんは、夜なら自宅におられるのですか」

佐治は、また沈黙した。

〝あれ〟と、不用意に佐治は口にした。いくら年が離れているとはいえ、よほど親しい間柄でなくては用いない三人称であろう。佐治と丹生燎子は、彼の知るかぎりでは、血族ではなかった。

とっさの間に、ふたりの関わりが浮かんだ。しかし、彼はその想像に深入りはすまいとした。妻とそのお喋《しゃべ》り仲間が他人の醜聞を嬉々《きき》として話題にするのを、彼は苦々しく思っていた。

しかし、丹生燎子に裏切られた……いや、裏切られたというのは、言葉があまりに激しい。意外だった、というべきか……。〝意外〟では軽すぎる、なにか不快な澱《おり》が気持ちの底にある。裏切られたなどという言葉がどうして心に浮かんだのか。思いがけない自分の気持ちの動きに、彼はいささか混乱した。

「いま、自宅にはいないのです」

「旅行中ですか」

「そう。そうです。ちょっと旅行をしていましてね」

「ごたごたというのは、その旅行のことですか」

常にない執拗《しつよう》な問いを彼は投げた。

「そうです」佐治の声音は、まだ曖昧《あいまい》だった。

「まあ、たいしたことではないんですが。帰りましたらすぐご連絡するように言いますから」

続く質問を拒絶するようなそっけない口調であった。

「それでは」

と、矢上が受話器を置きかけると、

「あ、もしもし」

受話器から、佐治の声が聞こえた。

「実は、あれのことでご相談が……」

＊　＊　＊

「十何年か前でしたわ。いえ、はっきり覚えています。十六年前です。わたしが十六のときでしたから」

半身起きなおり、積みかさねた枕に背をもたせかけた丹生燎子は、彼が意外に感じたほど明るい声音で話した。

燎子が入院していると佐治が教えた場所は、個人の経営するごく小さい外科であった。

〝矢上先生に、こんなことをお願いする筋ではないんですが〟

思いあぐねたように、佐治は打ち明けたのだった。

こぢんまりした個室に、燎子は入っていた。淡いクリーム色の壁が清潔で暖かい印象を与える部屋だ。彼が勤務する病院は国立だけに必要な医療設備はととのっているが、患者の居心地のよさは、贅沢《ぜいたく》な悪徳とみなされるかのように、まったく無視されている。

見舞いの花はひとつもなかった。

「失明のおそれは、まず、ないんですよ」

病室の燎子と顔をあわせ、彼がまっさきに言ったのは、それだった。

「一日入院の検査というのも、念のためというだけです。わたしの診断では、『正常眼圧緑内障』で、これは」

彼が説明しかけると、燎子は少し笑った。

「白い犬を白犬、青く晴れた空を青空と名づけるような病名ですのね」

「たしかに、そうだな。しかし、いわゆる緑内障と違って、進行が遅い性質のものなんです。性質のよいやつなんですよ」

進行は遅いが、くいとめることも、すでに欠損した部分を回復させることもできない。丹生燎子の生の尽きるまでの時間と、視野が蝕《むしば》みつくされるまでと、どちらが長いか、彼にも予測のしようはなかった。

「とにかく、視力に関しては、これ以上、急激に悪くなるということはありませんから、気に病まないで」

言いかける彼の言葉を、

「十何年か前でしたわ」

脈絡のない言葉で、燎子はさえぎったのだった。そうして、続けた。

「あの音色を、言葉でいいあらわすことはむりだわ。CDを聴いていただくことはできますけれど、そうして、CDでもすばらしくはありますけれど、生の音とは、まるで……」

燎子は出窓に目を投げた。

私物を持ち込んだのだろう、CDプレイヤーが置かれている。

「ですから、先生には、お聴かせしません。機械をとおした音で、こんなものかと思われたくありませんから。わたしは、生の音を知っていますから、これを聴きながら、あの音色を耳によみがえらせることができるのですけれど。先生、舞台のテレビ中継をごらんになったことありまして。CDの音は綺麗《きれい》ですけれど、ここでは、音をしぼらなくてはなりませんし。個室ですけれど、壁が薄いから、迫力のある音を出せないんです。音をしぼると、ピアニッシモは消えてしまいます。生なら、どんなに小さい音でも、この方のは、遠くまで聞こえます」

「十六のときに、何か、演奏を聴いて感銘を？」

「郊外の林を歩いていたんです。わたしの生家の近くにはそのころはまだ、奥深い雑木林が残っていました。——もう、すっかり住宅地になってしまいましたけれど」

わたし、とても悪い精神状態のときでした。と、燎子は続けた。

十六って、そんな年ですわね。

今も、そのころとあまり違いませんけれど。

　何もかもが、とりとめなくて、ただ、流されているようで。はっきりした境目がなく、生から死に入り込んでいきそうな、そんな気持ちで、歩いていました。油照りの夏でした。重なり合った葉はぼってりと陽の光をしたたらせていました。汗にまみれて歩いていました。

ただ、闇雲に。

　わたし、不眠症にかかっていたんです。よく眠れないなら眠くなるまで起きていればいいじゃないかって言いますけれど、それは、眠れない怖さを知らない人の無責任な言い方だわ。眠ろうとすると、息苦しくなって、どうしようもなく怖くなるんです。

「薬を飲まなかったんですか。このごろは良い入眠剤がありますよ」

　彼は口をはさんだ。

「十六年前か。そのころも、もう、ありましたよ。昔のように生命系統に影響することはないし、中毒もしない。このごろの睡眠剤では、自殺も他殺もできないんですよ」

「最近そう知りましたけれど、そのころは、薬は怖いものと思い込んでいたんです。中毒患者を見たことがありましたし。でも、あまり眠れなくて辛《つら》いので、友達のお父さんに医者がいるので、薬をもらって飲んだんです。そうしたら、眠れはしたんですけれど、恐怖感があったためか、目覚めたとき、熟睡したという感じがなくて、頭の中が金属性の空洞になった……。雑木林を歩き回ったというのは、そのときなんです。歩いて汗をかけば、からだの中に残っている薬が抜けるんじゃないかと……。そうすれば、この変な空っぽもなくなるんじゃないかと……そう思って」

　そのとき、聴いたんです。燎子は、言った。

音色を、目に見えるものにたとえれば、透明な玉ですわ。蜜《みつ》色であり、碧玉《へきぎょく》の色であり……。その音色は、わたしに、風を見せてくれ、同時に、わたしの意識の奥底を見せてくれました。そう感じられたんです。

　幻聴かと思いました。何の音か、わからないんです。管楽器らしいけれど、こんな音色をだす楽器があるかしら。フルートやピッコロのような洋楽器であれば、もっと、金属的な音色です。和笛であれば、和紙を思わせる、かさかさと空気の混じる音です。音に酔わされて歩き、音色は次第に近くなりました。わたしが、知らず知らず、奏者に近づいていたのです。

　わたしより七つ八つ年上に見える若い男の人でした。そうして、奏でている楽器は、一管の篠笛《しのぶえ》でした。

　一本の素朴な竹の筒が、こうも霊妙《れいみょう》な音を発しうる。和笛の特徴である笹の葉擦れのような濁りがまったくない、それでいて、金管楽器とはことなる、まぎれもない、篠笛なのです。それまでに耳にした横笛とはまったく異質の、独特な音でした。

　透明な柔らかい糸のような音から、激しく猛《たけ》る鋭い音まで。かすかな囁《ささや》きから、怒濤《どとう》まで。小鳥のさえずり、深山の木下闇を流れる細ながれ、空をつんざく一閃《いっせん》の矢。打ち寄せる波。いえ、楽の音は、ものにたぐえることは不可能です。ただ酔うのみです。技法のかぎりをつくしながら、奏者は、まるで無心に樹々や風に溶けいっているのでした。

その人が笛を唇から離す気配を感じたとき、わたしは、足音をしのばせて去りました。

その夜は、快く眠れたわ。

「翌日は、もう、そこには行かなかったんじゃないのかな」

彼が言うと、燎子は嬉《うれ》しそうにうなずいた。

「そうなの」

一度だけの感動を、燎子は、大切にするのだろう。そう、彼は察した。二度、三度、度をかさねるごとに、感動は変質し、日常化する。

「名前を知ろうとも思いませんでした。もちろん、時が経てば、曲は忘れます。でも、あのとき、感じたものは、残り続けます。時が経つほど、鮮烈になってゆくの」

燎子の口調は、少女じみた。

「ほんとうにあったことなのかしら。そう思うほど、遠いことになりました。それから、わたしもいろんなことがあったわ。結婚して、じきに別れて、生家には帰らず、ひとりになって、ガラスの美しさにとりつかれて、ガラス吹きの職人になって、佐治にお金の世話をうけて……。でも、そんな話、ありふれたことなのよね。とりたてて先生に聞いていただくことではないわ」

「その人は、いままでは、かなり有名なの？」

ＣＤプレイヤーに目を投げ、彼は訊《き》いた。ＣＤを出しているのなら、無名の素人ではあるまい。もっとも、どれほど有名でも、笛の演奏家では、彼が知るわけはないが。

「三年前だったわ。マーラーの新盤が出たので、レコード屋に入ったんです。ふだん、邦楽の棚に目を向けたことはありませんでした。わたしには特別なもので、三味線とか長唄《ながうた》とかって、興味なかったし。あのときの笛だけが、演奏者の写真がのっていました。少し貫禄《かんろく》がついて、でも、新しいCDのポスターがあって、一目で……。時間の向こうに消えていたものが、不意に肉体をもったんです。迷ったりする前に、店員に、この人のを頂戴《ちょうだい》、と言っていました。

帰宅してすぐに聴きました。期待はしていなかったの。古い写真を見て、過ぎたときを思い出すようなもの。そう、はじめから思っていれば、幻滅はしないわ。

機械をとおした音ではあっても、すばらしい演奏でした。一管の独奏。それに、他の楽器との合奏もあります。三十弦の箏《こと》だの、バス・マリンバだの、トランペットだの。遠波が寄せて来るように、三十弦箏がうねりながら押し寄せる。鋭く、彼の笛が切り込む。ジャズ・プレイヤーとの合奏は、即興よ。洋楽器との即興が、少しも違和感がなくて、楽しそうなの。そこにCDはありますけれど、お聴きにならないで。わたしが、初めて聴いた彼の一管は、そのCDでさえ、くらべようもないんですもの」

「そのことが……」

彼が訊《たず》ねようとしたとき、燎子は言葉を継いだ。

「二週間ほど前、正確に言えば、先々週の土曜日、演奏会がありました。

大きい名跡を継ぐことになって、その披露の会でした。

賛助出演者は、これだけの顔ぶれが一堂に集うことは、めったにあるまいという豪華なもので、能の宗家、歌舞伎の大名題、地唄舞の大御所、と、一流中の一流が、プログラムに名を連ねていました。邦舞、邦楽にはまったくうといわたしでさえ、それでも名だけは聞き知っているほどの人々でした。

芸術院会員だの叙勲者だの、齢《よわい》も七十、八十と高齢で、気位の高さも一通りではあるまいから、実力は十分に認められながら年はこの世界ではまだ若い笛の演奏家が、楽屋で気をつかうさまが、察しられました。

大劇場でただ一日だけの公演なので、補助席が出る盛況でした。

一番目は能の宗家の謡に、笛、鼓で、わたしは、十六年ぶりに、あの方に接したのでした。笛の音色は、あのときとは、ずいぶん違って聞こえました。十六年前わたしが聴いたのは、篠笛でしたから、鋭い能管と異なるのは当然です。わたしは目を閉じ、能管と鼓と謡が渾然《こんぜん》と調和した快さに身を浸しました。

続く演目は篠笛でしたが、大先輩である出演者たちを立てて、笛は、三味線など他楽器を加えた伴奏の一つなのがいささか物足りなく、わたしは、彼の一管による独演を聴きたいと切に思いました。

箏ひとり、篠笛ひとり、立方は地唄舞の名手。その演目になったとき、わたしは、彼の笛に期待しました。三味線や長唄に紛れず、笛を堪能《たんのう》できると思ったのです。

箏の演奏家は、たいそうな老齢で、盲目でした。

上手に、箏と笛は、座をしめ、舞台の中央に地唄の立方がすらりとかまえました。

彼は、膝前《ひざまえ》に一管を置き、端座していました。箏の老演奏家の琴爪は、なんの気負いも見せず、淡々と弦を掻《か》きならしました。

舞台の上であることも、観客がいることも、舞手が舞っていることも、合奏者がいることも、盲目の老奏者はまるで念頭にないかのようでした。

月光を浴び、草原で、ひとり興にのって歌い弾く姿に見えたのでした。

上手袖《そで》に近いその一角に、人工の書き割りで飾られた舞台とは異種の空間が、出現していました。

……目を留めた人は、そう多くはなかったでしょう。

ほとんどの観客の目は、舞台の中央の地唄舞に向けられていたことと思います。

わたしは、笛方をみつめていました。笛の奏者は、篠笛をかまえました。

箏は、自在に弾きすすみます。それは、わたしのような素人にも感じとれました。

篠笛が入り込めない。

箏は少しも気張った音は発していないのです。笛の奏者が、もっと下手な人であったら、箏がどうあろうとお構いなしに、強引に無神経に、割り込んだのかもしれません。

笛が、名手であるために、箏の隙のなさに圧倒された。そういうふうでした。

箏は笛にきっかけを渡さないのです。いつでも好きなときに入っておいで。わたしはわたしで好むままに弾く。そういう打合せになっていたのでしょうか。

即興でも、他の楽器とやすやすと見事に合奏する奏者の技倆《ぎりょう》を、わたしはCDでよく知っています。

奏者は、笛を膝前に戻しました。そのとき、右の肩ががくりと落ちて、——だめだ、というつぶやきを、わたしは聴いたような気がしました。もちろん、唇は動いてはいなかったのですけれど。そのあと、二度、笛はかまえられ、また、膝前に戻されました。ようやく笛の奏楽を聴いたのは、曲も終わりになった、ごく短い一節でした。つけたしのように、笛は、奏でられました」

「そのことが」

よどみない言葉がちょっととぎれたとき、矢上は、もう一度、口をはさんだ。

「あなたの自傷と、何か関わりがあるの？」

溶けたガラスは、たいへんな高温である。それを、燎子は、顔に垂らしたと、佐治は彼に打ち明けたのだった。

とりあえず外科の治療を受けさせている。

佐治は笛の奏者のことも演奏会の話もまったく知らず、ノイローゼだろうと言っていた。

燎子の精神錯乱をおおっぴらにしたくないので、旅行中ということにして矢上先生にもだまっていようかと思ったのだが、どうして不意に錯乱の発作を起こしたのか、先生なら、医者だから。そう、佐治は言い、燎子に会って話を聞いてくれと頼んだのだった。失明の恐怖から、自死をはかったのではないか。矢上は、そう推察し、それなら、不安をとり除いてやれると面会をひきうけた。

「あの方にとって、この上ない屈辱であり、失意だった。そう、わたしは思いました。いいえ、あの方は、芸の年輪からいって当然なことと、素直に受け止めたのかもしれません。打撃とはならず、むしろ芸の励みとされたのかもしれません。わたしにはわかりません。ただ、わたしは……、わたしのマイナスがあの方のプラスになることを願ったのです。

先生、昔、舟が大海原をわたるとき、すべての災厄を身に引き受ける役のものをのせたということをご存じですか」

聞いたことがあるような気がしたが。

「航海のあいだ、爪も切らず、髪も切らず、すべての穢《けが》れを身に背負うのです。そうして、嵐にあったら、そのものは海に投げ入れられるのです」

わたしが、これから起こるかも知れぬすべての災厄を、身に引き受けました。火傷《やけど》でひきつれた燎子の顔はそう語っていた。

燎子は、そうして、満ち足りたように微笑した。

虹

「振り向かないで」

囁《ささや》き声が、強く耳をうった。祐美《ゆみ》の声だ。

車のドアにかけた手を、思わずとめた。

河野《こうの》は前屈《まえかが》みになって右の靴を脱ごうとしている。

「小石がはいって」

弁解するように言い、一本足で不安定に立ち、片手を車のボディについてささえ、メッシュの靴をぬぎ、さかさにして振る。

バランスをくずしてよろめいたので、怜子《れいこ》は手をそえてささえた。開襟シャツの半袖《はんそで》からむきだしになった河野の腕は、汗ばんでいた。冷房のきいた部屋にいたのだが、裏口から建物を出て、玄関前のスペースに駐《と》めてある車のところにくるまでのちょっとのあいだに、肌が濡《ぬ》れたのだ。肉づきがよいから汗をかきやすいのだろう。

怜子は、すぐに手をひっこめた。

振り向かないで。あの声は、空耳だったのにちがいない。

そう、思いながら、怜子は、つい、振り返り、背後の建物の窓に目をあげた。

白い壁が、淡い紅を一刷毛《はけ》溶き流したように染まり、整然と並ぶ窓の一つ、三階の端のが、水に浮かぶ油のようにぎらりと虹《にじ》色に光っている。

祐美の部屋が、まともに西陽を浴びている。陽の下で熟れ爛《ただ》れる桃を、連想した。陽を吸い込んで腐ってゆく。

河野は怜子の視線を追い、う、と息をひいた。強烈な反射光に目を射られたらしい。ひいた息を吐きながら、

「とれた」と言った。

何がとれたというのか、怜子は、とっさに気づかず、返事がおくれた。

「あ、石？」

「小さいやつ」

怜子はもう一度、こんどははっきり目を三階の窓に向けた。

河野はドアをあけ、先に運転席にのりこみ、

「どうぞ」

助手席にうながした。

病院から駅まで七粁《キロ》はある。バスは一時間に一本か二本。駅まで河野が送るのは、習慣になっている。

「石、熱くなっているんじゃないかしら」

車は、門を走り出る。

河野の靴に入った小石ではなく、水槽の中の石のことを、怜子は言った。

「クーラーきいていても、西陽をじかに受けたら、水がお湯になっちゃいますね。魚だったら保《も》たないわ」

そう言いながら、怜子は左手で自分の右手をもむ。

「今日も、長い時間？ すみませんね」

祐美が背や腰の痛みをうったえると、つきそっている祐美の母が撫《な》でてやるのだが、怜子もときに交替する。一時間、二時間にわたることもある。

「ぼくがいるときは、祐美は痛いの苦しいのと言わないのに、怜子さんには、甘えているのかな。おふくろさんならともかく、友だちにそこまでさせるのは、祐美としては珍しいな」

河野は少し不思議そうに言う。

「他人に負担をかけるのを祐美は極端に嫌うほうなんですがね」

怜子もそれは知っている。遠慮深さからではなく、矜持《きょうじ》の強さゆえだと、察してもいる。

「いえ、ほとんど、お母さまが。わたしはちょっとお手伝いするだけ」

「ぼくが、もっといてやれるといいんだけど」

「お仕事がおありですもの」

怜子は月並みなことを言い、そのあとにさらに月並みな言葉をつづけた。

「やさしい旦那さまで、祐美さん、倖《しあわ》せだわ」

「ぼくは何もできませんよ。怜子さんと祐美のおふくろと二人で、それこそ、痒《かゆ》いところに手がとどくってふうだから」

実際、祐美の病室をおとずれても、河野は手持ち無沙汰《ぶさた》で身をもてあましている。

会社から家への帰途、立ち寄るのだが、祐美の母と怜子が部屋に備付けの冷蔵庫から缶ビールや、これも冷やしてあったお絞りをだしたり、スツールをすすめたりすると、

「お客によばれてきたみたいだな」照れくさそうな顔になる。

幅は九十糎《センチ》、奥行き三十糎ほどの出窓に、花瓶が三つとガラスの水槽が並んでいる。

水槽は、出窓から少しはみだし、見た目は危なっかしい。

プリズムの役をするとみえ、水槽を透《とお》った夕陽は、部屋の壁に淡い虹を映す。

見舞いの花が、ほとんど二、三日おきに、友人知人のだれかれから、とどく。

薔薇《ばら》だのトルコ桔梗《ききょう》だの霞草《かすみそう》だのが多い。長保ちするように毎日茎の先を切るのも、母親と怜子の仕事になっている。病み疲れた顔を見られるのは嫌だから、だれも見舞いにこないで、と祐美が言い張るので、かわりに花がおくられてくる。入院を知らせてない友だちも多い。知らせる相手、知らせない相手を、祐美はきびしくよりわけ、その基準は、かならずしも、親疎にはよらないようだ。

水槽のなかは、空だ。いや、正確にいえば、水と、石ころが、入っている。石は、祐美のコレクションで、入院してから、新たに河野や怜子が持ってきたものもある。

「感謝しています」

ハンドルに手をかけたまま、河野は会釈した。

「怜子さんも、おうちのことがあるのに、毎日、おそくまでもうしわけないな」

祐美が入院して、はじめて、怜子はその夫に会った。河野は祐美より十四年長である。腹に贅肉《ぜいにく》がつき、額は少し抜け上がっている。年のはなれた妻に、いつも柔和な笑顔をむけている。

その笑顔を怜子にもむけ、

「仕事もおありなのに。忙しいんでしょう」

昨日も、一昨日《おととい》も、同じような会話を、車のなかでかわした。怜子の仕事のことを話題にするのが、こういう場合、もっとも順当だろう。怜子はタブローも描くが、本の装《そう》幀《てい》の依頼が多い。

「いま、さし迫った仕事はありませんから」

「お子さんもいるのに」

「上は、もう、中学ですし、わたし、夕飯の支度をして出ますから。学校から帰ってからふたりで適当に食べてかたづけてますわ。口うるさいママがいないほうが、せいせいしていいなんて言ってます」

「ご主人の世話だってあるでしょう」

「大丈夫ですよ。気になさらないで。そちらのほうが、大変でしょう。一日お仕事をなさって、病院に寄って、だれもいないおうちに帰って、ひとりでお食事」

「いや、たまにはひとりもいいものですよ。クーラーを独占できる」

これは、はじめて聞いたことだ。

怜子は、表情で説明をもとめた。

「居間と、祐美のアトリエと――アトリエといっても、納戸みたいな小さい部屋ですが、両方にクーラーをいれたところ、二つつけると、ブレーカーがおりて家じゅう停電しちゃうんですよ。それで、ぼくが家にいるときは、居間のやつだけつけるようにしたんですが、あれは描くのに夢中になると、ぼくがいてもアトリエにこもりっきりでね、あるとき、覗《のぞ》いてみたら、蒸し風呂《ぶろ》みたいな狭い部屋で、素っ裸で、パンティ一枚、濡れタオルを肩にかけて、描いているんですよ」

怜子は一瞬返答につまった。

「つと振り向いた顔が、すさまじかった。夜叉《やしゃ》か羅刹《らせつ》か」

冗談じゃないんですよ。河野はつづけた。

「鳥肌立ちました。見てはならぬものを見てしまったという気さえした」

「女が産屋《うぶや》で海蛇の正体をあらわしたところを夫に見られ、怒り狂ったという神話みたい」

「ぼくも、まいっちゃってね、祐美がアトリエにこもっているときは、クーラーをゆずることにしました」

「容量の契約を変えればすむことじゃないんですの？」

「なにしろ、家じゅうが物置みたいな状態で、ブレーカーをとりかえるのに、電気屋を家にいれるためには、台所の片づけからしなくてはならない。絵に打ち込むようになってから、祐美は家事放棄でしたから。つい、面倒でのばしているうちに、入院ということになって。ぼくが家にいるときぐらい、居間でいっしょにテレビをみるようにすればいい。たかが、趣味なのに」

「あ、それって、祐美さんが一番嫌いな言葉。主婦が趣味で描いているって言われるのが」

「でも、趣味ですよ。それで食ってるわけじゃない」

「いけないわ。祐美さんの前で言ってはだめですよ。河野さんて、とてもおっとりしてて、いいんだけど、細かいこと、お気づきにならないんですね」

　花瓶にいけられた花が日々少しずつ色合いや種類を変えるのにも河野は気がついていないようだ。気分がいいとき、祐美はベッドをおりて、枯れ萎《しお》れた花を抜き取り、新しいのを挿してアレンジしている。花がとどけられるたびに、部屋が華やぐと、祐美は喜びはするが、よりわけて抜き棄てるときの、表情の微妙な翳《かげ》りを祐美の母と怜子は感じとっている。祐美の検査の結果は、悪かった。祐美は、内心の揺れをだれにも気づかれたくないふうだ。

　生ごみ用のポリバケツに、切り口がぬるりと腐りかけたトルコ桔梗を棄てながら、母親も、辛《つら》そうな顔をする。

「ぼくは技術屋なので」

河野は言った。

なんとか技研と、会社の名は聞いたことがあるが、怜子は記憶にとめていない。

「人の気持ちの細かいことは、わからないのかもしれないな。でも、どうして、趣味って言われるのが嫌なんですかね。趣味としては、絵なんて、いいと思うんだが」

「石集めなら、趣味と言われても、祐美さん怒らないわ」

「石のほうが、よほど、変な趣味ですよ。それも、特別値打ちのある石じゃない、そこらの河原の石ころなんだから」

「お母さまからお聞きにならなかった？」

「何を？」

「五つ六つか、そのくらいのころからですって。多摩《たま》川《がわ》だったかしら。水遊びに行ったとき、川の浅瀬の石がとても綺麗《きれい》で、拾い集めたんですって。濡れているときは綺麗だけど、乾くと、つまらない灰色になってしまうでしょ、石って。逆に言えば、つまらない灰色の石、どれも同じように見えるのに、水に濡らすと、一つ一つ、個性的になるでしょ。青だの赤だの、縞《しま》模様だの。そうして、内側から艶《つや》がにじみでるように、色っぽくなるでしょ」

「石は濡れると綺麗だからって、水槽にいれているけれど、あれって、ちょっと子供っぽすぎる発想だと思いませんか。小学生か、せいぜい中学ぐらいですよ、そんなことを喜ぶのは。三十過ぎているんだから、もう少し、ましなことを考えてほしいよ」

後の方は、苦笑まじりに独り言《ひとりごと》めいた。

「子供がいないと、いつまでも、本人が子供っぽいものなんですかね」

「人によるでしょう。わたしは子供が二人いますけど」

言いかけると、

「だから、怜子さんは、大人ですよ」

河野はかぶせた。

「子育ても仕事もこなしておられる。立派ですよ」

「子供、生まれちゃえば、育てないわけにはいきませんでしょ」

怜子は強く手をふって、その話題を打ち切った。

「あれの絵って、どうなんですかね。プロの怜子さんから見て、見込みあるんですかね」

「他人のことは、わからないわ。自分のだって、わからないんですから。でも、祐美さん、本物と贋物《にせもの》を見わける目は確かだわ」

「贋作《がんさく》を見わけられるんですか」

「いいえ、そういうことじゃなくて」

振り向かないで。

耳元に、また、聞こえた。

囁き声だ。振り向かないで、は、こっちを向いて、の意味だろう。祐美は、天《あま》の邪鬼《じゃく》だ。

「ぼくは、もちろん、絵のことなどわからないが、どうも、祐美のはたどたどしく見えるな」

河野は笑い声をたてた。

「あんな伎倆《ぎりょう》で、一生懸命なのだから、かわいいですよ」

結婚してからも、一月に一度、わたし、〈彼〉に会いに京都に行っていたの。そう、祐美が怜子に語ったのは、数年前、怜子が仕事で知り合った男に恋して狂ったようになっていたときだ。子供を巻き添えにしてはならないと、家族の前では平静をたもちつづけたが、子供は学校、夫は会社に行き一人になると、祐美に電話をかけ、〝あいつに逢《あ》いたい〟と叫ばずにはいられなかった。

わたしも、恋していたから、わかる。祐美は言い、深い穴のように、怜子の叫び声を吸い取った。そうして、彼と呼ぶ男との思い出を語った。それは綺麗なひとだったのよ。新幹線にのると、わたし、自分が変わるのがわかるの。彼とわたししかいない世界に入るの。もう、終わったの。充分に愛しあったから。もうこれ以上は愛せないというほど。

怜子も、穴のように、祐美の追憶を吸い取った。

ホテルで、怜子と祐美は逢い、怜子の猛《たけ》り立つ火を、祐美は受けとめてくれた。

怜子さんの手は白い。怜子さんの指は繊い。

祐美の唇は、ぽっとりと丸く、水蜜桃《すいみつとう》のにおいがした。

バックミラーに、ふいに病院が映った。弓なりに道がカーヴしたので、遠ざかった建物がふたたび背後の視野に入ってきたのである。

水に浮かぶ油のような虹色の光を、ミラーは照り返した。ぎらぎら光る窓が、ミラーの中で、祐美の目になった。怜子は微笑をむけようとし、祐美の目がすさまじい憎悪をふくんでいるのに気づいた。生き続けて行くものへの祐美の憎しみが、みつめる怜子の目を射貫《いぬ》いた。

「煙草を喫《す》っていいですか」

河野はポケットをさぐっている。

妖瞳《ようどう》

「伝説ですから」

自分はそんなことは信じてはいないのだ、と主張するように、強い口調で青戸《あおと》光次郎《こうじろう》は言った。

「城はあの岬に立っていたというのですが」

磯浜の左右に岩壁がのび、激しい波を浴びる。無数の針をふくんだ烈風は、緑青色の海面を凶暴にうねらせた。

私と青戸光次郎の他は人の気配のない浜を、風は走り抜け、岩の狭間《はざま》で小さい渦をまいた。インバネスの襟元を私はたてた。

「私には」と、いくぶん遠慮がちに光次郎はつづけ、「先生のお仕事は、ずいぶん……」言いよどんで、語尾が小さくなった。

「時代に逆らっていますか？」

相手がはばかった言葉を、私は口にした。

文明を謳歌《おうか》する明治の世に、欧米の文化によって洗練された東京の人が、なんで、古い迷信に興味をもつのか。光次郎はそう言いたいのだろう。この土地が未《いま》だに陋習《ろうしゅう》にとらわれていると思われるのが不本意なのだろうか。

「今は、城跡らしいものも何も残ってはいません。もし、昔、あそこに城があったとしても、中世の山城であったろうと思います。天災で崩壊したのが、海神伝説の基になったのでしょうか」

そんな感想を、光次郎はつけ加えた。

「城主の奥方が何か冒瀆《ぼうとく》的なことを言ったとか、したとか、そのために海神の怒りを買って、城が沈んだというのですが、実に不合理な話であると、僕は思うのです。罰を与えるなら、奥方だけでいいではありませんか」

海神の怒りにふれて一夜にして城が海底に沈んだという話は、どこか欧羅巴《ヨーロッパ》の伝説めいていて、日本海に面したこの町とあまりにも遠い異国をつなぐ何か奇蹟《きせき》的な糸でもあったのだろうか、と、私の空想を刺激するものがあった。

「仏蘭西《フランス》の北部に、似たような伝説があるのですよ」

私が言うと、

「仏蘭西ですか」

光次郎は賛嘆と憧《あこが》れを声にも表情にもにじませた。

「ブルタアニュという地方ですが。ヅアルヌネ湾という入江に面したイスという町に」

と話しかけ、「こんな迷信話は興味がありませんか」

「いえ、異国の話はぜひ、うかがいたいです」熱っぽく光次郎は応じる。

「何事も耶蘇《ヤツ》にかかわってくるのですが、城の王女が、何か耶蘇を呪うようなことを言ったために、城が海に没したとか」

「そんな異国の話をどうしてご存じなのでしょう。東京の大学の先生は、博学なのですね」

光次郎に手放しで感嘆され、

「僕は助手ですらないのですよ」

私は苦笑した。

「たまたま、僕の遠縁に教授がいて、それの紹介状をもらって来たというだけのことですから。僕は一介の書生です」

言葉を切り、私は耳をすませた。

風にはこぼれた声が耳をかすめたのである。

「これ、だれもおらぬかや」

凜《りん》とはった子供の声であった。

＊　＊　＊

今年は祭りはやらんのです、と、役場の吏員は、紹介状を渡した私に言ったのだった。

「なぜですか？」

私の問いに、相手は言葉を濁した。地元と関係のない余所者《よそもの》が、何のためにはるばる祭り見物などにきたのか、と警戒しているようだった。

「せめて、祭りに関する話だけでも聞かせてもらえないでしょうか」

ねばる私に、

「僕が神社にご案内しながら、話しましょう」

吏員のひとりがそう申し出た。

二十《はたち》前後にみえた。それが、青戸光次郎であった。その喉元《のどもと》から顎《あご》にかけて、てらりとひっつれが走っているような気がしたが、見定めるには部屋の中は暗すぎた。

「どうせ暇なんです。僕は戸籍係ですが、この小さい町で、そうそう、生まれたり死んだりしませんから」

「でも、もし、用のある人がきたら困りませんか」

「係はもうひとりいますから、いいんです」

上司に格別許可を願うでもなく、青戸光次郎は無造作に外套《がいとう》をひっかけたのだった。喉のあたりは、外套の襟にかくれた。

軒の深い家並の背後に山なみがつらなり、もう一方は海にむかって開いた土地である。

三月というのに、日陰にはまだ雪が残っていた。

丁子《ちょうじ》だろうか、かすかなにおいがただようのに、青戸光次郎とつれだって歩き始めるとすぐに、私は気がついていた。

　私の表情から察したのか、光次郎は、「におい ますか」と、苦笑した。雛《ひな》人形のような端整な顔立ちの、口元がちょっとくずれた。

「僕もまわりのものも馴《な》れてしまっているから、気にとめないんですが」

『御薬種』と肉太な字を彫り込んだ看板をかけた間口の広い店の前を通り過ぎながら、

「僕の家です」と光次郎は指差した。

「薬種問屋なので、生まれてから十八年のあいだに、薬のにおいがからだの奥にまでしみこんでしまいました」

　店は、引き戸を閉ざしていたが、そのあたりは気のせいか、においがいっそう濃く感じられた。

　おそらく、店の壁際には薬簞笥《くすりだんす》、薬戸棚がならび、さまざまな薬草から製した丸薬だの粉薬だの、酒精に漬けた蜥蜴《とかげ》や蛇や蟾蜍《ひきがえる》だのが置かれ、異臭がこもっているのだろう。

「家業は、君は……」

「父が達者ですから」

　通り過ぎて、私は、そそがれる視線を感じた。ふりむいたが人影はなかった。

「どうしました」とつられたように青戸光次郎も目をさまよわせ、その目が店の二階の虫籠《むしこ》格子にむけられた。

　仄白《ほのじろ》い影が、一瞬、格子の向こうで動いた。

光次郎は足を速めた。

「今年はどうして、祭りをやらないんだろう」

「去年……」

　と言って光次郎は言葉をもらすまいとするふうに、唇をひきしめた。

「どうして？」

「事情がありまして」

　余所者には関係ないことだと、言外ににじませ、

「九つの組に分かれているんです」

　脈絡のないことを、光次郎は言った。

「え？」

「町は九つの組に分かれて、それぞれが曳《ひ》き山を持っているんです」

　それにしても、と、光次郎は、

「どうして、こんな辺鄙《へんぴ》な田舎の祭りに興味がおありなんですか。東京からここまで、容易なことじゃないでしょう。何かよほど……」

「日本の各地の奇習や行事を僕は調べていまして。まあ、趣味のようなものです」

「物好き……と言っては失礼かもしれませんが……」

「実は、数年前に僕は胸をやられましてね、学校は退学せざるを得なくなったんです。養生して一応快癒《かいゆ》したことにはなっているんですが、穴のあいたようなからだです。そ

れでまあ、どうせそう長生きはできないのなら、からだをいたわって無為徒食でだらだら生きるより、動けるあいだは動いて、好きなことをして過ごそうと。歩き回るのは健康衛生にもよいそうですし、しらべた結果を何とかまとめれば、生きた足跡を、微《かす》かにでも残すことができますし、一石二鳥です」

そうですか、と、光次郎は返答に窮したような吐息をもらした。

「君の家が薬種問屋ときいて、ちょっと親しみを感じてしまいましたよ」

私は言った。

「子供のころから僕は引き籠もりがちで、薬は欠かせなかったし、祖母に、精がつくと蝮《まむし》を強制されたりしたから」

異国の書物にわりあい早くからなじんだのも、病弱で床についている時が多かったせいでもある。私の祖父は御一新の前から蘭学に親しんだというから、血筋もあるのかもしれない。

「当地の祭りについて、どの程度のことを御存じなんですか。知っておられることを長々と講釈してもわずらわしいでしょう」

そう言った光次郎の声にも、親しみがこもった。

「曳き山が海辺に勢揃いし、それぞれ、歌舞伎の一場面を演じると聞きました。それも、子供がやるのだそうですね。そうして、若い衆が、ひとりずつ、つききりで世話をするとか」

言葉にひそむ熱っぽさを気取られまいと、私は自制した。

奇習や行事、とさしさわりのない表現をとったが、私が終生の業と志したのは男色研究であった。衆道は女色よりはるかに清冽《せいれつ》であり凜乎《りんこ》とした色道であると、幼いときから、本能的に感じていた。私としては真摯《しんし》なアカデミックな研究であるけれど、公言すれば覿面《てきめん》に、卑俗に貶《おとし》められることを経験したので、用心深くなっていた。

「ええ、そうなんです。七歳から十二歳ぐらいまでの男の子が役者をつとめ、若衆組のものが、ひとりにひとりずつついて、せりふや振りを復習《さら》うのを手伝い、当日は化粧から衣裳《いしょう》の着付け、いっさいを世話します。狂言は義太夫《ぎだゆう》物にかぎられています。素人の子供でも、なんとか恰好《かっこう》がつきますからね」

「君も子供のころ……」

「ええ」

「何を？」

「『千本桜』の吉野《よしの》山《やま》道行の場です。僕は静《しずか》をつとめました」

「大変だったでしょう」

「子供は、丸呑《まるの》みに覚えるのは結構早いです」

ここは名に負う吉野山、四方《よも》の景色もいろいろに、と青戸光次郎は小さい声で、抑揚はきっちりと口にした。

「子供のころ覚えこまされたことは、忘れないものですね」

「芸事が盛んなんですか、ここは。祭りに芝居の曳き山をだすくらいだから、盛んなんだろうな」

「そうでもないんです。地味な、どっちかといえば陰気な土地柄じゃないでしょうか。他の土地のことは知りませんけれど、多分、もっと陽射しの明るい陽気な土地ってあるんじゃないでしょうか。先生は、ずいぶんと方々をお歩きになっておられるわけでしょう。お感じになりませんか。陰気だって」

「先生は勘弁してくれないかな。君が十八だとすると、僕なんか、六つしかちがわない。さっきも言ったように、大学だって中途退学だしね」

「六歳ちがったら、大先輩です。大学に入られたというだけでも、僕らから見たら雲上人です」

しんねりと強情に、青戸光次郎は言い張った。彼の目はほとんど私の実像を見てはいないのだった。

東京、そうして、大学。この二つによって、青戸光次郎は、それほど年のちがわない私に、畏《い》敬《けい》の念を持ってしまった様子であった。私が居心地が悪く気恥ずかしくなるほどだ。上京して青雲の志を果たしたいと願いながら、叶《かな》わずにいるひとりなのだろう。

「羨《うらや》ましいです」

青戸光次郎は言った。

「僕など、この狭い土地に縛られ、死ぬまで身動きならないのですから」

言葉は強いが、顔立ちがおだやかなせいか、それほど激しているようには見えない。しかし、外に表さない分、心の中の波立ちは凄《すさ》まじいのではないか。

彼の焦燥は、私にも察しがつかないではなかった。私もまた、紀州《きしゅう》の海沿いの小都市から、漠然とした希望をもって上京、就学したのだった。しかも、途中で病み、退学している。ただ、私の場合は、親に資産があり、気楽な三男であることも幸いして、まことに非生産的な、他人からみれば道楽としか思えないであろうことに没入している。こういう人間をさして世間が言う言葉は、〈落伍《らくご》者〉である。のびやかさと寂寥《せきりょう》、そうして、私に残された時は短いという焦りもまた、常に心の中に同時にあった。頑健ではない体を酷使しての実地踏査は、私の〈時〉をいっそう短くしているにちがいない。

「若い者はみな、鬱屈《うっくつ》しています」

そう、光次郎はつづけた。

「祭りは、年にただ一度、色彩があふれる時ですから……」

後の言葉を、彼はのみ、

「毎年外題《げだい》は変わります。去年は」

と話題を変え、すらすらと外題をあげた。

「一谷嫩軍記《いちのたにふたばぐんき》、本朝廿四孝《ほんちょうにじゅうしこう》、重《しげ》の井《い》子別れ、金閣寺《きんかくじ》、身替音頭、日高川《ひだかがわ》、壺坂霊験記《つぼさかれいげんき》、車引」

八つあげて、ちょっと言葉を切った。

もう一つは？　と私は目でうながす。

「摂州合邦辻《せっしゅうがっぽうがつじ》でした」

「去年だと、君は、若衆として」

「ええ。この道の突き当たりが、神社です」

指さす向こうに、鳥居がのぞめた。

「でも、曳き山の芝居は、浜でやります。お旅所《たびしょ》を浜におきまして。曳き山を、あなたにご覧にいれたかったな。他にはないと思いますよ。山蔵に納めてあるので……」

「曳き山というのは、つまり山車《だし》でしょう」

祭りに山車がでるのは何もこの土地ばかりではない。

「ええ、そうなんですけれど、形が特殊なのです。船の形をしているんです」

「それはたしかに珍しいな。一見したいものだ」

「あいにくでした」

光次郎は指で形を空になぞりながら、

「舳先《へさき》を高く空にもたげ、屋根は唐破風《からはふ》、前柱にはそれぞれの山が、牡丹《ぼたん》だの鍾馗《しょうき》だのを飾り、舞台前正面の欄間には波に踊る龍《りゅう》の彫物、背景は金襖《きんぶすま》でその背後が楽屋です」

目で見ることのできぬものを、言葉で描いてみせようというふうに、誇らしげに語る。

「曳き山が道を練るときは、猩々緋《しょうじょうひ》の陣羽織に野袴《のばかま》の采方《さいかた》が、五色の采配を振って、綱を引く男たちの指揮をとります」

目を閉じると、私も、壮麗な船が陸を行くさまが視えるような気がした。

「浜に九台の山が勢揃いし、そうして狂言がはじまるのです」

「祭神への捧《ささ》げ物ですね。いつごろからはじまったのだろう」

「昔は、子を海中に投じて贄《にえ》とするならわしだったと言います」

大昔のことです、と、光次郎は繰り返した。

荒れ騒ぐ外海に舟を漕《こ》ぎだしての漁が、この一帯の生業《なりわい》である。海神の怒りにふれれば、舟はくつがえる。なだめ慰め一年の漁獲の豊かならんことを祈願するのは、重大な行事であったろう。人柱を、人々の娯《たの》しみにもなる子供芝居に替えたのは、江戸や上方で芝居がさかんになり、地方にもひろがったころだろうか。祭儀と娯楽のたくみな合致だ。

鄙《ひな》びた神社の境内は狭く、これでは九基の曳き山は並べられまい。浜を祭りの場としたのは、

「必要に迫られたという事情もあったのでしょうね」

私が言うと、光次郎は、城が沈んだという海神伝説を口にしたのだった。

しかし、そのときは、話は別の方にそれた。

「祭りの前三日間、若い衆は、深夜素裸で水垢離《みずごり》をとって祈願するのです」

「水垢離？　激しいね。何を祈るの。大漁？」

「いえ、めいめいの世話番の子供のために祈ります。無事に大役を果たし終えることが

できるように」

光次郎のその言葉を聞いたとき、私は、心に深く刺さる手応《てごた》えを感じた。あからさまに聞けることではないし、当人たちにしても、それと意識してはいないだろう。だが、私はどうしても、稚児《ちご》と念者の関わりを思い重ねずにはいられなかったのである。

戦国の世であれば、衆道は女色よりはるかに潔く美しいものだった。男の意気地も、情けの濃さも、衆道において発揮された。

太閤秀吉《たいこうひでよし》の甥《おい》で、一時関白の位にあった豊臣秀次《とよとみひでつぐ》が謀叛《むほん》の疑いをかけられ自刃に追い詰められたとき、寵愛《ちょうあい》をうけた小姓不破万作《ふわばんさく》が殉死した話は、『甫庵《ほあん》太閤記』や『天正《てんしょう》記《き》』に明記されている。和蘭陀《オランダ》人アルヌヅズ・モンタヌスの日本誌によれば、不破は、秀次自刃にさいし、先立って割腹した。身に刃《やいば》をつきたて苦悶《くもん》する不破の傍に寄って、秀次はこれを抱擁した後、首を切り落として卓上の大盤にのせた、そうして自害した、とある。

蘭書が記すところの真偽はさだかではないが、表面の事実がどうあろうと、衆道の内面を的確に具象化していると、私は思う。

七歳から十二歳の少年に、性的な情動があるものかと難詰されたら、私は、己の過去をかえりみて、ある、と断言する。また、二十前後の青年が少年に性をともなった恋情をおぼえることがあるかと問われたら、これもまた、ある、と私は確信を持って答え得るのである。しかし、公言ははばからざるを得ない世相だ。戦国の気概は失せた。いかがわしい卑俗な尺度でこのことが律せられるのは、私としては不快きわまりない。

青戸光次郎の骨格はすでに、少年の柔軟さを失い、男のにおいを身につけているが、肌やわらかなころの青戸光次郎を私は思い描いた。そうして、彼のために水垢離をする己を思い重ねた。これほど激越な性行為があろうか。深夜、少年のために、骨を凍らせる清冽《せいれつ》な水を裸身に浴びるときほど、肉の奥処《おくか》に悦《よろこ》びをおぼえることはない。陵駕《りょうが》するのは、熱く滾《たぎ》る血を彼のために捧げる受苦のみであろう。

下帯一つの裸身の青年の祈りが、濃い化粧で素肌を塗りつぶされ華麗な衣裳を重ね着した童子のためになされることにも、私は何か象徴的な対比を感じた。裸形の青年と装飾のなかに埋もれた童子は、日常から両極に遠く離れ、ついに、一つの像の裏と表となって合致する。

「今年は、なぜ、祭りを中止したんだろう」

さっきも問うたことを、私はまた口にせずにはいられなかった。

去年……と言いかけて、青戸光次郎は言葉を切ったのだった。

だが、一言「去年」と洩《も》らしたのは、彼の内心に、話してしまいたいという願望が、意識しなくともひそんでいるせいではないか。

私を、深い底無しの穴と思ってくれればいいのだ。彼の語る秘密は、無限の虚無の中に吸い込まれる。私を俗界から埒《らち》を踏み越えて闖入《ちんにゅう》したものと思わないでほしい。私は聖なる虚に属するものなのだ。「去年」その後につづく言葉は何なのか。

事実は気抜けするほど簡単なことなのかもしれないが、私の肥大した想像力は、異常な事態を思い、期待にいっそう肥大した。

肥大した部分は贅肉《ぜいにく》であるが、痩《や》せ細った事実より美味であることは確かだ。だが彼は、なかなか私に心を開こうとはせず、話をそらそうとする。私にはわかっている。君は話したくてたまらないのだ。そうじゃないか。君は、私が如何《いか》なる人間か、すでに直感している。君の唇のはしに、秘密は言葉となって溢《あふ》れかけている。君は歯をくいしばり、外に洩らすまいとするのだが、それは火口に蓋《ふた》をして噴出する熔岩《ようがん》をおさえるようなものだ。君、他人の秘密という熔岩に身を焼かれるのは、楽しいものだ。その楽しみを僕から奪うなよ。

と、内心舌なめずりする私に、いささか気味悪さをおぼえたように、青戸は少し後じさりした。

私は、自分の裂け目をいそいで閉じた。ふと気をゆるめると、かくあるべしと私が律した姿のうちから、醜悪な欲望のかたまりである本然の私が、亀裂《きれつ》から蛇が舌をのばすようにあらわれる。

このとき私は、突如激しく身のうちに波立った欲情に、内心困惑していた。

劣情とそしる輩《やから》には、ふたたび、不破万作の故事をひこう。

関白秀次の寵愛の小姓と知りながら不破万作に思いを寄せずにいられぬものは、数多かった。不破は情けのあつい少年であったから、相手の真情をくみとり、主君の目をしのんで、応じてやったという。小笠原信濃守《おがさわらしなののかみ》は彼を恋い慕っていたひとりだが、周囲の目があり、親しくあい逢《あ》うのは難しい。某日、二つの乗物輿《こし》がゆきあった。雑踏にまぎれ、輿はしばし寄り添い、やがて離れていった。万作は一時の間、相手の輿に乗り移り、濃密な時をすごしたのであると、これは、承応《しょうおう》二年刊行の『犬つれづれ』に記されてある。

また寛延《かんえん》二年、神谷善右衛門《かみやぜんえもん》の記した『新著聞集』によれば、万作を見染めたさる武士が、恋情にたえかね、主家をはなれ浪々の身となり、深草の里に隠棲《いんせい》し、秀次上洛《じょうらく》にさいしては必ず街にでて、行列の中の万作をながめるのを、唯一の楽しみとした。それを知った万作は、無名の浪人の恋に応え、ただ一夜のみ、ちぎりをかわした。別れにさいし、肌につけた白小袖《こそで》を脱ぎ、万作は相手に贈った。生涯の望みを達した浪人は、それ以上の生は無用と、その夜割腹し、小袖を死装束にまとい、身を湖水に沈めた。と、ある。

これらは悉《ことごと》く、賞賛すべき逸話として書き残されているのである。

事実か否かは、どうでもよいことなのだ。書かれてあるのは、衆道の理想的な姿である。本邦薩摩《さつま》に執持《とりもち》稚児の習あり、時をさかのぼれば異国新羅《しらぎ》には花郎《ファラン》があって、美童は軍団の守護神とみなされた。

この美習が卑しめられるにいたったのは、明治の世となり、耶蘇の教えにしたがう欧米の倫理に我が国も追随することになったからに他ならない。

衆道のありようを、私は古文献を収集し整理統一するとともに、いまに残る風習を実地に踏査し、研究の成果を発表することを生涯の事業としているのだが、とかく陋劣な興味本位にとられ、俗悪な猥本《わいほん》と同一視されるのが現況であった。

過日、私は、旅宿で知り合った某から、郷里で起きた一事件を聞いた。資産のある旧家の息子が奉公人である少年と心中したという話である。地元の新聞にも報じられかなり話題になったのだそうだ。詳細を知りたいと地元の役場に問い合わせたが、そのような事件はなかったといっさい否定された。こういう件につき、私が一書をものするときは、当該心中者を貶める意見を書き加えねば、私自身が識者に蔑視《べっし》される結果となろう。無念なことである。

「去年、君は若衆として、子供役者の世話をしたんだね」

前にとぎれた話題を私はまた、やわらかくさりげなく、持ち出した。

「ええ……」

「出し物は、『合邦』だっけ」

「そうです」

「さっき、子供の声がきこえたっけが……」

歌舞伎の『摂州合邦辻』は、説経浄瑠璃《じょうるり》の『しんとく丸』を素材にしているが、内容は、同じ説経でも『あいごの若』に近い。

そうして中世に発生し近世初頭大流行した説経浄瑠璃の『あいごの若』は、なぜか、希臘《ギリシヤ》悲劇の一と酷似している。

継母《ままはは》が継子《ままこ》に激しく恋慕するという設定が、まったく同じなのである。

希臘悲劇においては、神々の葛藤《かっとう》が因《もと》をなすが、本邦の説経浄瑠璃においては、ひたすら女の邪恋によるもので、恋がいれられぬと知った継母は、継子を憎悪し、虐待するようになるという、陰々たる話になる。

すなわち、後半は、継子いじめなのだが、この継子いじめは、『しんとく丸』において、さらに激化する。

継母は、継子を呪い殺そうと、六寸釘《くぎ》を百数十本あつらえて、清水《きよみず》にまいり、「しんとくが命を取ってたまわれ、さもなくば、ひとのきらう病をさずけよ」と祈願し、「これはしんとくが手足に打つぞ」と、立木に十八本の釘を打ちつける。下に下がって祇園《ぎおん》殿、御前の格子に七本、さらに、御霊殿に八本、今宮《いまみや》殿に十四本……とおちこち打ってまわり、因幡堂《いなばどう》にまいっては、「これはしんとくが両眼に打ちもうす」と、十二本を打ちこむ。残りの釘は、賀茂川《かもがわ》・桂川《かつらがわ》の水神、荒れよと、波を蹴立《けた》て、ことごとく川底に打ち込む。

継母の呪い強く、しんとく丸は両眼つぶれ、ひとのきらう病となって、屋形を追われ、袖乞《ご》いとしてさすらう。

文楽や歌舞伎の『合邦』では、もう少し手のこんだ話になっている。

継子俊徳丸《しゅんとくまる》に邪恋を抱いた継母玉手《たまて》御前が、毒酒をのませたので、俊徳丸は病にかかり盲目となる。俊徳丸は正妻の子だが、その上に妾腹《しょうふく》の兄次郎丸《じろうまる》がいる。玉手の父、合邦の庵《いおり》に俊徳丸は仮住まいしているが、そこに玉手がたずねてくる。父の面前で俊徳丸に言い寄るので、怒った合邦は刃で娘を刺し貫く。死に瀕《ひん》した玉手は、次郎丸の毒手から俊徳丸を救うための苦肉の策であったことを語る。次郎丸が俊徳丸を廃そうと画策しているのを玉手は知ったが、夫に告げれば、夫は次郎丸を手討ちにするだろう。次郎丸も俊徳丸も、自分にとっては義理ある子。どちらを殺すこともできぬゆえ、自分が悪者になり、俊徳が屋形を出るようにはからった。俊徳丸の病は自分の生き血によってなると告げ、命絶える。

「だれもいませんよ」

と青戸光次郎はあたりに目をさまよわせた。

「子供、いませんか、そこらの岩陰に」

「いないようですよ」

「空耳かな。『これ、だれもおらぬかや』そう聞こえたんですよ。そういえば、俊徳丸のせりふにありますね。これ、だれも……」

「そんなせりふは」と応じた光次郎の声が少しふるえを帯びたように聞こえたのも、気のせいか。「俊徳丸にかぎらないのではありませんか」

「君が世話をした子供は、何の役をやったの？ 玉手？ それとも」

「俊徳丸でした」

「空耳だったのかねえ」と、私はもう一度耳をすませた。

波の寄せ返す音。岩に打ちあたり砕ける音。聞こえるのは、それはかりだ。

「『合邦』という狂言は、僕は好きじゃあありません」青戸光次郎は言った。「玉手のやりようは、あんまり、不合理です。新時代だというのに、ずいぶんでたらめな話です」

「玉手というのは、俊徳丸にとってはたしかに奇妙な存在ですね」私は応じた。「玉手の邪恋も贋《にせ》だし、玉手が与えた毒も、後に玉手が身を犠牲にすることによって解毒されるわけで、継母玉手は、魔手を振るう者であるとともに救済者でもある。でも、僕は、玉手の行為は、決して不合理ではないと思いますよ。毒を与えたことにも、わが身を父親に刺させ、その血で俊徳の病を癒《いや》すことにも、俊徳への恋の瘴気《しょうき》が、ひしひしと感じられるじゃありませんか」

合邦を見るたびに、私は、説経浄瑠璃の『しんとく丸』の継母の執拗《しつよう》な憎悪を思い重ねずにはいられない。百数十本の六寸釘を、清水、祇園、御霊殿、と、打ちつけてまわる継母の憎悪の深さは、そのまま、恋慕の深さである。玉手御前は義理ある子を己が命捨てて救い、邪恋は打ち消されるが、その陰に、説経浄瑠璃が語る恋の妄執が溶け込んでいる。

「僕は容認できません」青戸光次郎は、ひどく強情に言い張った。

「人間は、すべからく、明快であってほしいです。無知蒙昧《もうまい》による迷信や、陋習は、断固、排除すべきです」

そう口にする青戸光次郎は、いっこうに明快な雰囲気ではなく、何か陰鬱な翳《かげ》りを、生薬《しょうやく》のにおいとともにただよわせていると、私には感じられてならない。

「それでは、祭りなどというものも、君の論法から言えば、愚劣な陋習じゃないんですか。神信心も迷信に過ぎんのでしょう」

「いや、祭りは……」返答に窮したように、光次郎は口ごもった。

「内にみなぎる力の発散でしょうか」私が助け船をだすと、

「そうです、そうです」

光次郎は、あくまで、旧弊的ではないことを強調したいらしく、たてつづけにうなずいたが、「しかし、それなら、何も祭りという形をとらなくても」意地悪く出た私に、ふたたび言葉につまった。

「君も去年は若衆で、役者をやった子供のときとはまた違う昂《たかぶ》りがあったのではないんですか。単純に力を発散させるというだけではない、別の」

本音を引き出したくて、私は言葉をかさねた。

光次郎は明らかに何か言いたいものを抱え込んでいる。それは、次第に力を増し、ふくれあがり、光次郎の自制を振り切ろうとしている。そう、私には感じとれるのであった。

「先生は」と、光次郎は言った。「旧習を調査なさっておられるということですが、それは、古いいかがわしい迷信じみたことがらに理知の光をあて、科学的に解明なさるためなのでしょう」

光次郎の願望で、それは、あるらしい。

私は曖昧《あいまい》に首を動かした。とっさに嘘を承知で堂々とうなずくほど、図太くはなかったのである。

「去年、僕が世話をした子供は、僕の異母弟でした」

「俊徳丸をつとめたのが、君の異母弟。後添えですか。お母さんは」

「そうです。弟が正妻の子で、継母が後妻、僕が妾腹となれば、まさに、合邦ですが」

「そういうわけでは？」

「ぼくはたしかに妾腹なんですが」と、光次郎は言った。初対面の者に明かすには重すぎることである。私の詮索《せんさく》の執拗さに、無意識に彼は反応しているのかもしれない。

「弟は継母の連れ子ですから、芝居とはちがいます」

「それじゃ、弟さんは邪恋の対象にはならないな」冗談の口調で、私は言った。「血のつながらぬ母と息子ということでいえば、君が俊徳ですね」

光次郎は、複雑な表情をみせた。否定しながら、実は、その裏を察してくれというふうな。

薬種店の二階、虫籠格子の向こうに動いた灰白い影が、私の瞼《まぶた》の裏で揺曳《ようえい》した。

あらためて思い返すと、あれはたしかに女人の姿であった。格子の陰から、光次郎にまといつくような目を投げていた……と思える。

「君の御母堂は……」

「死にました」

「たいへん、立ち入ったことをうかがうが、御父君の前の御正室……」と言いかけると、

「御父君だの御正室だのというような、ごたいそうなものではありませんよ」光次郎は苦笑した。「田舎の薬種屋の主《あるじ》です。東京の先生は、むずかしい言い方をなさる。正妻も死にました。それで、今のを後妻になおしたんです。父が前から囲っていた女です」投げ出すような無造作な口調であった。

「僕の母と、一時は二人囲っていたんですが。僕の母の方が先に他界しまして」

「どうも、よけいなことをうかがってしまったな」

口では言いながら、私は、光次郎の背後にあるものをどこまでも深く詮索したいのだった。

「その、異母弟ですが……」光次郎は、海にむかって語るように、私に目をむけず言葉をついだ。「市雄《いちお》という名で、家のものは市《いち》と呼んでいましたが……」

今は別の名で呼んでいると言うのか……と、私は疑問を持ったが、話の腰を折らぬよう、言葉をはさむのを控えた。

「市が俊徳丸の大役をつとめることには、人々のあいだでかなり反対もあったようです。

父が強引に市を推したのでした。父は去年の祭りでは〈山元〉でしたから。〈山元〉というのは、祭りの費用を個人で負担するのです。皆で積み立ててはいますが、それだけではとうてい足りません。〈山元〉になるのは、たいへんな出費ですけれど、たいそう名誉なことでもあるので、町のものは、皆、一生に一度は〈山元〉をやりたいと願っています。うちは、祖父も曾《そう》祖父も〈山元〉をつとめたことがあります」

光次郎が言葉を切り、しばらく間があいたので、私は岩につかえた船を棹《さお》でついて動かすように、「なぜ、弟さんが俊徳をやるのを皆さんが反対したのかな」さりげなくつぶやいて、先をうながした。

「市は額がふっくらと丸く、少し突き出ていてそれは愛らしい子でした。手足がからだにくらべて少し細すぎ、ひょろりと長いので、人によっては蜘蛛《くも》のようだなどと悪口を言うのもいましたが……、実に愛らしかったのです。賢くもあったのですが、市には悪い噂がありました」

妙な噂がたったのは、市の眼があまりに黒々としていたせいかもしれません、と光次郎はつづけた。

「虹彩《こうさい》というのですか、黒目のところ。それがあまりに漆黒なので、瞳孔の色とほとんど区別がつかず、瞳孔がないようにも見えましたのです。むろん、子細に見れば、そんな異常はないとすぐにわかるのでしたが」

「ああ、イイヴィル・アイ」思わず私がもらした呟《つぶや》きは光次郎の耳に入らなかったようだ。

欧羅巴に、evil eyeという迷信がある。本邦の言葉になおせば、邪眼であろうか。その眼でみつめられた者は災厄に遇《あ》うという。同様の迷信が我が国の北の海沿いの町にもあるというのは、私には新しい発見であった。

「その眼のために、市は嫌われ、ひそかに恐れられていました。ひどい話です。先生、市のためにも、愚昧な迷信は、断固排除されねばならんのです。一つには、市の母親が、他国者ということもあると、僕は思います。けしからんです。先生に理知的に解明していただきたいと思い、お話し申し上げるんですが……」

風が強まり、潮騒《しおさい》は耳の底でいっそう激しく鳴り響動《とよ》んだ。

「父の正妻が死んだのも私の生母が死んだのも、市の眼のせいだなどと言うものが多くて、父は手をやきました。噂というのは、まったく厄介です。誰が言ったのか、責任をとるものはなく、それでいて、粘っこいやにのように人をからめとる。何か起こるたびに、幼い市が後ろ指さされ、ひそひそと悪意にみちた声が囁《ささや》かれるのです。私の生母は身寄りのない女でしたが、父の正妻の実家はこの町で蠟燭《ろうそく》屋をやっていましてね、そこがどうも積極的に噂を……と、まあこれは推測ですが。嫌な噂を一掃しようと、父は去年〈山元〉を買って出て、市を子役に出したのでした。僕も、市のために水垢離をとって祈りました」

迷信は排除すべきだという主張と矛盾することを光次郎は言ったが、自分では気づか水垢離という言葉は、『しんとく丸』の継母が水神荒れよと川底に釘を打ち込む姿を、ふと連想させた。

「私が市の味方と知って、市の母親は私にたいそう好意を……過剰な……」言葉を半分でのみこみ、光次郎は話を先にすすめた。

「いよいよ、この浜で曳き山芝居がおこなわれたのですが、山車の後ろ半分が楽屋になっているのは、お話ししましたね。楽屋に控えているとき、蠟燭屋のおやじ——つまり、父の正妻の父親ですが——が、入ってきたのです。囃子《はやし》方をつとめていたものですから。楽屋にはたまたま、僕と市しかいませんでした。まだ始まるには間がありました。市に見られても、おやじは別段平気でした。ですから噂は故意に悪意で流されたものにちがいないのです。おやじ自身は少しも信じてはいなかった。それでも僕は、市の視線をなるべく遮《さえぎ》るように、市の前に壁になって坐《すわ》るようにしていました。ちろりと、火が見えたのです。市と僕の間の空間に、です。もちろん、僕は信じません。でも、たしかに、火が……。市に実行させてはならない。そう、僕は、とっさに決意したのです。燐寸《マッチ》をすったのは、僕です。僕が、曳き山に放火したのです。市の眼が火を放《はな》ったのではない。そう、おやじに確認させたのです。火のまわりが、異常に早かった。外にいたものたちが気づいて消火にあたったのですが、助け出された蠟燭屋のおやじは、全身大変な火傷《やけど》で、市はやはり妖瞳だった、火を放ったのは市の眼だと言い残して死にました」

市ですか、と光次郎は言った。

「やはり火傷で。僕が抱きしめていたのですが、子供の方が抵抗力がなかったのですね。僕だけ、助かりましたが。先生、理知的に考えてください。市がやったことであれば、自分が焼け死ぬような愚かなまねはしませんでしょう。火を放ったのは、僕なのです。でも、市の妖火ということになって……。僕の言葉はだれもとりあげません。先生、愚昧な迷信は、断固排除すべきです」

これ、だれもおらぬかや。

ふたたび、子供の声が風に流れた。

私がそう言うと、光次郎は厳しい顔になって、「死んだ者の声が聞こえるわけはありません。東京の先生ともあろうお方が、馬鹿げたことをおっしゃっちゃいけません」毅《き》然《ぜん》と言ったが、その目がふいに、何かをとらえたように、見開いた。

目の前の空無にむかって、光次郎は手をのべた。その表情が、笑っているのか脅《おび》えているのか、私にはわからなかった。

光次郎のくちびるは、お懐かしや俊徳丸様、と動いたように見えた。

「あなたに逢おうばっかりに」私には姿の見えぬものにむかって光次郎は語りかけていた。「幾瀬の苦労もの案じ、心をつくした甲斐《かい》あって……」

七谷屋《ななたにや》形《かた》

「もちろん、言い伝えにすぎないんですよ」

館長は、声音に笑いをふくませた。

「この雛《ひな》の眼が火を噴いて、大火事になったとかね」くすっと笑い、「それが真実だったら、お雛様は灰になっちゃってるはずだわ」

「そうですね……」わたしは、小さく相槌《あいづち》を打つ。

「でも、そんな話がまつわるのももっともだという気がしません？　この眼」

そう、館長は言った。

『七谷雛館《ななたにひなやかた》』と、名称は立派だが、一棟の土蔵である。

入口の扉のわきにかけられた館名を彫り込んだ板看板は、文字に沿って塗った黒漆が斑《まだら》にはげ、生地《きじ》があらわれていた。

『七谷雛館』の館長、七谷類子《るいこ》は、小柄で小肥《こぶと》りな老女だった。白髪を薄紫に染めるのは、このごろではもう流行遅れで、洒落《しゃれ》たつもりがかえって野暮ったいのだけれど、類子のとびきり色白の丸顔には、よくうつった。フレームのない老眼鏡が、ぱっちりした丸い二皮眼《ふたかわめ》をいっそう丸く大きく見せ、西洋人形がそのまま年をとってお婆さんになりました、というふうだ。

古風な土蔵の持主には似つかわしくない小花を散らした柄のワンピースに、レースのように編んだ白いカーディガンを羽織っている。

人怖《ひとお》じするわたしが、初対面の類子に気遅れしないですんだのは、相手の子供じみた無邪気さのせいかもしれない。

「いつのまにか、集まっちゃったらしいんですよ」

と、ふっくらした小さい手を、胸の前で鰭《ひれ》のように動かす。話を強調するための癖か、始終手を動かしている。

「お雛様がお雛様を呼び集めるみたいにね。うちが旧家なので、古い雛人形やら雛道具やら、いろいろ、昔からつたわっていましてね。嫁に来る人が、それぞれ、実家から持ってきますでしょ」

ご維新のとき、と、類子は、古い言い方をした。

「暮らしに困って手放したのを古道具屋がうちに売り込みにきたり、そのころから、七谷の雛屋形って、呼ばれていたそうです。自然についた呼び名なのね。よそさんからも、どうせ手放すなら、雛屋形へって、お話がきますし……で」

壁に沿って並んだガラスケースのなかに並ぶ雛に、類子は手をひらひらとふり、

「わたくしの祖父が、コレクションが自慢で、年中飾って、公開するようにしたんです。お雛様って、雛祭が終わったらすぐにしまわなくちゃいけないって言いますでしょ。わ

たくしが嫁ぎおくれたのも、あたりまえだわねえ」

少し、口調がなれなれしくなり、ころころと笑う。

「結婚しそびれたのは、東京の女子大なんかに行ったおかげかもしれないんですけどね」

女子大……どちらの？　と、たずねるのが話の流れなのだろうけれど、どこの卒業生だろうと、わたしは関心がない。

世間話の相手は苦痛なのだけれど、そうあからさまに口にするほど不躾《ぶしつけ》にはなれない。

「今のように、女が簡単に仕事につける時代じゃございませんでしたからね。戦争前ですもの。卒業を待ちかねて、親が、早く帰って見合いしろと、うるさくてね、あなた」

類子の囀《さえず》りの方がよほどうるさい。

退屈しているのだろう。幾つかの町が合併して市になったのは、数年前だという。人口は少なそうだ。常時陳列してある雛を、わざわざ見にくるものは、そう多くはあるまい。

「わたくしは見慣れちゃっているから、何とも思わないんですけど、初めてみる方は、怖いっておっしゃるわね、お雛様もこれだけ集まると」

節句の前、デパートや人形専門店に勢揃いする新品の雛人形は、かくべつ怖くもないけれど、

「古いからでしょうね、うちのは。でも、わたくしね、無機質の人形に、何か霊がこも

るような考え、ぜんぜん、信じませんのよ」

理性的であることを誇るように、類子は言い、

「嬉《うれ》しいわ。東京からわざわざ見に来てくださるなんて。＊＊さんのおかげね」

と、写真家の名をあげた。

『雛めぐり』と題した写真集であった。博物館やら美術館やら民俗資料館やら、あるいは個人蔵など、ほとんど日本中の古い雛、珍しい雛が載っている。北は会津《あいづ》若松《わかまつ》の一蔵《いちぞう》品《ひん》館や須賀川《すかがわ》の市立博物館、酒田《さかた》の本間《ほんま》美術館、そうして関東、中部、北陸、中国、四国とへめぐり、九州鹿児島の尚古集成《しょうこしゅうせい》館など、五十近い場所があげられ、二百ページの大半はカラーという豪華なものだ。

七谷雛館のように一年中展示というところは少なく、公の施設は他のものも陳列していて、二月から三月にかけての季節だけ雛を特別公開するところが多いし、個人蔵のものは、ほとんど、節句にしか飾らない。撮影できる時がかぎられているのだから、写真家は、長い年月をかけて入念に撮ったのだろう。

「＊＊さんがうちに見えたのは、もう、五年か六年前のことよ。うちのコレクションが写真で紹介されるって、楽しみにしていたんですけれど、音沙汰《おとさた》なしでしょ。いいかげんなことを言われたんだと、少し腹をたてていたのよ。だって、写真をとるとき、大変だったんですものね。ライティングがどうとか、お雛様の位置がどうとかって、三日がかりだったわ。そのあいだ、この近くにはホテルどころか民宿だってないから、うちに

泊まっていただいて。で、もう、あきらめて忘れていたら、あんな豪華本になってねえ」

寄贈された上に、購入もしたのだろう、その写真集は、入口の受付に何冊かおいてあった。

「そりゃあね、あれだけ苦労して何十枚か何百枚か撮ったのに、うちの、たった一ページでしょ。それもね、こんなにいいのがたくさんあるのに、よりによって、変なのをのせられてしまってね。正直言って、ちょっとがっかりもしましたけどね」

高雅な享保《きょうほう》雛。丸っこい顔が可愛い次郎左衛門《じろざえもん》雛。あでやかな古今《こきん》雛。布地を有職《ゆうそく》故実にもとづいて特別に織ったという有職雛。檜皮葺《ひわだぶ》きの御殿段飾りやら、精緻《せいち》をきわめた雛道具やらが、ガラスケースにおさめられてある。

しかし、類子が言う〈変な〉雛の写真を見なかったら、わたしは七谷屋形をおとずれはしなかっただろう。

『雛めぐり』のカラー写真と、古い一枚のモノクロームの写真が、わたしの目に重なったから、わたしは、来ずにはいられなかったのだ。

以前、わたしは、雛は嫌いだった。関心をもつようになったのは、一昨年、母が逝き、母の持物を整理して以来だ。

兄の一家が住む母屋と渡り廊下でつながった離れを、母は住まいとしていた。

父が健在なあいだは、父と母は母屋に兄の一家と同居していた。父が建てた家であり、わたしも生まれ育った家だ。離れは、兄とわたしが幼かったころは子供部屋としてつかわれ、兄が中学に入ってからは、兄の専用の部屋となった。

兄が結婚して両親と同居することになり、ちょうど短大を卒業したばかりだったわたしは、家を出て、アパートを借りた。会社勤めはせず、ゼミの教授の紹介で、翻訳の下請けで生計をたてていた。

父の死後、母は母家《おもや》を兄の一家に明け渡し、離れに移ったのだった。

嫂《あによめ》は家で華道を教えていたから、その仕事と二人の子供の世話で手一杯であり、母の世話まではできないと言い、母も自炊の方が気楽だと言っていた。

晩年、視力のひどく衰えた母は、本も読まずテレビも見なかった。黄昏《たそがれ》の水のなかをひっそり泳ぐ魚のように、母は、半ば手さぐりで、それでもきりりと身綺麗《みぎれい》に暮らしていた。

母の目が悪くなってから、兄はわたしに、母と離れに同居しないか、その方が、家賃がいらないから経済的にも楽だろう、と誘った。そのころは、わたしは、翻訳で一本立ちするようになっており、雑文書きの仕事なども増え、時間に追われるようになっていた。

母の世話をしろという婉曲《えんきょく》な兄の言葉を、わたしはことわった。

胸の奥にしこる痛みを、強引に無視した。

いっしょに暮らすには、母は強すぎた。わたしが弱すぎた、と言うべきだろう。

母の遺品は少なかった。写真のたぐいはまったく持っていなかったのだが、アルバムが一冊だけ、残っていた。

このアルバムに、わたしは見覚えがあった。母の娘時代のもので、わたしは幼いころ何度もながめたことがある。

お下げ髪でラケットをもった少女が母であるということが、小さかったわたしには不思議でならないのだった。

ほんとに、これ、お母さま？

そうよ。

長じてからは、母のアルバムをのぞくこともなくなっていた。

ひさしぶりに何げなく開くと、写真はすべて、剝《は》ぎ取られてあった。黒い地紙に、直接貼ってあった写真を剝がした跡が、どのページにも残っていた。

分厚いページをめくると、一枚だけが、はさまっていた。

一度剝がされたものの、破棄されるのはまぬがれたのだろう。四隅に黒い地紙がちぎれて貼りついていた。

時に浸食され、黄ばんで輪郭を失いかけているけれど、金屛風《きんびょうぶ》を背にした一対の内裏《だいり》雛だとわかる。

その写真を見たとき、わたしは、ぞくっとした。

子供のころ、繰り返し見た〈怖い夢〉の一つが、一枚の写真となって、目の前にあった。

〈怖い夢〉は、いくつかの決まったパターンがあった。

〈高いところから底無しの空間に落ちる夢〉は、だれでも見るが、〈見知らぬ場所にいて、帰り道がわからない夢〉を、執拗《しつよう》に見た。

悪夢から覚めてほっとすると、まだ夢の中、という幾重にもかさなった夢も、始終、幼いわたしを脅かしていた。

その夢の中に、内裏雛が、理不尽な出現をするのだった。

足を踏み外し、行き着く果てのない空間に落ちるのは、雛に追われるためだ。

恐怖の限界に、はっと目覚め、安堵《あんど》する目の前に、また、雛がいて、わたしを見すえる。

怖いのは、女雛の眼であった。うつろな穴が、ぽっかりと二つ、あいているだけだったのである。黒目も白目もない、ただの穴だった。

家に帰る道がわからず、心細さのきわみにおびえているわたしをいっそう怖がらせるように、道の端でわたしをみつめているのも、うつろな黒い穴の眼を持つ女雛だった。

小学校にあがるころまで、ほとんど毎夜のように雛の悪夢を見ていたし、十代のころも、ときたま、あらわれた。

うちには、雛はなかった。

節句に雛をかざる習慣が、うちにはないのだった。

　わたしの初節句のときは、父の事業がうまくいかず、雛飾りをととのえるどころではなかったという。母が里から持ってきた雛も、そのとき売り払ったのだそうだ。せめて、あなたの初節句に飾ってから売ろうと思ったのだけれど、どうしても、待てなくてね。父は株屋で、若いころは浮き沈みがはげしかったという。わたしがものごころついてからは、他の事業にも手を出し、そちらで一応生活は安定した。雛も、欲しければ買えないわけではなくなったのだけれど、「あなたが、お雛様を怖がるから、やめたのよ」そう、母は言った。

　わたしは、たしかに、雛人形が怖くて嫌いだった。小学校のころは、同じクラスの子から雛祭によばれたりもした。遊びにまぎれてしまえば、怖さ不気味さもうすらぐのだけれど、わたしは、勝ち負けを競うゲームや器用さを要求される遊びは苦手で、一人取り残されがちになり、そういうとき、段飾りの雛の眼が注がれているような錯覚を持ち、不意に半泣きになって帰ったりするので、次第に誘われることは少なくなった。

　夢にあらわれる雛のせいだ。

　母のアルバムに残された写真を見て、悪夢の因《もと》がわかったように思えた。

　おそらく、はっきりした記憶として思い返せないほど幼いとき、わたしは、この眼のない雛の写真を見てひどくおびえたのだろう。母は、アルバムから写真を剥がして、わたしの目から隠したのだろう。

視力が衰えてから、すべての写真をアルバムから剥がした母のこころの中は、わたしには察しがつく。

勝気なひとだった。過去をなつかしんだり思い返したりするのを、拒否したのだ。若い自分を、見たくなかったのだ。懐旧はみじめなことと思い定め、一枚一枚、ひき剥がし、焼き捨てたのだろう。

自分が写っていない一枚だけが残ったのは、偶然か。

「いろんな伝説がね」

と、類子は、ケースの中の一対の内裏雛をさす。『雛めぐり』に掲載された写真の雛だ。

陳列された数多い人形のなかで、それは、とくべつ目立つわけではなかった。段飾りではなく、金屏風を背にして置かれた女雛と男雛のみだ。官女や五人囃子《ばやし》、仕《じ》丁《ちょう》などは失われたのかもしれない。屏風も、雛にくらべれば時代がさがるようだ。

「他のだって撮ったのに、この眼のないのをねえ、お載せになるんですもの。お撮りになってるときも、とても興味をお持ちになってね。だから、わたしも、古道具屋がうちに持ちこんだときに話した謂《いわ》れを、お伝えしたんですけどね」

女雛のぽっかりとあいた二つの小さい空洞を指差し、

「ほら、眼が火を噴いて、大火事になったとかね」

類子はくすくす笑う。

「眼のないお雛様が、眼が欲しいと泣くと言う話もあるのよ」

「そうですか」

　ぎこちない相槌を、わたしはうつ。

　わたしが他人と話すのが下手なのは、ひとつには、子供のころ母に口のききようが悪いと叱られてばかりいたからではないかと思う。母が期待することを口にしないかぎり、許されないので、わたしは母の顔色をみながら言葉をさがさねばならなかった。何がよくて何がいけないのか、その基準がわからず、もともと話下手なのが、いっそう無口になった。

「これね、古今雛という種類なの。明和《めいわ》のころっていうから、西暦でいえば、一七六四年から七二年」説明しなれているのか、類子はすらすらと年号を口にし、「上野《うえの》池之《いけの》端《はた》の人形屋が、十軒店《じっけんだな》の人形師、原舟月《はらしゅうげつ》に顔を彫らせて、古今雛と名づけて売り出したら、こういう綺麗な顔でしょ、大人気になったの。それ以前の享保雛や次郎左衛門雛は、型押しして眼も描くだけだったけれど、古今雛は、ビードロ——ガラスね——だの水晶を眼にはめこむ工夫をして、その後、ずっと現代まで、古今雛の系統は人気があるの」

　ちょっと言葉をとぎらせてから、

「ガラス玉だから、落ちることだってあるわよね」

　類子の笑い声は大きくなった。

「＊＊さんは、民俗学に興味がおありだからでしょうね。不気味な言い伝えがお好きでねえ。お雛様が〝眼が欲しい〟と言って泣くなんて話がすっかりお気に召しちゃって。わたし、とうとう言い出せなかったわ」

「何をですか」

焦《じ》らすように、

「お茶を召し上がれ」

類子はすすめた。

遠来の客を歓迎して類子がいれてくれた焙《ほう》じ茶は、さめかかっていた。

「そりゃね、わたしも、ちょっと因縁じみたものを、感じはしたわ。骨董屋《こっとうや》がうちにこれをもってきたとき。だってね、わたしの知っているお雛様ですもの。古いことは古いのよ。文化《ぶんか》文政《ぶんせい》ごろにつくられたものね」

「おたくに昔あったものなんですか」

「うちじゃないわ。友達の家にあったの」

いやな子で、と、類子は言った。

「土地の人じゃないの。お父さんの仕事の関係かなんかで、都会から越してきた子だったわ。自慢屋で、いばっていてね」

いっそう子供っぽい口調に、類子はなった。

「わたし、成績よかったのよ。学級で一番だった。それが、その子、気に入らなかったのね。意地悪されたわ。やりかたが上手でね、他の人からみると、わたしが意地悪をしているように誤解されちゃうのよね。おかげで、わたし、先生からは叱られるし、孤立しちゃうようになって。子供のころって、そういうの、とても、こたえるわよ。友達がなにより大事な時期でしょう。それなのに、その子のせいで、わたし、いわば村八分ね。お雛様のときに、わたしがよんでも、だれもきてくれなかったことがあるの。みんな、その子の家に、いっちゃって」

「眼のないお雛様を飾っていたんですか、その子供の家」

「まさか。ちゃんと眼はあったわよ。お雛様なら、うちのほうがずっと立派なのに、うちにだれもきてくれないから、くやしくて、その子の家に行ったのよ。そうしたら、みんな外に遊びに出たらしくて、お座敷にだれもいなかったの。床の間のお雛様だけ。それで、つい、針をもっていたものだから、女雛の眼をついてやったら、中に落ちちゃって。いそいで逃げ帰ったわ。だれにも気づかれなかった」

それをねえ、と、類子はまたからだを折らんばかりにして笑い、

「骨董屋ったら、江戸時代から、不思議な言い伝えのある雛ですなんて触れ込みで、家にもちこんだのよ。眼から火を噴いて火事になったの、眼が欲しいと泣くのって。わたしが東京の女子大を出て家に帰って何年かしてからだったわ。もう、ずいぶん昔のことね。父がまだ元気で、まさか娘の悪戯《いたずら》とは知らないで、めずらしい言い伝えがあるんだなって、貴重に思って買い取ったの。わたしもいまさら、白状できなくてね」

大事にしていた雛を売る前に、母は、写真に残したのか……。

雛が眼を失ったのが、類子のしわざと、母は察しがつかなかったのか。それとも、意地悪は、仲良くしたい願望の歪《ゆが》んだあらわれで、だから、類子に眼をつぶされた雛を大事にしていたのか。いまさら、わかりようもない母の子供時代の気持ちをわたしはちょっと推し量った。子供の頃の類子は、さぞ愛らしかったことだろう。

黄昏の水の中をひっそり泳ぐ魚のような母の姿を思い浮かべたとき、

「眼がほしい」

女雛のささやく声を、わたしは聴いた。

島

ああ、大勢が殺された。
パラオで、ダバオで、
ミンダナオで。

うろおぼえだ。少しまちがっているかもしれない。香山滋《かやましげる》の短篇にあったのだが、読んだのは四十数年昔なので、物語はまったくおぼえていない。たぶん、作者が得意とする秘境物の一篇であったろう。歌ともいえぬその短い一節が奇妙に記憶に残り、折にふれて、こころに浮かび上がる。韻をふみ、わらべ唄《うた》のようでおぼえやすい。

殺された〈大勢〉は、日本兵や軍属を指しているのだったろうか。移住の民間人か。それとも、大戦をうたったのではなく、植民地時代に酷使された島民の話だったか。前後の文脈がまったく記憶から抜けている。殺した主体がだれかということは、詞にはない。殺したものへの憎しみもなく、宿命への諦観《ていかん》のように、淡々と〈殺された〉とうたう。

上甲板の舷側《げんそく》にもたれ、埠頭《ふとう》に群れた見送りの人々を見下ろしながら、声には出さず、こころの中に、執拗《しつよう》に、詞がよみがえる。

ああ、大勢が殺された。

パラオで、ダバオで、

ミンダナオで。

船が出ようとしているのは、異国の島ではない。行政的には、東京の都下である。しかし、この島でも——ああ、大勢が殺された——と、詞をふと思い出したのは、埠頭に海上自衛隊の隊員が十数人ならび、勤務を終えて本土に帰るらしい一人を見送っていたからだろう。

送られる隊員は、首にハイビスカスのレイをかけ、手首にも小さいレイをはめ、その紅が制服の紺色をあざやかにひきたたせていた。

整列というにはいささかだらしない恰好《かっこう》で並んだ一人一人と、握手をかわす。隊列の右端に、若い女の子の一群がいた。

「飲み屋の女の子たちですね、あれ」

私の隣に立った同行の編集者Nさんが言った。三十近いNさんは、二児の父だが、大学出たてぐらいに見える。

面積は千代田区の二倍くらい、人口が千人そこそこという小さい島である。飲み屋の女の子といっても、ごく素朴な印象で、淫蕩《いんとう》の気配はない。

送られる隊員は、女の子たちにかこまれ、握手に熱がこもった。この一場の主役をつとめるタレントといったふうだ。

ひととおり握手を終え、それで送別式は終わりかと思ったら、見送りの隊員たちも列を解き、雑談をはじめた。使い捨てのカメラをむけあい、ヴィデオにおさめるものもいる。

「まだ、出航まで三十分以上ありますね」

と、Nさんは、腕時計に目をやった。

「船の乗客より見送りの方が人数が多いみたいですね」

シーズンオフなので、観光客は少ない。私たちが宿泊したホテルも、私たち二人のほかに客はなく、貸切りのような贅沢《ぜいたく》を享受した。

夏場は水泳やダイビングの若い客でにぎわい、二月から四月にかけては鯨が数多く見られるので見物が集まる。しかし、ダイビングには水が冷たすぎ、鯨もこない十二月、荒れる太平洋を渡って島にこようという物好きは少ないのだという。私は、さしせまった取材という目的があった。

飛行場がないから、船にたよるほかはない。竹芝《たけしば》桟橋から島の港まで、二十九時間。あしかけ二日がかりの船旅である。船は島に二日とどまり、東京への客をのせて、また、二日がかりで竹芝にむかう。今上《きんじょう》陛下が訪問されたことがあるが、そのときは、東京から水上機をもちいられたそうだ。

台風の時期をはずして十二月にしたのだが、それでも出航前に、冬の海は荒れるとさんざん脅かされた。北斎《ほくさい》の絵のように、船より波のほうが高くなる。波の頂点から谷底のような波間にすべり落ちる。風が強いから、ぜったい、揺れる、と、桟橋の係員も言っていたが、往路は静かな航海であった。漆黒の大洋を行く船の甲板に立ち、潮風を浴びていると、「海の民なら、男なら、みんな一度は憧《あこが》れた、太平洋の黒潮を……」と子供のころ耳になじみ忘れはてていた歌がふとよみがえりもしたのだった。

――もっとも、帰路はすさまじい揺れにあい、船室の床にうつ伏せになったきり、水を呑《の》んでも吐いてしまうというひどい船酔いに三十時間近くなやまされることになるのだが、島を離れるこの時点では、楽だった往路の経験から、おろかにも、たかをくくっている――。

「東京にお帰りですか」

Nさんとは反対側の隣に立ったひとに、声をかけられた。もちろん、見知らぬひとだ。小柄な品のいい老婦人であった。私も人並みはずれて小さいし年も戦前生まれだが、声をかけたひとは、さらに年上で、歳月に肉を削られ骨を削られ、圧力に押し縮められたようにみえた。灰色の地味な夏物のワンピースをゆったり着ていた。十二月でも、昼間は半袖《はんそで》のシャツ一枚でもすごせる島だ。

「はい、そちらも？」

「いえ、わたしは島民です」

婦人は言い、「旧島民ですのよ」と言い添えた。

新島民、旧島民という言葉を、島で、しじゅう耳にした。埠頭で出迎えてくれたホテルの支配人から、まず、聞いた。「オーナーも私も、みな、新島民ですよ」島民という呼称に私は少しとまどった。子供のころすりこまれた感覚では、島民という言葉に、かすかながら、相手を低く見るニュアンスがあったからだ。しかし、島では、都民、区民、村民と同じ感覚で、島民という言葉は使われていた。とまどった私のほうに、問題はあった。

「いまは、茨城に住んでいますけれど、ときどき、こちらに里帰りします」

と、老婦人はつづけた。

「わたしたち旧島民は、島に友達が少なくなりました。いまいる人たちは、ほとんど戦後に本土からきた新島民ばかりです」

島に人が住むようになったのは、幕末からで、それも、はじめに定住したのは異国人であった。

江戸のころは、無人島と呼ばれていた島だ。むじんではない、ぶにん、と読む。江戸からもっとも遠い島は、八丈島《はちじょうじま》だった。その三倍も遠いこの群島が発見されたのは、寛《かん》文《ぶん》十年、西暦で言えば、一六七〇年——十七世紀。阿波《あわ》の船が江戸に向かおうとして、遠州灘《えんしゅうなだ》で嵐にあい、潮に流され、このまったく住人のいない島に漂着した。水夫《かこ》らは船を修理し、八丈島に帰り着き、島のようすを役人に報告した。島は無人島と命名された。

数年後、幕府は、正式に長崎の船頭を島におもむかせ、調査させたが、移民はおこなわなかった。その後、幾度か、漂着して帰国した船の乗組員が、島の様子を報告している。

　さらに、八代将軍吉宗《よしむね》の治世に、伊豆《いず》の代官が、無人島に八丈島の住民を移住させることを建言した。しかし、八丈の島民はしたがわず、計画が行き詰まっているところに、小笠原宮内《おがさわらくない》という浪人が、その島は、自分の遠祖、小笠原民部少輔貞頼《みんぶしょうゆうさだより》が、文禄《ぶんろく》のころ、南海に航したおりに発見したものであると名乗り出、祖の遺業を継ぎたいと願い、渡航の許可を得た。

　宮内は老齢なので、その甥《おい》が、船を調達し出帆したが、遭難したのか、行方不明となった。幕府の調べで、素性を詐称していることがわかり、小笠原宮内は重追放の刑を受けた。それ以来、無人島は小笠原島とも呼ばれるようになった。

　その後、幕府はこの島を無人のまま放っておいた。欧米の国々がアジアに勢力をのばし、清国では阿片《あへん》戦争の名でよばれる英国の侵略戦まではじまっていたころ、無人島に漂着した日本の回船が帰国して、異人がこの島に住みつき、自国領としていることを告げた。

　住んでいるのは、セイヴォリーという米人で、カナカ島の島民を数人つれ、畑をつくり山羊《やぎ》や豚を飼い、たちよる捕鯨船に食料を売って暮らしていた。

　明治維新のわずか七年前という江戸も最末期の文久《ぶんきゅう》元年、幕府は、外国奉行水野忠徳《みずのただのり》らを島に派遣し調査させるとともに、この島が日本領であることを、諸外国に認めさせた。

本格的に移民開拓をはじめたのは、明治六年になってからである。そういった島の歴史は、私は仕事の必要から資料を読んだばかりなので、一応、承知していた。

「私ども、祖父の代に移住しましてね」

語りたい昔が、胸に溢《あふ》れているのだろう、老婦人は、初対面の私に、人なつっこく語りつづける。

「砂《さ》糖《とう》黍《きび》の大きい農園を持っていましてねえ。戦争前の島の暮らしは、そりゃあ楽しゅうございました」

冬でも、昼は本土の五、六月の気候、夜になるといくぶん冷えるといっても、暖房はいらない。島ですごした三泊を私は思い返した。一日はガイドさんに車で案内してもらい、次の日は資料調べについやした。ガイドさんは初老の男性で、足を悪くしたので、リハビリをかねて島にきているのだということだったが、ずいぶん健脚で、観光案内地図には道がないから危険と記された岩山のてっぺんや、ガジュマルの生い茂った林の奥など、隅々まで連れていってくれた。夜も、せっかくだから、星空をみていきなさいと、浜辺に車を走らせてくれた。白砂の上に仰向けにねころんで数時間すごした。ホテルの窓からではわざわざ敷物を持参してくれるといういきとどいた心配りだった。そのためには、星は見えないのだ。東京の灰色の夜空にくらべれば、黒く澄みきっているのに、それでも、ホテルの明かりに星は消されているのだった。この島には、本屋も図書館もない。島に関する資料は教育委員会にそろっていた。借りだすことはできないので、コピーをとり、ひろびろとした公園の樹下に陽差しをさけ、目を通した。短い芝草が生え、棕櫚《しゅろ》が数本植わっているだけで、ほかによけいな遊具もベンチもない。東京ではあじわえない長閑《のどか》な時間だった。自転車をのりまわしている子供たちが、何をしているの？と、人怖《お》じせず寄ってきたっけ。

「砂糖が値くずれして、そのあとは、野菜や果物の栽培ですわね。東京に出荷して、ずいぶんいい値段で売れました。冬のさなかに、西瓜《すいか》や南瓜《かぼちゃ》や、茄子《なす》だの胡瓜《きゅうり》だのとれたんですもの」

老婦人は、歯止めが利かなくなったように、話しつづける。追憶が、おのずと言葉になってほとばしるのだろう。私も、昨日のことより子供のころのことのほうが明瞭《めいりょう》に思い出せる年になった。老婦人の気持ちに共感できる。

「でも、戦後は、本土でも温室栽培が盛んになりましたから、島の野菜は売れなくなりました」

ガイドさんからも聞かされた。野菜や果物の栽培はすたれ、観光と土木事業で、島の経済はなりたっているという。戦争の被害に対する補償金が国からでるので、道路の整備や観光施設の建設が盛んなのだそうだ。

編集者のNさんは、かたわらの若い女の子と話に興じている。

「イルカといっしょに泳ぐの、わたしの夢なんですよォ」

女の子の声が、わたしの耳にもとどく。きれぎれに聞こえる断片から察するに、女の子は、会社を休んでダイビングにきたらしい。季節はずれなのだが、「水からあがると寒いけれど、水の中って、意外とあったかいんですよ。来た船で帰ると、中、たった二日でしょう。だから、前の便できて、この船便まで、ずっと滞在していたんです。毎日、もぐってました。珊瑚《さんご》、きれいで。……でも、イルカには会えなかった。イルカって、気が向くと、こうやって、こうやって、いっしょに遊んでくれるんですって」踊るような身振りをする。

「暮れで忙しいときに、よく休みとれたね」と、Nさん。「実家に不幸があったって、嘘ついて、休み、もぎとっちゃった」「顔、少し日焼けしてるよ」「やっぱァい」

老婦人にも女の子の話が聞こえたのか、「わたしたちは、海亀と遊びました」と、その情景を眼裏《まなうら》によみがえらせるように、「生け簀《す》もあるんですけれど、わたしたち子供は、海にいる小さいのを捕らえてきて、魚をやって養って、大きくなると海に放してやっていました。浦島太郎みたい」と、くっくっと笑い、「竜宮へは行きませんでしたけれど」

弟が、と、老婦人はつづけた。

「海亀の子をみつけるのがうまくて」

弟、と口にしたとき、老婦人の表情に、いくつもの変化が流れた。

長い歳月の記憶が、一瞬に凝縮されて、脳裏をかけめぐったとでもいうふうだった。

「海亀、食べましたよ」

Nさんが、こっちの話にくわわった。

「小笠原の名物だってきいたから、話の種に一度は食べてみようと思って、ホテルの人に頼んだら、だしてくれた」

「臭くありませんでした？」老婦人は、ちょっと眉《まゆ》をひそめてみせる。

「冷凍したやつを薄く切った刺し身で、ニンニクで臭いを消してあったから、気にならなかったな」それだけ言って、また、女の子と喋《しゃべ》りはじめる。

「弟さん、いまでも、こちらでごいっしょに？」

「いいえ」

そう言って、婦人は微笑をうかべたが、その笑顔は、苦い痛いものをおしかくすためのもののように、ぎこちなかった。

「とても、いい子だったんですけれど……。学校の勉強もよくできて」

私がゆきずりの相手で、東京に着いて別れれば二度と会うことはない無責任な立場だから、老婦人も立ち入ったことを話す気になったのかもしれない。生の残りの時が短くなるにつれて、だれかに話したくなることというのは、あるものだ。

「成績がよかったものですから……学校の先生にすすめられて……東京の学校にやるように……。東京の大学をでれば、出世できますものね。でも、そのためには、島の中学からではむずかしい。中学も東京でって……。親類のものが東京にいましてね、親類といっても、どういう続柄ですか、ずいぶん遠縁だったようですけれど。たった十二の子供を、東京に行かせたんですわ。昭和……十一年でしたか……。こんな立派な船じゃありません。行きは母親がつきそっていきましたけれど、船出のときは、わたし、埠頭で見送って、泣きました」

　中学には、合格したという。いまのような六・三・三制ではない。五年制で、義務教育ではないから入学試験を受けねばならなかった。

「それが、五年たって、帰ってきたときは……」

　埠頭では、まだ、本土に帰る自衛官と仲間がはしゃいでいる。

「大学に進まれなかったんですか？」

　老婦人の眼のふちが、じわりとうるんだ。

　しいて作ったような明るい声で、婦人は笑った。

「会えなかったんですの。帰ってきていたのに……。会えないまま……」

　相槌《あいづち》に窮した。なにか込み入った家庭の事情なら、こちらからつっこんで訊《たず》ねるのもはばかられる。

「艦砲射撃が激しくなりましてねえ」

　そう言ってから、「ああ、わたしったら、年ですねえ、いつも、娘に言われるんですよ、話がごちゃごちゃになるって」

　きまりわるいという仕草だろう、ちょっと首をすくめた。

「自分だけわかっていて、きちんと順序立ててしゃべらないから、人さまには、通じないって」

「いえ、そんなこと……」

社交辞令で言ったが、たしかに通じにくい。

島が艦砲射撃を受けるようになったのは、太平洋戦争末期のはずだ。

昭和十一年、弟という人の東京の中学入学から、いきなり、十八、九年に、話は飛んだのだ。ミッドウェー・ガダルカナル・サイパン、日本軍が次々に惨敗、壊滅《かいめつ》していったころだ。

ああ、大勢が殺された。

パラオで、ダバオで、

ミンダナオで。

脈絡なく、詞が浮かんだ。

いや、その前に、五年たって帰島したと言っていた。昭和十六年。開戦の年だ。召集？

わたしは苦手の暗算をした。弟という人は、十七歳。兵役にとられる前のはずだ。

「弟が島に帰ってきたのは、二月ごろでした」

「それじゃ、まだ、真珠湾は」

「ええ。開戦前です。すぐに、兄島の監獄部屋に送られて」

小笠原群島の最大の島が、埠頭のある父島で、そのほかに、母島、兄島など、いくつもの島嶼がつらなる。兄島は父島の北にあり、両島のあいだの瀬戸は、潮の流れが速い。いま、兄島に空港を建設し、父島とロープウェイでつなぐ計画がすすめられているそうだ。

「監獄……」

「ほんとうの牢屋《ろうや》じゃありませんの。飯場《はんば》です。あまりひどいところですから、監獄って呼ぶ人もいたんですわ」

「昔、ありましたわね。タコ部屋……」

「砲台の建設だったんです。御国は、内緒で、開戦の準備をすすめていたんですわね。父島、兄島、硫黄島《いおうとう》、本土から大勢人夫が……ああ、いまは、人夫といってはいけないんでしたわね。工員っていうのかしら。でも、あのころ、人夫と工員は待遇がちがったんですよ。ほんとにひどい扱いを受けていたんですから、いまさら言葉だけ上等にしたってね、かえって浮かばれませんよ」

灯台の建設と、島の人たちは聞かされた。しかし、だれいうとなく、実は砲台なのだと噂はひろがった。戦争は中国大陸で行われていた。どうして、南の島に砲台を？　アメリカと戦うんだって。まさか。島には、本土からの移住者の裔《すえ》とともに、アメリカ国籍の島民もずいぶんいた。最初の開拓者である米人の子孫がおり、その後もハワイなどからわたってきて住み着いた者が多い。

「ですから、軍部は、たいそう神経をとがらせていましたよ。開戦まで、絶対秘密ですものねえ」

「せっかく東京の中学を卒業なさって……砲台造りの……」

「卒業する前に、感化院だったんです」

老婦人は苦笑してみせた。はあ、と、わたしは気のきかない返事をした。苦笑は、泣くかわりだとわかる。

「島の小学校は、人数が少ないですもの。そこで優秀だったからといって、東京では通用しなかったんですわ。それでも、いっしょうけんめいがんばっていると、手紙には立派なことしか書いてありませんでしたけれど……」

もはや、婦人は、私という特定の相手に聞いてほしくて語っているのではなかった。こころの底に積もった過去の重みが、地のひび割れを押し破って噴出するマグマのように、言葉になって溢れだしていた。

「ですもの、突然、面会にくるよう呼出しがあったときは、ほんとに……。不良の仲間に入って、なにか、女の人を、あのむりやりに……って……」

強姦《ごうかん》という言葉を口にしづらいためだろう、老婦人の話し方は、少しまわりくどくなる。

「感化院」とつぶやき、「この言葉もいまは使いませんわね。なんて言うんですか、少年院？ でも、弟がいれられたのは、感化院です。やせて、とげとげしい顔になって。島にいたら、あんな顔には……。でも、こちらにいたって、戦争にまきこまれて、いいからだをしていれば徴兵前でも軍属に徴発されたりしたでしょうから……。更生しておくれと、母と私、泣いてさとしました。弟も半分泣いていました。そして、言ったんですわ。自分は、仲間には入っていたけれど、実際には何もしなかったって」

強姦の場にいたことは真実だし、仲間をとめもしなかった。

「とめたりしたら、弟のほうが酷《ひど》い目に……殺されたかもしれません。仲間のしていることが悪いと思ったらとめるべきだ、って警察の方は言うんですけれど、そんな……。戦争だってねえ、いまになれば、自分は反対だったなんていう人がずいぶんいますけれど、とめられなかったじゃありませんか。ああいうのを聞くと、腹が立ちます。弟は、責任とりました。あ、戦争のことじゃありません。その……」

強姦という言葉をまた、のみこんだ。

「だれのせいにもしないで。感化院では、たいそう模範生だったそうで、矯正された、立ち直ったとお墨付きで退院して、でも、島には帰ってこず——帰ってくれば、いろいろ言われますものねえ、知ったもののいないところのほうが、気が楽だったんでしょうね、土建屋の親方のところに引き取られて……。はじめのうちは、ときたま便りをよこしましたけれど、だんだん、それも絶えて。大陸での戦争がつづいていましたから、島でも出征する男の人が増えました。そのたびに、送別会、武運長久の旗をたてて、私たちも千人針を。アメリカ系の帰化人——あ、これも、言ってはいけないんですって、欧米系の人って言わなくちゃいけないの——その人たちも、島から召集されて、本土の連隊に配属されたりしました。青い目の人なんか、軍隊ではいじめられたでしょうねえ。そして、真珠湾で、太平洋戦争で……」

そんなころでした、と、婦人は言葉をついだ。「弟が島に帰っているという噂をきいたのです。こんな小さい島です。本土から帰った者がいれば、すぐわかります。まして、島出身の者であったら。それなのに、わたしたち家族が気がつかなかったのは、弟は、土建屋の親方のところから徴発されて、砲台建設の人夫として、送り込まれていたんですの。父島から、すぐに弟島の現場に送られたんだそうですから、わからなかったのも無理はありませんねえ」

　現場のようすを、直接には知りません、と婦人は言った。

「民間人は立入り禁止ですから。でも、監獄っていうくらいですからねえ。何分の一にもあたらないでしょうけれど、少しは想像がつきます。丸一日、炎天下で重労働。一息でもついたら、体罰で半殺しですって。そんなところに、弟が。なんとかして消息を知りたい、弟島の現場に行くてだてはないものかと、手をつくしました。そうこうしているうちに、はじめのうちは景気のよかった日本軍が、転進、転進——つまり、敗走ですわねえ、そして、次から次へ玉砕でしょう」

　十八年の末ごろから、米艦隊の艦砲射撃がはじまった。洋上に鉄の壁のように並んだ軍艦から、島に砲弾が浴びせられた。

「砲台の高射砲が応戦しますけれど、まるで歯が立ちゃしません。そして、十九年の六月の大空襲。この小さい島を、五百機もの艦載機の大編隊が爆撃したんですから」

　婦人の声は抑揚に乏しく、悲惨な空爆のようすを語る語調も、淡々としていた。

　私は、ふと、能の舞台を思った。それも、前シテが、後の場で亡霊の姿をあらわし、生きてあったときの追憶を語る、夢幻能である。おだやかな老婦人の姿をとった亡霊が、後シテではその真の姿をあらわし、ありし昔を述懐しながら狂乱する、そんなことを想ってしまったのである。

「危険だから、本土にひきあげよと、命令がでましてね。皆、反対しました。祖父や父が、営々と開拓してきた島ですもの。死んだっていい、離れない。みな、そう言いましたわ。でも、三ヵ月も離れていれば、かならず、我が軍が勝利を得る、敵艦隊を追い払う、どんなに長くみつもっても、三年はかからない、そう強引に説得されましてねえ。荷物はひとりにつき、たった三個しか持ってはいけないと規制されて、あなた、三つのトランクに、どれだけのものが入ります。ほんの身の回りの物だけ。――それだって、敗戦後の引揚げの方たちにくらべたら、恵まれていた、って思わなくてはいけないんでしょうけれど……。家財道具はもちろん、置きっぱなし。じきに帰ってくるんだから、って……六千八百八十六人。公表されましたから、人数、はっきりおぼえています。一億からくらべたら、一握りもありません。だから、その先の身の振り方なんて、御国は、考えてはくれませんでしたわねえ。本土に行ったからって、身寄りがあるわけじゃなし。やがて、東京も空襲でしょう。逃げる先逃げる先、空襲。そして、敗戦でしょう。おそくても三年で帰れるはずが、三月に硫黄島が玉砕して、小笠原が完全に米軍に占領されて、それからは、行政権もアメリカさんに移って、日本の政府はなにもできなかったんです。ようやく島が祖国に復帰したのが、昭和四十三年でした。二十三年、アメリカさんの統治下にあって、帰ることをゆるされなかったんです。その間、弟のこと、気にかかっていましたわ。でも、毎日、どうやって食べていくか、そのことのほうが大変で。私、結婚して子供もできていましたし……。帰化人は……ああ、そう言うと怒られるんでした、欧米系移住民て言わなくてはいけないのね。べつに、悪く言っているつもりじゃないんですけどね。あの人たちは、復帰前に、ずいぶん早くに帰島を許可されて、しかも、好きなところに家を建てていいってことで……。夫は、島民じゃないんです。茨城の方で、農業をやっている人で。ですから、復帰になっても、夫は、関係ないって感じでしたわ。夫が亡くなって、子供たちも独立して、ようやく、ときたま一人で里帰りできるようになりました。すっかり変わってしまったし、お友達もほとんどいなくなったし……それでも、来ずにはいられないんですもの、未練だわねえ」

私は後ろから肩をおされて、ふりむいた。

「あ、失礼しました」

礼儀正しく会釈したのは、首と両の手首にハイビスカスのレイをかざった自衛官だった。

老婦人の話に聞き入っているあいだに、彼は、船にのりこんできていたのだった。

埠頭で手を振る見送り人たちに応《こた》えるために、私とNさんのあいだの隙間に身をおいて手すりに近寄ろうとし、肩を押す形になったのだ。

「どうぞ」

私は、少し老婦人のほうに寄って、場所をあけた。

ほっそりした体に細身の制服をまとい、制帽の鍔《つば》をもって、頭の上で大きく振りまわし別れの挨拶《あいさつ》をする。頬が上気し、汗ばんだ額に乱れた前髪がはりついている。ジャニーズ系の男の子の少し薹《とう》の立ったのが、ミュージカルで自衛官の役を演じているというふうだ。

「東京勤務になられるんですか」問うと、

「いえ、この後、広島です」

応答は愛想がいい。

出航を告げる汽笛が、耳を聾《ろう》した。

「弟は、監獄部屋を脱出しようとして……」

汽笛の中でも、婦人の声は、澄んだ針のように、私の耳にとどいた。

「兄島瀬戸をカヌーで漕《こ》ぎ渡ろうとして、溺死《できし》したんだそうです。当時飯場でいっしょだったという人が、復帰後また島に来てガイドをはじめましてね、偶然、わかったんです。その人は、敗戦後は本土に帰って、タクシーの運転手だの、労務者だの、いろいろやっていたけれど、うまくいかなくて。人夫をやっているときに足を傷めて、いっとき、よくなっていたのに、年をとったらまたひどくなって、東京では働きにくくなったんですって。旧島民じゃないわけですけれど、戦中の島を知っていますから、私も話がしやすくて。帳簿では、弟は、病死ってことになっていました。まあ、どちらにしても、死んでしまえば同じですけれど」老婦人は微笑した。

この船は、テープは投げない。入江が汚れ、後の始末が大変だからかもしれない。そのかわり、自衛官は、首のレイをはずすと、力いっぱい埠頭にむかって放った。紅《あか》い花輪は、水に落ちた。

紅《あか》い鞋《くつ》

1

夫についてくるのではなかった。離婚してでも、オルバニーにとどまればよかった。私たちの汽船めがけて漕《こ》ぎ寄せてくる小舟《サンパン》の大群を甲板から見下ろしたとたん、私は後悔したのだった。

いや、そもそも、結婚を承諾しなければよかったのだ。結婚しなければ……孤児院の職員のまま。どちらがましか、まだわからない。

並んで手摺《てす》りに凭《もた》れた夫は、露骨にさげすんだ目をサンパンに投げた。

どのサンパンも、溢《あふ》れるほどに人を乗せていた。漕いでいるのは男たちで、ほかに、女だの、老人だの、子供から赤ん坊まで……。みな、半裸か、せいぜい洗い晒《ざら》しのぼろだ。

「水上暮らしの連中だ」夫が私に教えた。

「おそろしく貧しい連中だ」

サンパンの人々は、笊《ざる》を差し出し、口々にわめく。言葉はわからないが、金を放れと言っているのは、察しがついた。

上甲板で見物する乗客が気まぐれに投げる小銭を、巧みに笊ですくい取る。少し溜《た》まると、奇術師のような素早さでしまいこみ、ほんの数個だけを残した笊を、不満をあらわに叩《たた》く。ここに投げな。もっと。もっと。こんなに少ししか寄越さないのは、あんたたち金持ちの恥じゃないか。

小さい子供まで、ぎらぎらした目で身なりのいい乗客を見上げ、甲高い叫び声をあげる。

「しかし、サンパンの連中は、他の東洋のガキどもにくらべたら、よく肥えている」夫は言った。夫は若いころから、商用で東洋の各地をまわっている。夫の前の妻が病死したのは、始終、旅に同行させられていたからではないだろうか。租界の商館長である夫が母国にいったん戻ったのは、再婚の相手をみつけるためであった。租界での社交上、夫は妻を必要としていた。

長い竿《さお》の先につけた網袋を、汽船の排水口に押しつけている者もいる。「残飯が流れ出るのを待っているのだ」夫が言った。残飯？　と思わず眉《まゆ》をひそめる私に、「一等船客の残飯なら、奴らには大変な御馳走《ごちそう》だ」夫は肩をすくめて言った。

汽船の厨房《ちゅうぼう》でも心得ているのか、窓から直接残飯が投げ捨てられ、サンパンは群がり、取り合いで大騒動になる。

下甲板に立った水夫が、ホースの水をサンパンに浴びせた。水勢にまきこまれて、竹竿によじのぼっていた子供の一人が海に落ちた。だれも気にとめない。私は夫の腕をつかんで、「水夫に言って。助けるように」とせがんだが、夫は笑い捨てた。

「あれでいいのだ。竿の先が、窓にかかっていただろう。子供は、船室の窓から中に入り込もうとしていたのだ。奴らは、手当たり次第に盗んで逃げる」

「でも……」

「親にしたって、子供が溺《おぼ》れれば、食い扶持《ぶち》が減って、助かる。わざわざ飛び込んで助ける者など、いない」

「そんな……」

夫は、私の目をしっかりみつめて諭した。

「君は、東洋は初めてだからな。船の中でよく教えただろう。ここでは、地元の者への同情など無用だ。うかつに情けをかけたら、小狡《こずる》くつけこまれるだけだ」

船中で、夫に窘《たしな》められたことがあった。沿岸の港湾都市に停泊したとき乗船したこの国の者は、猛獣を扱うように鉄格子のついた部屋に押し込められ、武装した警備員が監視していたのだ。途中で仲間と示し合わせて船を乗っ取るのだ、止むを得ない処置だ、と夫は言った。でも、全部が全部そうとはかぎらないのでしょう。だれが正直者で、だれが強盗か、どうやって見分ける。だいたい、正直な者などいないのだということを、お前もじきに思い知るだろう。

イギリスが戦争に勝ってからこの地に権益を持つようになった列強諸国は、軍艦を出動させて地域の安全を保っている、と夫は教えた。客船や貨物船が海賊に襲われたらただちに無線で母国の海軍に救助を要請できる。安全のため、海軍特務員が乗り組むことも多い。もっとも特務員は、先制攻撃を禁じられているので、沿岸の物陰から発砲されてはじめて応戦する。

「君は、共同租界に住む同じ階級、同じ白人とだけつきあえばいいのだ」と、手摺りに凭れて、夫は続けた。

「この地の者を、視野に入れるな。あいつらは、我々と同じ倫理観道徳観を持つ人間ではないのだ。さあ、下船だ。準備をしよう」

埠頭《ふとう》は、苦力《クーリー》でごったがえしていた。痰《たん》を吐き散らし手洟《てばな》をかみ、怒鳴りながら、チップ目当てに旅行客の荷物に殺到してくる。汚水と大蒜《にんにく》と海藻のにおいが混じった強烈な悪臭が鼻をつき、耳も頭も痛くなるほどの喧騒《けんそう》だ。

旅行鞄《かばん》に手をかけようとした苦力を、「どけ」と夫はどなりつけ、野犬を追い払うように洋杖《ステッキ》を振り回し追い払った。凄《すご》い視線を私に投げ、苦力は去った。

「迎えがきた」ほっとした顔になって、夫は洋杖を高々とあげた。「商館で雇っている運転手だ」

群集をかきわけ、ようやく近づいた迎えの男は、白いターバン、浅黒く彫りの深い顔に立派な髭《ひげ》を生やした、印度人《いんど》であった。品のいい印象を受けたが、夫の言う同じ階級、同じ白人ではない。私が視野に入れてはいけない相手なのだろうか。

「船荷は、他の者が運びます。貴方《あなた》様がたはお車に」

この印度人は、夫や私よりはるかに端正な英語を流暢《りゅうちょう》に使い、きわめて礼儀正しい。夫の商館に雇われる前は、宗主国の上流階級に仕えていたのか。夫の英語を、合衆国訛《なま》りと内心嘲《わら》笑っているかもしれない。私の英語はといえば、旧大陸の名残があるかもしれない。新大陸にわたってきた私の祖は、アングロサクソンではなく、フランス系だ。

港湾に沿って延々とつづく海岸通り《バンド》は、人力車、一輪車、天秤《てんびん》棒をかついだ人足がぶつかりあいながら行き交う。その間を、富裕な者たちの自動車が警笛を鳴らして押しわけ進む。渋滞を整理する警官も、制服に白いターバンを付けた印度人が多い。

「この国に王朝があったころ、真先に乗り込んで利権を獲得したのが大英帝国だからな」居丈高に棍棒《こんぼう》を振りまわすターバンの警官に目を投げて、夫が言った。「我が合衆国は出遅れた」

印度人の運転手は礼儀正しく、何も聞こえないふうをよそおって車を走らせる。

私は、ギュスターヴ・ド・ボーモンが『マリーまたは合衆国の奴隷制』に記した合衆国への苦言を思い出す。〈趣味において上品さを持つためには、まず風俗において上品さが必要だ。〉

もっとも、そのお上品なヨーロッパも、イギリスは、〈イギリス人は忙しい。礼儀正しくする時間もないのだ〉とモンテスキューに冷笑され、フランスは、十八世紀にすでに、ベルニ枢機卿《すうききよう》が〈国々の中でもっとも軽蔑《けいべつ》すべきはわが国である。ここにはもはや名誉のひとかけらもなく、金銭と休息のことしか考えていないからだ〉と、自嘲《じちよう》している。ドイツは？　アベル・エルマンが、〈世界中で、上品さがそのカリカチュアにもっとも似通っている国〉と嗤《わら》っている。

そうして、私自身は、他人の箴言《しんげん》はよくおぼえているが、自分の脳では何一つ考えつかない、阿呆《あほう》だ。

バンドの片側には、西欧風の銀行、商館、船舶会社などが、ヨーロッパの商都のように堂々と立ち並ぶ。

「だが、一筋裏に入ったら、凄《すさ》まじいものだ」夫は吐き出すように言った。

2

この地で宣教しているカトリックの聖職者が、しばしば訪ねてくるようになった。夫とは以前からの知り合いだという。夫も私もプロテスタントなので、宗教の話は抜きだ。夫が不在であろうとかまわず、オハンロン師は居間に入ってきて、安楽椅子にどかりと臀《しり》を据える。「お宅にくると、実にほっとします」

椅子のバネは、重みに耐えかねてきしむ。鋲《びよう》でもおいておきたいと、私は思う。突き刺さったら、破れた風船のように萎《しぼ》むのではあるまいか。

太い指で砂糖菓子をつまみ口に運ぶ速度と連続性は、昔流行したという六日間自転車競走の選手なみだ。

ガラスの菓子鉢が空になるまで、宣教師の指と口は動きつづける。

オハンロン師の舌は、味わうのと喋《しゃべ》るのを同時にやってのける。

アイルランド出身のカトリックの宣教師であるオハンロン師は、本来、大変な酒好きだった。母国にいたとき、酒の上のことで失敗し、以後、断酒したのだそうだ。ボンボンの砂糖の衣の中身はリキュールなのだが。

空になった鉢にオハンロン師が投げる目は、無邪気な仔犬《こいぬ》に似ている。もう一掴《ひとつか》み追加しようかと立ち上がりかけたとき、阿媽《アマ》が来客を告げた。

靴音で来訪者がだれだか察したオハンロン師は、うんざりした顔になった。

ひっつめた髪に黒いボンネット、六角柱みたいに強張《こわば》ったいかめしい長身を黒い服に包んだジェイン・メイスン嬢が入ってきた。

メイスン嬢はプロテスタントの宣教師である。租界内のミッションスクールで、現地の子供たちを教えている。

荷物もまだ十分に解《ほど》いていないうちに、真先に靴音高く訪れてきて、慈善事業への寄付を募ったのが、このメイスン嬢であった。

私は人付き合いのいい方ではない。オハンロン師もメイスン嬢も、私をもてなし好きのお人好《ひとよ》しと誤解している。誤解させるような行動を私はとっているのだろうか。論争が面倒だから、私は笑顔でうなずいているだけなのだが。

使命感に燃え立つメイスン嬢は、のっけから戦闘的で、寄付を募りにきたときも、私が何も言わないうちから、この地に布教する重要性とその困難を滔々《とうとう》と述べたてたのだった。結婚するまで私が働いていた孤児院もプロテスタントの教会が慈善事業の一つとして経営していた。職員たちの頑固さに私はほとほと嫌気がさしていたのだった。ようやく逃れたと思ったら、かつての院長そっくりのメイスン嬢に捕まってしまった。

メイスン嬢のために紅茶を淹《い》れ、オハンロン師のために菓子鉢のボンボンを補給しながら、二人の会話が神学論争のほうにいかないように私はひそかに祈った。

祈った？　神に？　神がいかに不条理であるか、アリストテレスの昔から言われている。

〈神はあまりにも完全なので自分自身以外のことを考えることはできない〉

〈天地創造の前には神はいったい何をしていたのか〉というベケットの言葉を、私はけっして、二人の前では口にすまい。まして、スキュトネールの〈神を信じることは自殺することに等しい。信仰は自殺の一様式でしかない〉を引用したら、オハンロン師は私の頭にやさしく聖水を降り注いで悪魔払いをするだろうし、メイスン嬢は叫び声を上げて失神するだろう。私を鞭《むち》打つわけにはいかないだろうから。

四千年も昔にイスラエルの砂漠でユダヤの民が生み出した執念深い神は、二千年の後その息子によって変貌《へんぼう》させられ、ローマ皇帝の庇護《ひご》を受けヨーロッパ大陸で巨大に生育し、ありあまるエネルギーを消費しようと、海を越えて走りまわっている。

この国は、王朝が倒れて以来、あちらこちらで軍閥が跋扈《ばっこ》して、統一された国家になっていないということを、こっちにきて初めて知った。南京《ナンキン》を制圧し政府を置いている国民党というのが一番勢力が強いので、外国はこの党を交渉相手にしているが、党首は強烈な排外主義者だ。

宣教師は国民党政府の監視下におかれ、ミッションスクールであっても小学校ではキリスト教を教えることを禁じられている。国民党が作る教科書は排外的な内容ばかりだそうで、外国人を追放すれば、その資産はすべてこの国のものとなり、恩恵は国民全体にゆきわたる、と教えている。大学レベルでも、キリスト教は選択科目として、希望者にだけ教える。しかも、スクールの校長は、この国の者――当然、キリスト教徒ではない――を任命しなくてはならない。これも党首が定めた条例による。

「ミッションスクールの経営は、私たちの母国からの募金で成り立っているのですよ」と、この話題になると、メイスン嬢の額の静脈は膨れ上がるのが常だ。「母国の、誠実で勤勉な人々が、自分たちだって決して裕福ではないのに、キリスト教をこの地に根づかせ、よい教育を与えるために寄付した金です。私たちは、神のお言葉を伝えるとともに、この地の人々の生活を改善し、衛生的にし――ああ、この土地の不潔なことときたら――、病院を作ってやっているというのに。それなのに、貴女《あなた》、ミッションスクールが焼き討ちにあうのは、珍しいことではないんですよ。それも、私たちの教えを受けた卒業生たちが、率先して民衆を煽動《せんどう》し暴動を起こさせているんです」

本国には、そんな話はほとんど伝わっていない。

「正確なことを伝えたら、本国からの援助を打ち切られてしまいます。成功しつつあると、本国には信じてもらわねばなりません。そのために、私たちは並々ならぬ忍耐をしています」きりりと背をのばし、そう断言して、でもメイスン嬢は、吐息とともについ洩《も》らしてしまう。「神はなぜ、地上にこんな厄介な国をお作りになったのでしょう」

「彼らにとっては、神の存在の証《あかし》は、ある日突然、札束が目の前に現れることだけですからね」とオハンロン師が相づちを打った。

対立する立場にあり、ライバルとして信徒を奪い合っているカトリックとプロテスタントだが、この地での宣教が不毛だという話題なら、オハンロン師とメイスン嬢は熱烈に盛り上がる。

「私どものミッションスクールの校庭の一隅に、信徒の一家が小屋を建てて居すわって、立ち退きを拒否しているのですよ。騒ぎになれば、警察は政府の後押しを受けて、こちらを逮捕しかねませんからね。警官に賄賂《わいろ》を渡せば追い出してくれるのですけれど、私たちは不正な賄賂をこれ以上横行させることはできませんし、無下に追い出せば暴動の口実をあたえることになりますし」

「彼らに貸すのは、只《ただ》でやるのと同じです」大きく頷《うなず》いてオハンロン師はボンボンを頬張った。「彼らは、頼みもしないのに我々が押しかけてきたと思っている。我々の慈愛心につけこんで奪えるだけ奪うつもりです」

外国人排斥の暴動がこの程度ですんでいるのは、領事館が現地の有力者を宴席に招いては、清潔な宣教師が忌避する〈賄賂〉をたっぷり進呈しているためだと、夫は言っていた。

「これまでに、すでに一千億ドルを超える援助を、この国の人々のために、我が合衆国はしています。政府が主導して校舎を焼き払い教師を殺害する国に」

メイスン嬢の言葉にオハンロン師がちょっと目を伏せたのは、彼の母国アイルランドが貧しくて、他国への援助などおよびもつかないことだからだろう。

「そのくせ、援助が足りないから学校経営がうまくいかないと、国民党政府は我が国を責めるんですからね。こちらの厚意は笑顔で受け取り、次の瞬間、銃をぶっ放す。本当に何という国なんでしょう」

夫は言っていた。この国の王朝は、貿易ということを理解できなかった。貿易品とは、皇帝に敬意をもって差し出された朝貢品であり、皇帝は、買うのではなく、代金に相当する品を下賜するのであった。

「何年前になりますか」と、オハンロン師がやっと言葉をはさんだ。「国民党政府が宣教師を五千人も退去させたことがありましたな。今は少しおさまっているが、あのときと同様、我々もまた日本に避難せねばならなくなりそうな雲行きだ」

メイスン嬢とオハンロン師の言葉は、私の不安をかきたてた。悪意と憎悪にかこまれて暮らすのは、息苦しい。

「日本はつまりませんよ」メイスン嬢は言い放った。「私たちが手を差し伸べてやらねばならないみじめな人間がいないのですから」

「いや、みじめな人間はいないかもしれないが、日本という国は可哀相ですよ」オハンロン師が言った。

「なにしろ、国民党政府は、小学校の教科書で、日本は最大の敵だと教え込んでいる。我々に対してよりもいっそう過激な排日暴動が起きています。虐殺。テロ」

「排外の矛先を日本に集中的にむけてくれれば、私たちは安心ですけれどね」

阿媽がふたたび顔をのぞかせ、生徒がきたと、たどたどしく告げた。

「通して」

「生徒？　何か教えていらっしゃるの？」

「英語を」

「まさか、男性ではないでしょうね」

「十六歳の女の子です。夫の知人の家の」

「この国の人？」

「ええ。父親は筆墨を商っています」

「珍しいこと。この国の女性ときたら、家にこもって阿片を喫《す》って一日中寝ているのに。貧しくて働かなくてはならない女は別としてね」

「いえ、その娘は家の仕事を手伝って、よく働いているようです。英語を学んで、将来の役に立てたいと」

「ミッションスクールに通わせればいいじゃありませんか」

「時間があるときしかこられないので学校に規則的に通えないのです。私は月謝をとらないで、かわりに、この国のことを彼女から教えてもらっています」

「ミッションスクールも、月謝はとりませんよ。布教のために本国からの援助で賄っているのですから」

私の生徒が入ってきたので、メイスン嬢は言葉を切った。私の生徒は、まだぎこちない態度で、この国の風習にはない握手をかわし、長椅子に腰掛けた。

メイスン嬢は私の生徒の黒い革靴に視線を投げ、「文明化された家庭のようね」と満足げにうなずいたが、すぐに顔をしかめた。ひどいぼろ靴であったからだ。

「貴女は、たいそう勉学熱心で、感心な娘だ」オハンロン師が笑顔を贈った。

3

私の生徒の家は、けっして〈文明化〉されてはいない。

墨だの筆だのが珍しくて、私は阿媽に命じて買ってこさせたことがある。そのとき阿媽が、店の娘が英語を習得したがっていることを告げたのだった。

私の居間で彼女が転んだのが、メイスン嬢とオハンロン師の訪問の数日後だったのは、幸運だった。もし、メイスン嬢の目にとまったら、大騒ぎになったことだろう。

彼女の黒い革靴は、足の寸法にあっていなかった。それでも、彼女が転びかけて大きすぎる靴が脱げるまで、私は気がつかなかった。

紅《あか》い布の履物に、彼女の愛らしい足は包まれていた。それが、本来の彼女の鞋《くつ》なのだった。先端が鳥の嘴《くちばし》のように尖《とが》り、周りと、底にまで、繊細で色彩ゆたかな刺繍《ししゅう》が施されていた。

この国に、女の子の足を生育させない習慣がまだ残っていることは聞いていた。革命によって倒された先の王朝は、異民族なのでこの風習を持っていなかった。何度も禁令を出したが、逆に、少数民族のあいだにまでこの風習がひろがる結果をもたらした。王朝最後の女后も、厳しく禁じたというが、千年近くつづいた慣習を廃止するのは、容易ではなかったようだ。

足は小さいほど優雅で美しいと感じられてきた。地に足をつけて働かねばならない貧しい農民の娘は、大足のままでいなくてはならなかった。

二十数年前から、宣教師たちが声を大にして非人道的であると教え諭し、廃止を唱え、この国の内部でも自発的な廃止運動が起こり、徐々に減少しはじめているという話は聞いていた。

私は滅多に外に出ないし、うちで働いている阿媽は足を小さくしていなかったから、私は纏足の女性を見る機会がなかった。

彼女は、自分の足が子供のように小さいことを私の目からかくしておきたくて、革靴を算段したのだろうか。この国にはまだ革靴の職人は少ない。新しいのは輸入品ばかりでたいそう高価だ。ぼろぼろのを、貰《もら》ったのか、拾ったのか。

「こんな綺麗《きれい》な愛らしい布鞋《ぬのぐつ》が、かくれていたのね」

彼女の英語の理解力は、まだ十分ではない。それでも、私が、古い慣習を声高に咎《とが》める〈改革者〉ではないとわかったようだ。

「母の母……作りました」

「母の母。お祖母《ばあ》様？」

「はい。お祖母様」生徒は、私の言葉を繰り返した。

「私の祖母が、私のために作りました」私は言い、彼女に繰り返させた。

革靴を履きなおそうとする彼女を、とめた。

「綺麗。たいそう、たいそう、綺麗」

私の言葉を、彼女は繰り返し、いっそう笑顔になった。

「でも、白い外人は、小さい足を見ると、怒るから」と、彼女は脱げた革靴に目を投げた。

「貴女は、怒りませんか？」

私は唇にあてた指を、紅い愛らしい布鞋にそっと触れてみせた。

夫は商用で家をあけていたから、夫との会話で小さい紅い布鞋を話題にしたのは、それから三日後、彼が帰宅した日の夕食のときであった。

足を生育させない残酷さが問題なのだ、と夫は茹《ゆ》でた小さい蟹《かに》の甲羅をフォークで剝《は》がしながら言った。「その小さい鞋のなかの素足が、どんな恰好《かっこう》に作り変えられているか、想像してごらん」

私には想像もつかなかった。少女は、決して、素足はみせなかったのだ。女たちは、だれしも、結婚しても夫にさえ見せないものなのだそうだ。そのために、寝室用の手触りのいい上質な鞋がある。

夫はひろげた手帳にざっとした絵を描いてみせ、小さいうちから布で縛って、こういう形に固定するのだと言った。親指以外の四本の指を足の裏側に曲げ、甲を湾曲させて、踵《かかと》から爪先《つまさき》までの長さを縮める。

アーチ形に屈曲した足の甲は、私に、トウシューズの爪先一点で立つバレリーナを連想させた。

そう感想を述べると、「想像力が乏しいな、君は」と夫は苦笑した。「五つ六つの幼い女の子が不自然な形に足を縛り上げられる苦痛を、考えられないのか。檻《おり》の中に閉じ込められる者にも、海に落ちた子供にも、あれほど心を痛めた顔をしていたくせに」

ただたどしい英語に身振りと絵をまじえて、少女は私に語ったのだった。

それは、男を決して関与させない、女だけの大切な儀式だった。何日も前から、母親は玩具のように小さい鞋を作って、観音と呼ばれる女神に捧げて祈る。当日、祖母と母、伯母《おば》や叔母《おば》たちが、足を縛る小さい女の子のために集まり、糯米《もちごめ》と小豆《あずき》を炊いた赤く染まった飯を、竈《かまど》に供える。美しい足になるようにと、小脚姑娘《シャオジャオクーニャン》という女神に祈りながら。母親は幼い娘に、最初の小さい鞋を与える。この日のために、将来幸せになるようにと、一針ごとに愛情と祈りを込めて作ったものだ。

その数日後、彼女は授業を受けに訪れた。黒い不恰好な革靴ではなく、本来の小さい鞋を履いてきた。私が宣教師たちのように怒ったり嘲笑ったりしないと知ったからだろう。

外出用の靴は、木の靴底がついている。ハイヒールのように、踵を高くし、爪先にかけて湾曲させ、実際の踵は靴より少しはみだすのをズボンの裾《すそ》にかくしているので、さらに小さく見せかけられる。

その靴を脱ぐと、紅い布鞋があらわれる。「これは、家の中で履く鞋。寝るときは、もっと柔らかい気持ちのいい鞋を履きます」

そして、はにかんだ笑顔とともに、少女は、布にくるんだものを、私に手渡した。

「貴女にあげます」

精緻《せいち》な刺繍をした、真新しい真紅の布鞋であった。「わたしが作りました」

「素晴らしいわ。わざわざ、私のために作ってくれたの？」

「少し、違います。作るのに、たくさん時間がかかります。結婚したとき、相手のお母さんやお姉さんたちに贈れるように、わたしたち、幾つも作ります。その一つ。あげると、相手のお母さん、喜びます。わたしが年とってお母さんになったら、息子のお嫁さんが、わたしに紅い鞋をくれます」少女は言い、そうして、蓮《はす》の花の絵を描いた。「花びら、似ています、わたしたちの鞋と」

鞋の底――可憐《かれん》な花を刺繍した――の形は、まさに蓮のひとひらであった。

「男の人たちは、小さい足が好きです。でも、このごろ、小さいのは悪いこと恥ずかしいことと言う男の人、ふえてきました」少女は小さい吐息をもらした。

私は少女が幼いころ耐えた苦痛を思った。美しくなるために。婚家でよい嫁とされるために。やがて家を取り仕切り家族から尊敬される婦人となるために。

時間をやりくりしてでも英語を学ぼうという進取の気性をもったこの少女は、いずれ、小さい足で家の中だけにいる穏やかな暮らしは、できなくなるのだろう。

私の感慨は、メイスン嬢の不意の来訪で妨げられた。バザーの手伝いを頼みにきたのだ。

小さい鞋を履いた少女を見るや、メイスン嬢は激昂《げっこう》した。

「私は、ごまかされたり騙《だま》されたりするのが、我慢できないのです」

メイスン嬢の早口を、少女が完全に聞き取れたとは思えない。

初対面のとき、身の丈にふさわしい大きさの革靴を履いていたので、旧習にとらわれていないとメイスン嬢は思い違いした。騙された、と憤激したメイスン嬢は、それを皮切りに、これまでに宣教師がこの国で受けた裏切りの数々を、矢継ぎ早に少女に注ぎかけた。

「私の言葉を、どれだけ理解できているのかしら」メイスン嬢は私に「彼女にわかりやすく伝えてください」と命じた。「この国も、新時代を迎えているのです。新時代の女性は、陋習《ろうしゅう》を断固廃しなければなりません。年取った者は、仕方がない。肉も骨も固まってしまっています。しかし、この娘はまだ若い。縛りつけている布をほどいて、足を楽にしてやっていれば、復元がきくんですよ」

「夫もそう言っていました」私は答えた。「でも、たいそうひどい痛みを伴うのだとか。最初に縛られたときより、なお激しい痛みだと聞きました」

「いっときの苦痛です」メイスン嬢はきっぱり言った。「耐えるべきです。その後に、自由な世界がひろがるのです」

　私の膝《ひざ》の上にある小さい紅い鞋にメイスン嬢は嫌悪の目を向けた。「この国の男の残虐性と野蛮さの象徴ですよ」

「この国の文化の象徴とも言えます」私は言い返した。「女性から女性に伝えられる愛情の象徴とも」

「悪質以外の何物でもありません。この国の女性を解放するのが、神が与え給《たも》うた私たちの使命です」冷やかな目を私にむけ、メイスン嬢は続けた。「貴女は、とんでもない考えに取り憑《つ》かれているようね。私たちの国とはあまりに違うこの国に、幻惑されている。私たちは冷静に実態を観察し、誤りを正す責務があります」

メイスン嬢と私の言い争いを、聞き取れはしなくても、内容の察しはついたようだ。少女は私の膝から紅い鞋を奪い取り、小走りに部屋を出ていった。彼女の足は、走るのにはむいていなかった。女が走らないですむ長い年月が、この国にはあったのだ。でも、これからは、女たちも、走らねばならないのだろう。

それ以来、少女は、こなくなった。

半月も経ったころ、夫が私に一葉の写真を見せた。椅子に腰掛け片足だけ鞋を脱いだ女の、顔はフレームから切れている。もう一方の足は鳥の嘴のような小さい鞋を履いている。

「この国の奇習を撮って合衆国に送っている米人写真家に頼まれて、あの筆墨商を紹介したんだ。娘は彼の希望にぴったりのモデルだ。悪習絶滅のキャンペーンにも使える」

「素足は決して人に見せないものだと、言っていたわ」

「父親に大枚を払ったんだよ。この国では、父親の言葉は絶対だ。それでも娘の請いをいれて、顔は写らないようにした」

私は燐寸《マッチ》をすり、写真に火をつけた。そうして、「別れましょう、私たち」と夫に言った。

参考資料

ドロシー・コウ
『纏足《てんそく》の靴』
小野和子+小野啓子 訳
(平凡社)

ラルフ・タウンゼント
『暗黒大陸 中国の真実』
田中秀雄・先田賢紀智 訳
(芙蓉書房出版)

ジェローム・デュアメル
『世界毒舌大辞典』
吉田城 訳
(大修館書店)

青い扉

1

「T＊＊監獄にようこそ」

笑顔で言われて、わたしはたじろいだ。

心中を見抜かれたような気がした。

まるで、監獄、というのが、第一印象であったからだ。

住人のだれもがそう思っているのだろうか。

「お子さんはいらっしゃらないの？　ご新婚？」たてつづけに、相手は問いかけた。

「ラッキーね。抽選、凄《すご》かったんでしょう」

そう言いながら中をのぞきこむ。

敗戦から六、七年経っても、首都の住宅難はいっこう解決されず、空き部屋を待つ者の数は増えるばかり、まれに空いたとなれば、抽選の倍率は何百倍、家族持ちでなければその抽選に加わることもできない。独身者は入居の資格がない。

襖を開けっ放しにしていたので、六畳間が丸見えだ。

三尺角ほどの狭い土間。畳一枚ぐらいの板敷き。六畳と四畳半。鼻のつかえそうなせせこましい便所。これは和式で両用を兼ねさせるために床に大きい段差がある。南面した六畳と並んで、形ばかりの小さい台所。風呂《ふろ》はない。全部合わせても十坪足らずだが、それでも公営とあって、曲がりなりにも鉄筋コンクリートなのに、民間の木造モルタル一間きりのアパートよりも、家賃が桁《けた》違いに安い。一階から四階まで、どこも階段と踊り場を挟んで左右対称の同じ造りだ。

台所の前に小さいベランダがある。隣のベランダとの境は四階から一階までつながる垂直なダストシュートで、青黒い小さい鉄の扉を開けて厨芥《ちゅうかい》を投げ捨てるようになっている。赤ん坊ぐらいの大きさのものなら投げ捨てられるサイズだ。いちばん下に取り出し口があり、週に一度、収集される。紙屑《かみくず》や木《こ》っ端《ぱ》は、敷地の隅に据えられた共用の焼却炉を用いる。

踊り場のある階段を挟んで八戸が向かい合う。階段のある入口は一棟に四つ。三十二戸から成る。それが二棟ずつ南北に並んでいる。敗戦後ほどなく、とりあえず都民に住まいをと、焼け跡に慌ただしく建てられた。外壁を塗装する金も手間も惜しみ――その金と手間は、さらなる住宅の増設にむけねばならぬ――灰色のざらつくコンクリートを剝《む》き出しにしていた。

敗戦後に建てたのだからさして古くはないはずなのに、外壁には罅《ひび》が走り、廃墟《はいきょ》になった倉庫みたいだ。

「これから、お向かい同士ね。よろしく」

相手は馴《な》れ馴《な》れしく顔を突き出す。大柄で、顔も大きい。前髪を姑娘《クーニャン》のように眉《まゆ》の上で断ち切り、後は首筋の後ろで一つに束ね、浴衣《ゆかた》を仕立てなおしたような簡単なワンピースを着ている。裾《すそ》は踝《くるぶし》をかくすほど長い。素足にサンダルをつっかけていた。濃い化粧でも塗りつぶせない目尻《めじり》の皺《しわ》と肌の具合から見て、四十代の半ばかとわたしは推察する。

「お名前は、何とおっしゃるの」

一片づきして落ちついたら、同じ階段を使う七軒には挨拶《あいさつ》に回るつもりだったのに、お向かいさんのほうから押しかけてきた。

まだちらかっていますけれど、よろしかったら、おあがりになって、とわたしが誘うのを、どうやら期待しているらしい。

露骨に迷惑な顔をして追い出したら、この先暮らしにくくなる。

相手は、じわじわと、狭い土間にまで踏み込んできて、鼻の頭がくっつきそうだ。

「下のお名前は？」

「高瀬《たかせ》です」

わたしが口ごもると、

「ほら、皆さん、誰々さんの奥さんとか、誰ちゃんのママとか呼びあうでしょ。私、あれ、嫌いなんですのよ。これからずっとお親しくおつきあいするんですから、お互いに名前で呼びあいましょうよ。私、大坪《おおつぼ》きくえ。喜ぶに久しいに枝と書きますの」

「明子です」

「アキコさん？　昭和の昭？」

「いいえ」

文字まで説明することはないだろう。

「春秋の秋？」

「いえ……」

「明治の明？」

「はい」うんざりした気分が顔にでないように、わたしは気をつけた。

「あたったわ」と大坪喜久枝は、両手を打ち合わせて、はしゃいだ声をあげた。

「お一人で片づけていらっしゃるの？　ご主人様は、お引っ越し早々、ご出勤？」

「長期出張と重なってしまいまして」

「会社は意地悪ねえ。お引っ越しの事情ぐらいわかっているでしょうに。お一人では大変だわ。息子が帰ってきていれば、お手伝いさせるんですけれど。あいにく、学校で」

大坪喜久枝は、誇らしげに、私立では一流と言われる大学の名をあげた。他の大学の角形の制帽とことなり、旧制高等学校の丸形を平たく押しつぶしたような形で、使い込んだふうにてかてか光らせるのが粋《いき》ということになっているらしい。学生は軟派が多いと噂されている。

「あなた、お若いのね。お幾つ？」

わたしは、耳をすませた。ほた、ほた、と水が滴るような音だ。

「すみません。ちょっと失礼します。水道が漏れているみたいなので」

「あ、お台所？　それじゃ」

木戸《きど》さんよ、多分、と言う大坪喜久枝の言葉を聞き流して、わたしは台所に行った。

「ほら、やっぱりそう」

大坪喜久枝の声は、すぐ背後で聞こえた。あがりこんでついてきていた。

水道の栓は閉まっているが、床に水たまりができている。

ほた、とまた雫《しずく》が垂れた。

見上げると、ベニヤ板の天井に大きい染みが広がりつつあり、雫はその隙間から垂れてくる。

「上の木戸さん、しょっちゅう、冷蔵庫の水を捨て忘れるから、溢《あふ》れて下まで漏るのよ。前にここに住んでいた山村《やまむら》さんの奥さん、よく、怒鳴り込みにいってたわ。天井裏に水が溜《た》まって漏電したらどうするんです、って喚《わめ》く声が、響きわたっていたわ。山村さんのお宅は冷蔵庫がなかったからよけい癪《しゃく》にさわったのよ、あれは」

そう言うあいだも、大坪喜久枝は、詮索《せんさく》がましい目で台所を見回す。研ぎ出しの流しと、焜炉《こんろ》一つしか置けないブリキ張りのガス台。ガス台の上には飛び散った油でかたまった埃が分厚くこびりつき、換気扇も油で黒く固まっている。前の住人は、まるで掃除というものをしなかったらしい。

「上の木戸さんは、ご夫婦とも、もと学校の先生で、とても気難しいの。あら、よかった。お宅も冷蔵庫使っていらっしゃるのね。氷屋にいえば、配達してくれてよ。後で、氷屋を教えてさしあげるわ。駅の近くよ。水を溢れさせないように、お気をつけあそばせね。お宅の下のおうち、河西《かさい》さん、うるさいのよ。ああ、まず、早く上に行って、木戸さんに水が漏ることをおっしゃらなくちゃ。その間、お留守番をしてさしあげましょうか」

「いえ、結構です。ありがとうございます」

ようやく大坪喜久枝は出ていった。

鉄の扉を閉める音が、騒々しく響いた。

実際の監獄がどういうふうなのか知る由もないけれど、この重い鉄の扉が印象を強めているのは、間違いない。

コンクリートの灰色の壁にはめ込まれた、青黒い鉄扉。ダストシュートの鉄扉と同じ色だ。ところどころ塗料が剝《は》げて、錆《さ》びた鉄の色が露出しているのも、ダストシュートと同じだ。郵便受けのスリットには、内側に押し開ける蓋《ふた》がついている。

その上に開けられた葉書大の覗《のぞ》き窓。鉄格子は嵌《は》まっていないけれど、訪問者を確かめるというより、こちらが監視されるような気分だ。

台所が水浸しになる前に、上に行ってこなくてはならない。ついでに、近所の挨拶をすませてしまおう、と思ったが、まだ蕎麦《そば》屋の券を用意してなかった。初対面早々苦情を言うのは、あまり気が進まない。しかし天井の染みは広がりつづけるし、垂れてくる雫の速度も心なしか早くなるようだ。染みの位置からみると、三階の木戸という人は、冷蔵庫を台所の真ん中に置いているとしか思えない。あんなところに置いたら、流しの前に立つこともできないだろうに。

片づける荷物は、たいして多くはない。まだ開けてない段ボールの箱が三つ四つ、六畳間の三尺の押入れの前においたままになっている。ほんの身の回りのものだけだ。蒲《ふ》団《とん》はすでに包みをほどいて、四畳半の一間の押入れに突っ込んである。大坪喜久枝がもし押入れの中をのぞいたら、「あら、お蒲団が一組ですの？　やっぱり、ご新婚なのねえ」ぐらいの刺《とげ》と皮肉のまじった言葉を投げてきそうだ。それとも、貧しくて二組は買えないと思うだろうか。

駱駝《らくだ》、とわたしはすでに、大坪喜久枝に綽名《あだな》をつけていた。砂漠の隊商の天幕に、まず顔を突っ込み、次第に全身入り込んで、天幕の主を追い出してしまうという話を、うろおぼえなのだが、子供のころ読んだような気がする。

窓の錠をねじって閉め、ベランダに続く台所の戸の鍵《かぎ》も閉め——それは、輪に鍵の先端をかけるごく簡単なものだ——、玄関——というのもおこがましい出入口——から踊り場に出た。青黒い鉄の扉は、鉄板を型で打ち抜く機械のような響きをたてて閉まった。

真鍮の大ぶりな鍵を鍵穴にさし込み、ひねった。

そのあいだ、背中に視線を感じた。振り向くと、向かい側の扉の覗き窓を塞《ふさ》いだ布が揺れていた。

一階まで下りた。一階の両側の扉の覗き窓も、それぞれ、内側から布で塞がれていた。右側は赤と白の千鳥格子に黄色い布でひよこのアップリケをした、幼稚園みたいな布がさがり、左側——わたしの住まいの真下にあたる——は、着物の端《はぎ》切れのような、地味な縞《しま》柄のセルで隠していた。

真っ先にしなくてはならないのは、覗き窓に布を下げることなのだと気がついた。襖は閉めてきたから、大坪喜久枝が鼻がつぶれるほど窓に顔を押しつけても、視野に入るのは破れをつくろった襖だけだろう。

駅の近くの商店街で蕎麦屋をさがしていたら、米屋のほうが先にみつかった。米穀通帳をみせて、配給の手続きをし、ついでに蕎麦屋への道を聞いた。引っ越し蕎麦の券を七枚買った。蕎麦屋の二軒先に氷屋があった。コンクリートの床はびしょ濡《ぬ》れで、籾殻《もみがら》が散っていた。牛乳屋を兼ねている。賢明な兼業だ。夏場はかき氷を店先で食べさせるのか、台の上に手回しの氷かき機が据えてある。まだかき氷の季節には早く、使わないときの手入れが悪いとみえ、錆びていた。

毎日届けてもらうように頼もうかと思ったが、大坪喜久枝の言葉を思い出した。

「木戸さんは、ご夫婦とも、もと学校の先生で、とても気難しいの。あら、よかった。

お宅も冷蔵庫使っていらっしゃるのね」

あのとき、心の隅にひっかかったのは、「あら、よかった」の一言だ。後にべらべら言葉が続いたので、聞き流してしまったが、なぜ、「あら、よかった」なのか。相手の意図は明瞭《めいりょう》だ。冷蔵庫を利用するつもりなのだ。生物《なまもの》を買うたびに、「ちょっと、入れておいてくださらない、夕方まで」と、大きな顔を駱駝のようにぬうっと突き出すのだろう。冷蔵庫は当分使わないことにして、何も言わず氷屋を出た。冷蔵庫の中のにおいは、もともと好きではない。濡れたブリキが放つにおいだろうか。戻るとすぐに、タオルを半分に切って、覗き窓の内側、上端に取り付けられている桟にひっかけた。

天井の染みはますますひろがっていた。

三階への階段をのぼったが、その前に、向かいの扉に目を向けた。覗き窓の布が、瞼《まぶた》を閉ざすように下りた。よほど暇なのか。

三階の、「木戸」と記した紙の名札が細い鉄の枠に差し込まれた扉を、ノックした。小窓の紅《あか》い縮緬《ちりめん》の布が動き、陰から目がのぞいた。

「下に新しく越してまいりました。ご挨拶にうかがいました」

扉が三十度ほど開いた。それ以上は開けないつもりらしく、ノブを手で押さえている。六十代半ば過ぎ、あるいは七十にもなろうかという不細工な老婆だ。平たい顔の両頬がブルドッグ形に垂れ下がっている。

蕎麦の券を差し出してから、水漏れが……と言いかけるや、「あら」と声を上げ、「ごめんあそばせ。すぐに捨てますわ」と、扉を閉めた。内鍵をかける音がした。

2

しつっこい新聞の勧誘は撃退したのだが、駱駝は、三、四日に一度は扉を叩《たた》く。鉄の扉を叩く音は、頭蓋《ずがい》をじかに叩かれるように騒々しい。最初は、案の定、冷蔵庫に生物をお願い、だった。壊れて使えないと言うと、「あら、ご不自由ね」と同情しながら、露骨に不満そうな顔をした。その後も、「お醤油《しょうゆ》をきらせてしまって。ほんの少しでいいんですけれど、貸していただけない？」「お味噌《みそ》を」「お塩を」果ては、お米を、と言いだす。貸すと返さない。扉を開けるや、土間に入り込み、何やらぐずぐずしているのが不愉快で、その上、顔を合わせるたびに、「ご主人はまだご出張？　お淋《さび》しいわね」と同情まじりにさぐりをいれてくるのもわずらわしい。「出張は、一年の予定なんです。もっと延びるかもしれません」「いっしょにいらっしゃればよかったのに。ああ、せっかく抽選があたったのに、一年もあけておけないわね。当選者が入らないと、権利を取り消されてしまいますものね」わかった顔で、駱駝はうなずいた。そうして、「でも、ときどき行ってさしあげないと、浮気されますよ」と、月並みな忠告を繰り返す。駱駝のノックの特徴がわかってからは、居留守を決め込むことにしたのだった。

台所の天井から水が漏れるたびに、わたしは三階に上り、扉をノックする。紅い縮緬がちょっと動き、隙間から覗いた目がわたしを認めると、あ、とも、う、ともつかない声が聞こえ、布が窓を覆う。それっきりだ。水の滴りは、しばらく止む。五、六日もすると、また、水が滴ってくる。

越してきて二十日も経つあいだに、何回、水漏れがあったことか。ノックして顔を見せるだけで、相手はそれと察するので、言葉を交わさなくてすむのは、気楽だ。耄碌《もうろく》婆さんだが、階下の住人の顔は見おぼえたとみえる。

外観は監獄めいているが、中に閉じこもっているかぎり、住み心地は悪くはない。扉を閉ざしてしまえば、他人の干渉にわずらわされないですむ。南側の狭い空き地の向こうはかなり急な傾斜地で雑木がひょろひょろ立っているだけだから、見晴らしはいい。ずっと遠くに、球形のガスタンクが二基、半ば重なってみえる。これも青黒く塗装されている。

食事の買物に出ないわけにはいかないし、冷蔵庫を使わないと買いおきができないから、日に一度は外に出るのだが、時をうまく選ばないと、階段の下に屯《たむろ》してお喋《しゃべ》りにふけっている女たちと出会うことになる。女の群れには、取り仕切るボスと、そのかたわらに侍《はべ》ってボスの威光を借りる小ボスが必ず存在する。巻き込まれずに通り抜けるのには、こつが必要だ。

　この日もまた、水が滴っていた。そろそろ梅雨入りとみえ、外も鬱陶《うっとう》しく湿っているというのに、家の中までかと、うんざりしながら三階に行くために扉を開けた。外開きだ。

　扉にぶつかりかけて、若い男が、後ろに退いた。

「お向かいの大坪です。母が出ていて、家に入れないんです。すみませんが、お宅のベランダから移らせてもらえませんか」

　二十《はたち》そこそこに見える。母親より背が低そうだ。生白い肌が、いきの悪い烏賊《いか》を思わせる。

「合鍵をお持ちじゃないんですか」

「僕のをなくしてしまって、作ろうと思いながら、まだ」

「ベランダから移れますか。距離がありますよ。危ないわ」

「大丈夫です」自信ありげに生烏賊は言った。

「ちょっとお待ちいただけますか。上に用があって」

「上ですか。また、木戸さん？」と、馴れ馴れしい。「じゃ、ここで待っていますから」

　わたしは扉に鍵をかけてから階段を上がった。戻ってくると、生烏賊は優等生っぽく、気をつけの姿勢で扉の前に立っていた。

「どうぞ」と招き入れてから、台所と六畳間の境の襖が開け放しだったのに気づいた。

しまった、と思ったときは、生烏賊はすでに台所に入っていた。

慎みという美徳は、母親同様息子にもそなわっておらず、台所に突っ立ったまま六畳間を眺めまわしている。

「あなたも、和文タイプをなさるんですか」

文机《ふづくえ》の上に、無骨なタイプライターが据えてある。

「これで孔版印刷の原版作るの、ガリ切りより、ずっと手間賃がいいんですってね」

英文用のタイプライターならさして場所を取らないが、和文のは文机一杯になるほど大きい。

孔版の原版作りは、蠟《ろう》をひいた原紙に活字を打ち込んでいく仕事だ。安上がりなガリ切りは、鉄筆で原紙に手書きする。わたしは、どちらもやったことがない。

「技術持っていると、強いですね。女の人の手内職っていったら、普通、封筒貼りとか、雑誌の付録の袋詰めとかでしょ。あれ、一個あたりにしたら、何銭という単位なんですってね」

台所からベランダに出る戸を開けた。

垂れ込めた雨雲は、まだ、雫をこぼしはじめてはいない。

大坪家のベランダとは、幅と奥行き二尺ほどのダストシュートで隔てられている。ベランダは三尺幅。二つのベランダのあいだに、二尺の空間がある。

生烏賊は、ダストシュートの小さい扉を開いた。下に溜まった厨芥の腐敗臭がたちのぼってきた。

「何か、長い棒ないですか」

「どうなさるの」

「うちの方の扉をついて開けたら、ここをくぐって行けるでしょ。あなたに足をおさえてもらって、躰《からだ》をのばせば、向こうにとどく」

「肩がつかえて、あなた、もぐれないわ」

「そうかな。僕はわりに華奢《きゃしゃ》なんだけど」

「肩幅、何センチ？」

「中学の身体検査以来、計ったことないですよ。忘れました。前に、お宅の部屋に住んでいた人、猫を殺してこの穴に捨てたんですよ」

「猫？　生き物を飼うのは禁止でしょ」

「野良猫です。前の人、浦上《うらかみ》さんていうんですけどね、その奥さん、みちこさんていうんですが、よく連れ込んでいました。薄汚い茶色の猫で、首を絞めて遊んでいるうちに死んじゃったので、捨てたんです」

浦上さん？　大坪喜久枝は、前の住人を、山村さんと言っていなかったか。水が漏れるたびに、上に怒鳴り込みに行き、その声が響きわたったと。

生烏賊の眼は、駱駝――母親ではなく、本物の――のように睫《まつげ》毛が滑稽《こっけい》なほど長いことに、わたしは気がついた。ほかの造作と不釣り合いだ。

「あなたもいっしょに、遊んでいたの？」

「あれ、どうしてわかります」

「その奥さん、自分から他人に喋らないでしょ、猫を殺したなんて。奥さんが絞めるのを、あなた、黙って見ていたの？」

「猫がマゾだったんですよ。みちこさんが絞めると、苦しそうにするくせに、何度でも遊びにきてたんだから。普通なら、寄りつかないでしょ。あ、みちこさんて、倫理道徳の倫に子なんですよ。倫理が猫を絞殺するんです」

「二階なのに、どうやって入ってくるの？」

「扉の前で、開くのをじっと待っていたりね」

「餌で手なずけたのかしら」

「それもあるけど」

「絞められる苦しさと餌を秤《はかり》にかけて、野良猫は苦しいのを我慢しても、餌を選んだ？」

「だから、言ったでしょ、マゾ猫だって」

「よほど、淋しかったのかしら」

「猫が？」

「その人が」

「人づきあいが悪くてね。あなたと似ていました。あなたも、近所の評判悪いですね」

「お高いって言われているんでしょ」

「ええ」

「男の子は、そんな告げ口しないの」

「〝の子〟がよけいだな。あなたと、年、幾つもちがわないと思いますよ」

「わたしは、ずっと年上よ」

「嘘だ。からかわないでください」

じゃれてくる相手に応対するのが面倒になり、先端にY字形の金具をつけた竹竿《たけざお》を生鳥賊に渡した。物干し竿の上げ下げに使う棒だ。

生鳥賊は穴に棒をつっこみ、向う側の扉の裏を、騒々しい音をたてて何度も突いた。

ゴミ穴に光がさしこんだ。そのとき、わたしは、ダストシュートの底が青く煌《きらめ》いたような気がした。

「向こうの扉を、棒で押さえていてください」

生鳥賊は少し身をかがめ、頭を突っ込んだが、両肩がつかえた。

「駄目ですね」

「駄目ね。早く、扉を閉めてよ。臭いがあがってきて、嫌だわ」

「では、次、やりましょう」

どうやるの？　とわたしが問うより早く、生鳥賊は、肩をくねらせ、するりと入った。まるで、躰が横一直線になったふうだ。両手で向こう側をつかみ、肘《ひじ》を曲げて身を乗りだした。躰の陰になって、どういうふうに動いたのかよくわからなかったが、それまでの彼からは想像もつかない俊敏な動作で、次の瞬間、生烏賊は穴を抜けており、蓋が閉まった。肌の色だけではない。動作も烏賊だ。

向こうのベランダに立ち、成功を讃《たた》える握手を求めるように手をのばした。両方で身を乗り出し手をのばせば触れあえる距離だが、わたしは無視した。生烏賊は、ちょっとキスを投げるような、この上なく気障《きざ》ったらしい、アメリカかぶれの仕草をし、姿を消した。台所の出入口には鍵がかかっていないらしい。

わたしは部屋に戻った。

占領軍が入ってきてから、ジャズだの英会話だのが大流行で、十代の若い子たちは、ユーがどうとか、ミーがどうとか、うそ寒い喋り方をしている。

文机の前に膝《ひざ》をくずして座った。前の住人は、どうして、この和文タイプライターを置いていったのだろう。

あなたも、和文タイプをなさるんですか、と生烏賊は、しらじらしいことを言っていた。これが前の住人の持物だということは、承知だろうに、何も言及しなかった。前の方の忘れ物よ、とわたしが言うのを待っていたのだろうか。話題が広がって話し込まれるのが嫌だから、故意に何も言わなかったのだが。

前の住人を、大坪喜久枝は〈山村さんの奥さん〉といい、息子は浦上倫子と言っていた。浦上というのは、山村のもう一つ前の住人か。

猫の話を知っているのだから、生烏賊がこの部屋をたびたび訪れたのは明白で、この機械だって目にしているだろうに。それとも、猫の話は、趣味の悪い嘘か。瞼を閉じたら、生烏賊の姿が浮かんで、困った。ダストシュートの投入口を一瞬にくぐりぬけたときの敏捷《びんしょう》な身のこなしが、不気味であり、同時にどきっとするほど新鮮でもあったのだ。その後の軽薄な投げキッスで、嫌悪感のほうが強くなったのだが、それにもかかわらず、あの動きが眼裏《まなうら》から消えない。

目をつぶるからいけない。気を紛らせようと、机を占めたタイプライターに目を向けた。

英文タイプライターは仕事だから十分こなせるが、和文は見るのも初めてだった。押入れの天袋に剝き出しで入れてあった。何だろうと、踏台にのぼって取り出したのだった。

　英文用なら、アルファベットと数字、記号で、キーは五十個ですむが、和文用は、機械の構造がまるで異なる。漢字、平仮名、片仮名、符号と、その活字は数え上げたら三千に及びそうだ。箱が何段にもなっていて、使用頻度の高い活字を使いやすい場所においてあるようだ。ハンドルを前後に操作して活字を拾わせるらしい。動かすたびに、鈑《ばん》金《きん》工場の機械みたいな音をたてる。活版印刷の植字工と印刷工を小規模にして兼ねるようなものかもしれない――どちらも、実際に見たことはないが――。和文は機械になじまない。文字の一つ一つに意味があり、美しい形を持っている。筆の穂先に墨をふくませ、書き流すのが、もっともふさわしいのだけれど、英文タイプライターの便利さに驚嘆した先人たちが、何とか和文に応用しようと苦心を重ねて結実させたのが、この機械なのだろう。

ありあわせの紙を挟み、把手《とって》を握って、所在ないままに、動かしてみた。目についた活字を、とりあえず拾ってみる。猫、と打ったのは、生烏賊から聞いた話が、思ったより強く意識に残っていたからか。

猫という字に、余計な線が入っているような気がする。目を凝らした。

獣偏の上端からのびた線が旁《つくり》の草冠と田のあいだを通って、右上のほうにゆるい弧を描いている。猫の首に紐《ひも》が絡みついているような案配だ。

実際、何か細い糸のようなものが絡んでいるのだ。髪の毛だ。

倫子という女の容貌《ようぼう》は生烏賊から一言も聞いていない。それなのに、顔色の悪い、髪だけはパーマもかけず黒々と艶《つや》のある、袖口《そでぐち》ののびたセーターは灰緑色で……と、はっきりと姿が眼裏に浮かんだ。

倫子は、髪の毛が絡んだ猫という字の印字を見て、猫の首を絞めることを思いついたのか、猫を絞めて遊んでいたから、わざと、活字に髪を絡めてみたのか。まあ、どっちでもいいことだ。第一、生烏賊の話が事実かどうか確かめようもないのだし。

猫、猫、猫、と打ってみる。どの猫も、首に髪の毛が絡みついている。

灰緑色のセーターを着た、浦上倫子は、わたしに背を向け、机の前に座っている。わたしは影になってしまって、後ろにうずくまって、倫子がタイプライターを打つ背中をぼんやり見ている。

後ろにいるのに、倫子の膝に猫がいるのがみえて、いつのまにかとろとろしていたのだと気づき、瞼を開ければ、わたしはタイプライターの上に突っ伏していた。夢のなかで倫子は猫の首に手をかけていただろうか。猫の方が大きくて力が強ければ、猫は倫子の首を絞めたかもしれないし、絞めるのも絞められるのも、愛撫《あいぶ》しあうよりはるかに深い絆《きずな》をかわしあっているように感じられて、もしかしたら、それは猫ではなく、大坪の息子かもしれないと思えて、わたしはまた、夢のなかにいる。大坪の息子は猫のように身軽にベランダからベランダに移る。

3

台所に雫が垂れているので三階に行き、ノックしたら、覗き窓の紅い縮緬がちょっと動き、扉が開いた。いつにないことなので、鉄の扉が顔にぶつかりそうになった。

「あんた、高瀬明子じゃないんだってね」元教師の老女は、ぶつぶつ言った。「本当は、ええと、なんだっけ、違う名前だってね。他人の名前で入居するのは、違反です。すぐに立ち退きなさい」

扉は鼻先で閉まった。鍵をかける音がした。階段を踊り場までおりた。踊り場にはガラスの嵌まっていない、ただの穴のような窓があって、雨がふりこみ、小さい水溜まりをつくっていた。肌寒いようで蒸し暑い、いやな陽気だ。戻ると、鉄の扉の郵便受けから、大型の封筒の端がはみ出していた。

中に入って、取り出した。高瀬様方として、わたしの名前が記してある。元女教師は、これを外から抜き取って、表書《おもてがき》を読んだのだろうか。それほど好奇心旺盛《おうせい》にはみえない。好奇心の塊なら、向かいの大坪母子だ。あのどちらかが盗み見したのだろう。そうして、階段を同じくする六軒に、言いふらしたか。

猛然と腹が立った。ばれるのは、別にたいしたことじゃない。室内に無断で入り込まれたに等しい怒りをおぼえたのだ。

わたしの新しい住所を知っている者は少ない。翻訳を引き受けている出版社の編集者は知っている。

校正刷りだろうと思いながら裏を返したら、差出人の名前がなかった。出版社からであれば、封筒に、社名が印刷されているはずだ。

先に台所の床に溜まった水を雑巾《ぞうきん》で拭《ふ》き取った。そうして、少し冷静に思い返した。封書は、三階から戻ってきたら、郵便受けに入っていたのだ。つまり、わたしが木戸婆に注意しにいっているあいだに封書は配達されたのだから、大坪の母親も息子も、盗み見て木戸婆に告げ口することはできない。どうして知ったんだろう。

壁に背中をもたれさせ、封をちぎって開けた。

中身は十数枚の、英文の印刷物だった。本を引きちぎった形跡がある。一瞥《いちべつ》したとたんに脳裏に浮かんだのが、森塚光太郎《もりづかこうたろう》の面長で痩《や》せた顔だ。

森塚は、わたしが女子専門学校に通っていたときの英文学の教師だ。

女専の二年のとき、戦況が悪化し、動員令によって、軍需工場で労働につくことになった。戦闘機の発動機を製作する工場だった。女学校、中学校の三年生以上がみな、動員の対象になっていた。わたしが配属されたのは勤労課の学徒係で、幼顔の残る十五、六の女学生たちの給料を算盤《そろばん》を使って計算したり、配給物の分配などをしていた。月給は、女学生十五円、中学生二十円（男の子は、倉庫係など、重労働につかされていた）、専門学校生は二十円、ただし一括してそれぞれの学校に送られるので、生徒たちは現金を手にすることはなかった。

学徒係の係長は、動員された大学生だった。わたしは、〈彼〉の名前をけっして口にすまいと思う。〈彼〉の名を、森塚だの大坪だのと並べることはできない。

わたしの父はソ満国境警備中に戦死し、兄は南方で戦死、内地に残っているのは母と祖母、わたしだけだったが、翌年の大空襲で、家と家族を失った。わたしは工場で仕事していたので生きのびた。工場の寮で暮らした。半分は脱脂大豆と麦という飯、あるいはアルミの椀《わん》に蒸し芋が一本だけという給食でも、支給されるだけ、助かった。敗戦とともに工場は閉鎖になり、寮も閉ざされた。

敗戦と同時に、戦争の責任は何もかもすべて軍人にあるということになってしまった。

戦争中は、愛国婦人会と記した襷《たすき》を斜め掛けにして、パーマネントは非国民とか、長い袂《たもと》はちょん切れとか、叫んでいた小母《おば》さんたちが、今は、戦争絶対反対だの封建主義絶滅だの女権拡張だのと声を嗄《か》らしている。それも真剣に。

わたしは森塚のところに相談に行った。東京に身寄りはおらず、他に頼る相手を思いつかなかった。

消失を免れた家に、森塚はひとりで暮らしていた。家族は田舎に疎開し、敗戦後も、田舎のほうが食糧が豊富だからと家族はそのまま残り、奥さんがときどき闇米をはこんだりしていた。

三畳間の離れに居候し、部屋代が只《ただ》であるかわり、炊事、洗濯、掃除、買い出しと、まあ、給料をもらわない住み込み女中というところだった。

森塚が別名を使ってペーパーバックの翻訳をやるようになったので、わたしの仕事はもう一つ増えた。勉強になるから、という名目で、下訳への報酬はでなかった。

アメリカの通俗娯楽小説は、まるでわたしの好みにあわなかったが、部屋を与えられ、食費も出さずに食べているのだから、家事労働のほかにこのくらいの仕事はしかたないと、好みは封じた。スラングがわからず、閉口した。ずいぶん誤訳もあったと思う。

駅の近くの闇市に買い出しに行くと、日曜日にはGIを見かけた。その側に占領軍に接収された教会があり、恵比寿《えびす》のキャンプなどから、若いGIたちが通ってくるのだった。二十にもならない、田舎からぽっと出てきたようなのが多く、実戦の経験のない連中なので、荒《すさ》んではいなかった。二、三人と顔見知りになり、翻訳をしているのだと理由を説明してスラングを訊《たず》ねると、笑いながら教えてくれた。なかにはひどい言葉もあって、ちょっと顔を赤くしながら口ごもる純情な子もいた。住宅街なのでGI相手の娼婦《しょうふ》はおらず、彼らによる強姦《ごうかん》騒ぎも起きなかった。日曜の昼間だ。起こしようもなかっただろう。GIは人懐こいが、将校は、黄色い現地人など目に入らないというふうだった。誘われて、彼らの日曜学校をのぞいた。牧師は気難しげな将校だった。無愛想な牧師は、

やがて、上の方から、現地人を手なずけるよう達しでもあったのか、わたしもGIに誘われた。日曜の午後、地元の日本人を数人ずつ茶会に呼ぶようになった。英会話の習得に役立つという目的かららしい。集まる日本人は、若い男女が多かった。薬くさく、不味《まず》かった。米軍の現地人教化は、この飲物に慣らすことから始まったようだ。牧師の妻が、皆に濃い褐色の液体の入ったコップを配った。

大陸の占領地で、日本軍は、宣撫工作を行った。日本語学校を開き現地の子供たちに賞状を与えたり、兵士は子供たちに日本の遊びを教えたりしたらしい。敗戦後は、こっ

ちが占領軍に、コーラと英語で宣撫されたわけだ。一度行っただけで、やめた。

森塚の翻訳は多忙になり、下訳がわたしひとりでは期日にまにあわず、他に三人ほど使うようになった。どれも、森塚の教え子だ。学制が変わり、女専は四年制の大学に昇格していた。同じペーパーバックの原書を二冊、森塚はもちい、一冊は手元におき、もう一冊は下訳者の数に千切りわけ、それぞれに渡す。勉強のためだからと、あいかわらず手数料はでなかった。

五十を過ぎている森塚を、わたしは謹厳な保護者と思っていたのだが、やがて躰に触りたがるようになった。わたしは対策を講じていた。森塚の訳稿を出版社に届ける役を買って出、編集者に、わたしの翻訳の実力を認めさせたのである。渡された原書を編集者の目の前で訳し、納得させた。森塚の執拗《しつよう》な接触をきっぱり振り払ったとき、わたしはすでに、じかに翻訳をまかせてもらう段取りを、編集者とつけていた。森塚は、出版社になにか不都合なことを重ねていたとかで――金銭関係らしい――、社は切るつもりになっていた。

わたしは森塚の家を出、アパートの一室を借りた。四畳半一間で、炊事場も手水《ちょうず》場も共用、風呂はなかった。それでも、襖に心張り棒をかって森塚の夜の侵入を防ぎ寝不足になるより、はるかにましだった。

戦争の末期、電車で工場に通っていたとき、途中で空襲警報が鳴り響き、乗客は全員、下車して近くの壕《ごう》に退避することがあった。警報が解除になっても電車は動かず、線路づたいに歩いた。一か所鉄橋を渡らねばならず、枕木の間からはるか下の川が見え、足がすくんだ。同じ電車に乗っていた〈彼〉が、手をひいてくれた。結婚を前提としないかぎり、異性とつきあうのは淫《みだ》らなことと戒められていた。鉄橋を渡り終えるや、〈彼〉は手を離した。ずっと前から、わたしは気がついていた。同じ車両に、しばしば〈彼〉が乗りあわせていることに。

　日を追って、警報は頻度を増し、電車が止まり、歩かねばならぬことが多くなった。〈彼〉とわたしは、それとなく、ホームで待ち合わせるようになった。言葉はかわさず――工場のなかで仕事の話をするのならともかく、人目の多いホームでは、肩を並べることさえはばかられる――、たいがい別の乗車口から乗り、目で相手の居場所を確認しあった。そうして、鉄橋をわたるときだけ、手をつなぎあった。痛いほど強く、〈彼〉は握ってくれた。

　晩春のあの日、渡っている最中に、警報は解除になっていたのに、爆音が響き、枕木に躰を伏せた。機銃の連続的な音、はじける音。片手に、肩がはずれそうな痛みと重みがかかり、すぐに楽になった。爆音と機銃掃射の音が消え、身を起こした。はるか眼下の川面《かわも》に紅い波紋がひろがっていた。翌日、工場で〈彼〉の葬儀が行われた。そうして、数か月後、わたしたちの国が降伏した。

　わたしは封書の中身に目を投げる。英文の所々に赤インキのアンダーラインがひいてある。その部分だけ拾い読みして、うんざりして屑籠《かご》に投げ捨てた。こんな手のこんだことをして、誤解を解きたいだの、好きだの、いついつ会おうだの。普通の手紙では、わたしが読みもせずに破り捨てると思って、気のきいたやり方をしたつもりか。わたしが面白がると森塚は思っているのか。

住所は、編集者から聞き出したのだ。編集者の身内で高瀬というのが、団地の抽選に当たって手続きをしたのに、支社に転勤になった。一年か二年で本社に復帰する見込みだという。抽選に当たった団地をあけておくことはできないが、夫も妻も、単身赴任を望まなかった。そのあいだの留守番を頼まれた。

当選者本人が入居するという原則に反するが、役所に事情を話せば、相手がよほど融通のきかない役人でないかぎり、認めてもらえる。しかし、代理と知れると近所の口がうるさいだろう、一々説明するのがわずらわしかったら、妻の名、高瀬明子を名乗っておけばいいと、編集者はちゃらんぽらんなことを言った。

名前なんてどうでもいいと、わたしも投げやりだった。〈彼〉の名前のほかに、わたしにとって大事な名は、ない。手を握りあって鉄橋をわたった、あの時以外に、現実は、ない。

敗戦後、突然、俄《にわか》に、いっせいに、人間の命は何よりも大切だと、騒々しく叫びだしたのだ。民主主義。反戦平和。人命尊重。嘘つけ。

高瀬夫妻が帰京するまでの繋《つな》ぎだ。戻ってきて入れ替わった後、二人は近所から白い目を向けられるだろうけれど、わたしは出て行くのだから、後のことは知らない。

木戸がわたしの本名を知っていた理由に、思い当たった。米穀通帳はごまかせない、米屋から聞き出したのも、嬉《うれ》しがって言いふらしたのも、大坪だろう。

その大坪の、ノックの音がした。特徴でわかるからいつも居留守を使っているのに、思わず開けてしまったのは、むかっ腹がたっていたからだろう。森塚への憤懣《ふんまん》が、大坪に重なって、わたしは恐ろしく不機嫌な顔をしていたようだ。扉を開けたとたん、大坪は、ぎょっとしたように後退《あとずさ》りした。媚《こ》び笑いを浮かべ、「あ、なんでもないんですの。ちょっとお味噌をきらしてしまって、貸していただけないかしらと……」

入り込まれないよう、わたしの方が扉の外に出た。

「お断りします」

「あら……」

本来なら、下手に出るのはわたしであるべきだ。弱みを握られたわけだから。吊《つ》るし上げというのが流行《はや》っている。階段中の女たちが集まって、毛筋ほどの非も許さないというふうにまくしたて始めたら、さぞ、うっとうしいことだろう。そうなったら、扉を閉めて籠城《ろうじょう》するまでだ。餓死は苦しいだろうな、とちょっと思ったが、どのみち、日々の暮らしは影でしかない。

「あの、お味噌、けっこうですわ」大坪はたじたじとなって手を振りながら、わたしの名前を口にした。米屋で確認したのだと言った。やっぱり。

「どうして、高瀬なんて名乗っていらっしゃるの。なにか事情がおありなら、打ち明けてくだされば、私、お味方するのに」

声を聞きつけたのか、向かいの扉が開き、肌の浅黒い若い男が顔を出した。

「ああ、おたく様と、初めてですわね。うちの息子ですの。よろしく」

顔も躰もでかいところが母親によく似た若い男は、曖昧《あいまい》な会釈をし、大坪喜久枝は、わたしが襲いかかろうとしたとでもいうふうに、そそくさと家に入った。青い鉄の扉が音をたてて閉まり、鍵を回す音がした。覗き窓の布がかすかに揺れた。端をめくって、こちらを凝視しているのだろう。

わたしも中に入り、扉を閉ざした。

六畳の出窓に、生烏賊が腰掛けていた。その前におかれた文机には、和文タイプライターが置きっぱなしだ。

「あなた、誰なの。どこから入ってきたの」

わたしの詰問に、生烏賊は、にこっとした。

奇妙なことに、生烏賊はたいそう感じよく見えた。睫毛の長い、色白の少年は、もはや、生烏賊を連想させはしなかった。

「生きていたくないんでしょ」と少年は言い、

「でも、積極的に死にたいわけでもない。宙ぶらりんですね」出窓に腰掛けた足をぶらぶらさせながら続けた。

「どうして、わかるの」

「浦上倫子が、そういう人だったんですよ」

「浦上倫子って、誰なの。前に住んでいたのは、山村さんだって聞いたわ」

「名前なんて、いい加減なものなんですよ。何の真実もあらわしていない。あなただって、そうでしょ」

「わたしの場合は、事情が……」と言いかけて、苦笑した。この少年に説明することでもない。

「まあ、人が納得するように言えば、筆名ですね、浦上倫子は」

「このタイプライターで、小説か詩でも書いていたの」

「ええ。猫をなぶりながら」

「出版なさったの？」

「書いては、焼いていましたよ。あの焼却炉で」

「生きたくもないけれど、死にたくもない人だったの？」

「ええ、あなたのように」

水が漏れるたびに怒鳴り込みにいくほどのエネルギーの持主と、生きているのも死ぬのも物憂いと感じる存在とは、あまり接点がない気がする。

もっとも、怒鳴り込みにいったというのは、大坪喜久枝ひとりが言ったことだから、事実はどうだったのか。わたしのように、渋々階段を上って扉をノックしただけかもしれない。

「あなたは、浦上倫子を、こうやって訪れていたの？」

「ええ、ときどき。訪れるというより、僕は引き寄せられるんですね、自然に。あなたや浦上さんのような——生きていたくもないし、とりたてて死ぬ理由もないし、細い糸の上でふらふらしているような人に」

「そうして、どちらか一方に決めさせる？」

「強要なんかしていません。自然に、決めるんですね、本人が」

「浦上さんには、猫の姿であらわれたの？」

わたしが言うと、少年は笑顔を見せた。

出窓から、身軽に、台所の前のベランダに飛び移った。そうして、わたしを手招いた。

わたしは台所からベランダに出た。

並んで、手すりに背をもたせかけた。

「今こうやって生きているほうが、空襲で死ぬのより、価値があるなんて、絶対思えない」わたしがつぶやくと、

「そう。確かなものなんて、ありませんね。目に見えても、手でさわれても」そう言って、相手は、愛らしい笑顔をこぼした。

「今、あなたにしか見えないもののほうが、本当は存在するのかもしれませんね。他は、すべて嘘」

相手はわたしを笑顔で捉えたまま、ダストシュートの青い小さい扉を開けた。

ここちよい香りがただよって、のぞき込むと、その奥底に、無限に広がる水があった。機銃掃射の連続的な音を、かすかに聴いた。水は、夕陽を映したようにほんのり赤かった。

「あの中に溶けてしまいたい」とつぶやいたら、相手はいっそうやさしい笑顔になって、どうぞ、というふうに手をのべた。

新吉、おまえの

新吉、おまえの下駄《げた》になりたいよ。おまえは、いつもは地下足袋《じかたび》だけれど、お祭りの夜は下駄だった。

おまえが初めて家にきたとき、わたしは幾つだっけか。学校にはまだあがっていなかったから、五つか六つか。最初は、初お目見えの下女たちのように、裏口から入って、台所の床にかしこまって、お母様に挨拶《あいさつ》をしたのだろうね。それとも、土間に立ったままか。そのとき、おまえは何を履いていたのだろうね。擦り切れた藁草履《わらぞうり》だったのか。歯のちびた下駄か。すぐにも仕事にかかれるように、はなから地下足袋だったのだろうか。わたしは、おまえが挨拶にきたのを見ていない。

だから、驚いたのだよ。わたしは風邪気で、熱がひどければ、離れの四畳半を病室にあてがわれるのだけれど、寝込むような大病人じゃないのだから茶の間で暖かくしていればいいとお父様に言われ、芯《しん》がぼうっとけだるい躰《からだ》を出窓にもたせかけていた。

ずっと昔のことなのに、そのとき着ていたのが、赤い地に大きな梅の花の模様を散らした元禄袖《げんろくそで》の、着物と羽織がおついの綿入れだったのを覚えている。その上からばあやが毛糸の襟巻きを巻きつけたものだから、首のまわりがうっとうしくてならなかった。

風が吹き込むから窓を開けないようにと言われている。出窓のガラス障子はちょっと奇妙な造りになっていた。引き違いの二枚は何の変哲もない鈍く曇ったすりガラスだが、出張った両側の一部に、濃い桃色の短冊形のガラスが嵌《は》まっていた。内玄関と大玄関をはさんで反対側になる、南に面して突き出た洋風の応接間の窓は、黒い鉄の桟の間に色ガラスを嵌めて葡萄《ぶどう》の模様をあらわした舶来のステンドグラスがいかにもふさわしいのだけれど、茶の間の出窓の濃い桃色のガラスは、わたしの目には、なんだか嫌なものに映ったよ。どんよりと濁った曇りガラスも好きではなかったけれど、短冊形の桃色は、たいそう嫌な色に思えた。ねえやのネルの腰巻と似ていた。お母様の御腰は淡い藤色だった。いつもガラスの色を気にしていたわけじゃない。その日は少し熱っぽかったから、よけい、どぎつい桃色が嫌だったのかもしれない。

退屈して、画帳をひろげ、色鉛筆で絵を描いた。画帳も薄い木の箱におさめられた二十四本の色鉛筆も、お父様の患者の一人である外国航路の船長さんが土産にくれた上等なもので、お母様は、子供が使うには贅沢《ぜいたく》すぎると取り上げてしまわれた。わたしが与えられて使っていたのは、石板と細い蠟《ろう》の石筆だけだった。

お父様お母様にさからうことはめったにしなかったのだけれど、このときだけは、泣いたよ。大きな声で泣きわめいたらお父様の機嫌が悪くなるし、お母様は外で泣きなさいと仰《おっしゃ》るから、泣いていることを悟られまいとしたのにどうしても声がもれて、先に根負けしたのはお父様だった。お父様はいつも甘やかすと小声でつぶやきながら、お母様は邪険な手つきで色鉛筆の箱をわたしにくださった。箱の蓋《ふた》には、そりゃあ綺麗《きれい》な異国の絵がついていた。森の中に女の人がパラソルをさして立っているのだったよ。素足で。

その絵をまねて描こうと、わたしは、していた。どんなに一生懸命まねしても、子供のいたずら描きのような下手くそな絵にしかならないのだもの。――子供だったのだから、あたりまえか――。

お母様だのばあやだのねえやだのが、茶の間を出入りするけれど、気にしなかった。そのうち、だれもいなくなって、茶の間はひっそりした。お母様は縁側で、子守のねえやが遊ばせる弟を見守りながら、編物をしていらっしゃるのだと思った。

邪魔な襟巻きをもぎとり、女の人の素足が踏む草むらを描きながら、ガラス窓の外に、なにか動くものの気配を感じた。

背伸びして、ガラス戸を細くあけてみた。柴垣《しばがき》が内玄関と茶の間をへだて、大玄関の俥寄《くるまよ》せも窓からは見えない。茶の間の前庭には山茶花《さざんか》が花をつけている。わたしは写真でしか顔を知らないお祖母《ばあ》様がこの花をお好きで、植えさせたものだという。

もう少し広く窓をあけて見下ろしたら、おまえは窓のすぐ下にかがみこんで草をむしっていた。わたしを見上げて、ちょっと笑ったね。大人が子供にむける愛想笑い。わたしはすぐに窓を閉めた。少し動悸《どうき》が強くなっていた。見知らぬ人は、敵、と幼いころ、わたしはいつも感じていた。悪意を相手が剝《む》き出しにする前に、すばやく殻にとじこもる。顔見知りは、見知らぬ人よりいっそう油断ができない。そうして、家人は、もっとも手ごわい敵であった。いまも、その思いは変わりはしないけれどね。

　窓を閉ざしたあと、絵にとりかかった。緑だけでも三種類ある色鉛筆の、いちばん好きな緑は芯《しん》がすり減って、まっすぐに立ててもうまく塗れなくなった。鉛筆を削るということを、そのとき、わたしはまだ知らなかった。お母様が芯の黒い鉛筆で帳面になにか書いていらっしゃるのを見たことはあるし、御用聞きの小僧も短い鉛筆を耳のうしろに挟んでいた。でも、削っているところをそれまで見たことがなかったし、色鉛筆だって赤色のほかは、はじめて手にしたのだもの。大人はみな忙しいのだから、うかつに訊《たず》ねたら、やはり、まだ早すぎると、お母様に取り上げられようもの。鉛筆の後ろをみれば芯の端があるから、押し出せばいいのだろうかと試してみた。

　どうして大胆なことができたのだろうね、あのとき。もう一度窓を開けて、芯のすり減った色鉛筆を、屈《かが》みこんでいるおまえに突き出した。屈んだまま見上げたおまえは、色鉛筆とわたしの顔をみくらべ、笑い顔になって、緑の鉛筆をわたしの手からとった。

　おまえの服装は車夫のそれだった。紺の腹掛けの上に半纏《はんてん》を羽織り、紺の脚絆《きゃはん》に真新しい黒の地下足袋を履いていた。おまえは幾つだったんだか。十七か。八か。

　腹掛けが少し膨らんでいるのは、二つ折りにした本を脇《わき》から突っ込んであるからだ。おまえは小刀——後で名前を知った。肥後守《ひごのかみ》というのだね——を取り出して折り畳んだ刃をのばし、木肌に刃を食い込ませ、斜めにすいと削った。緑の芯があらわれた。窓枠をささえにして、おまえは、その先端を削った。貴重な緑の芯が惜しげもなく削り取られ、針のように鋭くなった。出来ばえを眺めてから、おまえは、ふたたび木肌に刃をいれた。菊の小さいはなびらのように、木肌はめくれた。つけ根をわずかに残しているので、落ちはしなかった。鉛筆のぐるりを途中まで削り、さらに幾重にも同じことを繰り返し、先端が小さい菊の花そっくりになった鉛筆を、わたしによこした。わたしは急いで窓を閉め、奇妙な形になった鉛筆をみつめた。おもしろがる気持ちと困惑した気持ちと、半々だった。ほかの色鉛筆と揃《そろ》わなくなってしまった。箱にいれたら、せっかくの花びらがとれる。

困っているとき、「お出かけでございます」と看護婦が触れる声が、襖《ふすま》越しに聞こえ、お母様が廊下を小走りに内玄関のほうに行く足音がつづいた。

　わたしも内玄関に行った。お母様はすでに外にお出になり、看護婦やねえやたちを従えて大玄関の前の俥寄せのわきにお立ちになっていた。弟は子守に抱かれていた。

　お父様はいつもお忙しい。母屋《おもや》と渡り廊下で繋《つな》がる医院の待合室には、朝の八時ごろから患者さんがつめかけ、九時の診察開始を待ちかねている。お父様がお昼飯《ひる》を召し上がるのは二時近く。そうして三時には往診に出て、帰っていらっしゃるのは夜の八時から九時。深夜、急患に呼び起こされることもある。

　この日、いつものように二人乗りの俥に、まずお父様がお乗りになり、つづいて乗った同伴の看護婦——あのときはだれだったか——に外に立つ看護婦の一人が黒革の往診鞄《かばん》をわたした。いつもどおりの手順だった。診察や往診のときは、お父様はいつも洋服を召していた。磨き立てられた黒い革の靴は沼の表面のようで、わたしは浴衣に下駄を履いたお父様がいちばん好きだった。

車夫が俥の柄《え》をもちあげた、その横顔を見て、わたしは少し驚いたのだった……と思う。それとも、前庭で草をむしっているおまえを見たとき、すぐに予期したのだったろうか。

それまでの抱えの車夫は解雇されたのだと、だれに言われなくても察しがついた。お父様もお母様も、鈍《のろ》いものを嫌い、貧しいものを蔑《さげす》み、狡《ずる》いものをお許しにならなかった。そうして、前の車夫はそのすべてにあてはまった。

おまえは、聡《さと》かった。賢かったけれど狡くはなかった。でも人のうちに雇われて働いていたのだから貧しかった。

おまえは、見送りのお母様たちにかるく会釈し、きびきびと走り出した。黒漆塗りの俥の背に金泥で描いた家紋は午後の陽を浴びながら遠ざかり、角を曲がって見えなくなった。見送る看護婦たちの緊張が少しほぐれ、子守の手に抱かれた弟をあやしたりしながら、診察棟に戻っていった。

そうして、おまえは、家に住み込むようになった。ほかの住み込みの雇い人は女ばかりだったから、俥の置場である納屋の隅が、おまえひとりの寝所にあてられた。

おまえはお父様にもお母様にも気に入られた。今度のは呑《の》み込みが早くてよい。若いから達者だ。患家のうけもよい。そう、お父様がお母様におっしゃっていた。

おまえの郷里がどこだったのか、わたしは知らない。藪入《やぶ》りはなかったのだろうか。盆も正月もおまえはうちにいた。盆正月は、お父様は休診だけれど、急患によばれ往診しなくてはならないことが突発的に起きたし、お母様の外出の供もしなくてはならなかったから、おまえには休日はなかったのではないかと、今になって思う。

お母様は雇い人を遊ばせておくのを嫌った。給金を払っているのだから、その分、絶え間なく働くべきだというのがお母様の信条だった。子守は弟のそばに四六時中ついていなくてはならず、ほかのねえやも、食事のかたづけ、掃除洗濯すべて終わって空いた時間は、絶えず縫物をさせられていた。

そんなだから、おまえが俥を曳《ひ》いていないときでも、お母様はしじゅう、なにかしら用を言いつけなさった。

わたしは、大人と手をつないで歩いてはいけないものと思い込んでいた。お母様の手をつかんで振り払われたことが何度かあったらしい。ものごころついたときはすでに、お母様と手をつなぐなど、思いもつかぬふうになっていた。まして、膝《ひざ》にのるなど、考えられない。お父様はいっそう厳《いか》めしく恐ろしい存在であり、まともに話をかわすどころか、からだが触れるほど近づくこともさけていた。色鉛筆を使わせろとお母様におっしゃった、あのときの閉口なさった表情に、松の固い幹の割れ目からやにが滲《にじ》むようにやわらかい感情がほんの少し零《こぼ》れたように感じられ、わたしはめんくらったのだった。

お母様は弟にはやさしい顔をお見せになった、と言ったら、おまえは、わたしがかってに僻《ひが》んでいるのだとお思いか。子守の手から抱きとって、弟を膝にのせておいでになることがあった。わたしはお母様の着物にさわると叱《しか》られた。汚れるといってね。女の子は家にいらぬもの。わたしは、このごろになって思うのだよ。お母様はずいぶん気儘《きまま》に権高くふるまっておいでだったけれど、嫁としての気苦労も、あれで、多かったのではないか。同じさがである女の子は、見るのもうとましくてならなかったのではないか。

わたしの目にさえ愛らしく映る弟は、看護婦だのねえやだのには、頬《ほお》ずりせずにはいられない愛らしさであったようだ。お世辞と本心のちがいは、四つ五つにもなれば、よく見抜ける。お父様やお母様の目のないところでも、雇い人は弟を可愛がった。わたしはよほど可愛げのない子供だったようだね。

早く床につかなくてはならないから、お風呂《ふろ》はわたしが一番早く入る。前の夜の残りを沸かしなおした湯だ。新湯《さらゆ》は、往診から帰ったお父様がお入りになる。わたしが出てから、栓を抜いて湯を落とし、新しい水を井戸から汲《く》んではこび湯船を満たして薪《まき》をくべて沸かすのだから、ねえやたちには、冬は凍え、夏は汗まみれになる仕事だった。お父様の後、お母様がお入りになる。奉公人たちは銭湯に行く。

風呂の焚口《たきぐち》は外にある。ねえやに促されて裸になって湯につかったら、熱いのは上のほうだけで、下は水だったことが何度かあった。冷たいと言うと、少し我慢なさいまし、と舌打ちとともに怖い声で言われ、水が少しずつぬるくなり、どうにかあたたまるようになるまで、風呂桶《おけ》を出たり入ったりして待つのだった。ほかの大人に告げるということを、そのころ、わたしは思いつかなかったのだよ。ふりかかる悪意を、どうすることもできないのだとあきらめていた。

わたしは看護婦もねえやもお父様もお母様も怖かったけれど、おまえだけは怖くなかった。――お父様はそれでも、理不尽な叱りかたはなさらなかった。叱られるときは、いつも、わたしのほうに落ち度があった。お母さまの怒りは、いつ起きるか予測のつかない天災だ。そうして、わたしにたいしては、お母様はいつも不機嫌だった。お母様が機嫌のよいのは、機嫌のよい弟をあやしておいでになるときだけだった。

往診にお出になるお父様をお見送りするのが、わたしは楽しくなったよ。お父様と看護婦をのせた俥の長柄をぐいと持ち上げるとき、前方をみつめたおまえの眉根《まゆね》が、一瞬、けわしくひそめられる。腕から肩に力がこもり、脚絆に包まれたふくら脛《はぎ》がこりりと盛り上がって、地下足袋の踵《かかと》があがって爪先《つまさき》が地を蹴《け》って、俥は軽々と走り出す。

ごくまれに、休診日の夕方、お父様がわたしを散歩に連れ出すことがあった。夏だけだったと思う。記憶のなかで、お散歩のお父様は、いつも浴衣で、素足に黒い太い鼻緒の下駄を履いていらしったから。お父様は夕陽にむかってすたすた歩き、少し後ろからついていくわたしは、お父様の歩幅にはあわせようもないから、小走りになる。そのときだって、手をつなぐことはなかった。

　学校にあがった年の夏、お祭りの宵宮におまえといっしょに行った。おまえは当たり前のようにわたしの手を引いた。ふたりだけだった。わたしは水色の地に白い大きい百《ゆ》合《り》の花を描いた絽《ろ》の浴衣に、百合の花粉のような黄色のしごきをしめていた。おまえは、糊《のり》のきいた紺の浴衣を着ていたっけよ。お父様のお古を、お母様がおまえにやったのだった。お母様はご自分で洗い張りをして縫いなおしてから、おまえにお下げになった。そうなのだよ。その浴衣は、お父様がお散歩のとき着ておられた。お父様のにおいは石《せっ》鹸《けん》のにおいに消され、かわりにお日様のにおいを布目のあいだにとじこめた。お母様が針目をとき、洗濯なさり、糊をつけて張り板に張りなさるのを、そうして、くけ台をおいて針をはこび、乾いた布を浴衣に仕立てておいでになるのを、わたしは逐一見ていたよ。おまえの手のなかにわたしの指が包まれていた。おまえの顔よりわたしの目に入りやすいのは、おまえの足だった。素足に前緒のゆるんだ下駄をつっかけていたのだけれど、歯がすり減って、板草履みたようだったよ。

　ことに前のほうがすり減って、親指なんか、ほとんど地面についていた。無骨な足なのに、爪ばかり、どうしてあんなに綺麗だったんだか。お父様がお使いになるパイプの、磨いた象牙《ぞうげ》の吸い口のような色と艶《つや》だった。

　お宮さんの近くの店で、蜜《みつ》のかかったかき氷を食べた。お父様は不衛生な買い食いを禁じておられた。お祭りだっても、鼈甲飴《べっこうあめ》もしんこ細工も、見ているだけだった。だからね、おまえに何もねだりはしなかった。生まれて初めてだったよ、竹の縁台に腰掛けて青い縁のガラスの器に盛られたかき氷を薄い匙《さじ》ですくって食べたのは。

おまえは縁台で片胡坐《かたあぐら》をかいていた。左足は地面に、右足は下駄を脱いで折り曲げ、踵が左の膝の上にあった。いつもは地下足袋にかくれているおまえの素足を、しげしげとみつめたっけ。

触らなくてもね、おまえの踵がたいそう厚く固いのがわかった。正月も七日をすぎた鏡餅《かがみもち》のようにひび割れていたもの。樫《かし》の彫物のような足の裏の、窪《くぼ》んだ土踏まずだけが柔らかい色をしていた。

匙の中で氷は溶けた。ひび割れに垂らしたのは、悪気じゃあなかったよ。干からびた割れ目がほとびるだろうと思ったわけでもない。なんの気なしにやってしまった。細い運河を流れるように甘い氷水は流れて、土踏まずにひろがった。怒られるかと思ったら、おまえは面白そうに水の行方を目でたどっていた。

それから、おまえとわたしは、並ぶ夜店のあいだを抜けて、お宮さんのほうに行ったのだよ。おぼえておいでか。

石段をのぼった。おまえが少し歩きづらそうにしたのは、鼻緒がゆるいのと、溶けた氷水の蜜が足の裏で粘ったからだ。みたらしの水で口をそそぎ手を洗ってから、おまえは柄杓《ひしゃく》の水を足にもかけた。流れ落ちる泥水に、提灯《ちょうちん》のあかりが映った。踵のひび割れはそのとき、月を浮かべる堀のように見えた。
拝殿の横手にまわったら、闇《やみ》の中空に、仄白《ほのじろ》い紙の人形が踊っていた。手妻遣いは頭の禿げあがった老爺で、じべたにうずくまり、上目遣いにわたしとおまえを見ながら、指先だけをちょいちょいと動かし、それにつれて人形は飛びはねた。ときどき、人形にとりつけられた細い糸が見えるのだけれど、闇に動く人形の奇妙な感じを損ないはしなかった。

おまえが足をすべらせて転びかけたのは、下駄の歯が濡《ぬ》れていたせいか。それとも、突然、わたしが声をあげたからか。人形の顔がふいに、お母様に見えたのだよ。大きさはほんの掌《てのひら》ほどの、うすっぺらい紙人形なのに、そのとき、はっきり見えた。たしかに、お母様であった。

鼻緒のゆるんだおまえのちびた下駄は、はずみで、二つに割れてしまった。おまえは両足とも裸足《はだし》になり、下駄は懐にいれて歩いた。おまえの下駄になりたいと、思ったよ。

次の夜、本祭にわたしをつれていったのは、ばあやだった。ばあやはかき氷を食べさせてくれなかった。みたらしの側に、わたしは、新吉、おまえを見かけたよ。近寄ったら、お母様がおまえの下駄になっていた。お母様は心地良さそうにおまえに履かれておいでだった。お脱ぎ、とわたしはおまえに命じた。まだおまえの足指の跡もついていない下駄を、わたしはつかんで、両方ともみたらしの石に叩《たた》きつけて割った。

その夜、お母様は亡くなったけれど、わたしのせいじゃあないと思うよ。わたしは人と会うのがけうとくて、あれからずっと暗いお部屋に入ったきりだけれど、新吉、おまえの下駄になりたいと、そればかり、思っている。

桑の木の下で

姉が桑の木の下に行く日が近づいたので、蛇の抜け殻を探しに出た。

容易《たやす》く見つかるものではない。季《すえ》や、季や、どごさ行ぐ。三輪《みわ》姉ちゃの衣《きぬ》探しけ。声をかけられても、無言で通り過ぎる。

薄餅《すすきもち》食《け》ていがねか、季や。縁《えん》に背を丸めたお小夜婆《さよばっぱ》が干涸《ひか》らびた指を伸ばして招いた。お小夜婆の孫娘は、剝《む》け損なった。

太素麵《ふとぞうめん》食ていがねか、季や。加瀬《かせ》のおんじにも誘われた。加瀬のおんじの妹も剝け損なった。

朝露に藁《わら》草履を濡《ぬ》らして野菫《のすみれ》の群落をよぎった。野の面《も》が一眸《いちぼう》濃紫になる季節は終わり、雑草の原と変わらない。

季やい。どごさ行ぐ。

タケの年のわりに野太い声が背中を襲い、足を速めようとしたら、濡れた藁の鼻緒が切れ、つんのめった。

がっしりと肩を摑《つか》まれ、地に這《は》いつくばらずにすんだ。

三輪の衣探しだべ。んだべ。

返事をしないでいると、下駄《げた》を脱ぎ裸足《はだし》になって、履けと言った。いらね、と言ったが、見捨て奉《まつ》りて我一人いかで帰らん帰られん、と鼻唄《はなうた》を歌いながらしゃがみこみ、鼻緒の切れた藁草履を投げ捨て、この正行《まさつら》は年こそは、いまだ若けれもろともに、御供仕《おんともつか》えん死出《しで》の旅、と強い力で季の足首を握り、強引に自分の下駄を履かせた。

春の学芸会で、六年生が櫻井《さくらい》の別れを短い劇にして演じた。タケたち四年生は、舞台の脇で、青葉繁れる櫻井のと合唱した。二年生の季は見ていただけだ。タケはこの歌が気に入ったかして、その後も時折口ずさんでいる。

タケの下駄は、季には鼻緒が緩く、歩きにくいったらない。

濡れ雑巾《ぞうきん》みでな藁草履より、なんぼか、いがべ。

お小夜婆の家からずっと後をつけてきたタケのほうが濡れ雑巾みたいだと、季は思う。

タケの父親は市会議員で、お小夜婆が何より自慢にしている。事あるごとに、「おら家《え》の忠治郎《つんずろ》が」と口にする。忠治郎は長男で、次男の名前がなぜか桃太郎《ももたろう》だ。おら家の忠治郎も桃太郎も前妻の息子で、お小夜婆と血のつながりはない。

お小夜婆は妾《めかけ》あがりで、本妻が死んだ後、正妻になおった。夫は長男が議員になる前に死んだ。

水商売の色気は涸れ果て、ぞろり金歯の綽名《あだな》もある。上の前歯四本が金で覆われ、青光りしている。

家が小火《ぼや》をだしたときの、お小夜婆の勇姿は語りぐさになっている。藁屋根の上に仁王立ちになり、火伏せの呪《まじな》いに赤い腰巻きを振りまわしつつ、おら家が火事だ、助《す》けてけろ、と火の見の鐘よりでかい声でおらび、村中の者が駆けつけた。

そんな名家でも、タケの姉、タマは剝け損なって薄餅になった。タマが剝け損なったのはそのお小夜婆はよそ者だから、やりようをわきまえていない。タマが剝け損なったのはそのせいだと、陰で噂されているが、面と向かっては誰も言わない。

市会議員様は市の中心地に別宅を構え、農村にある本宅にはめったに帰ってこない。妻は死に、タケとタマの世話はお小夜婆にまかせきりだ。忠治郎が手元に置かないのは、二人ながらできが悪く、我が子と誇って人前に出すことができないからだ。そう、取り沙汰《ざた》されている。別宅には小綺麗《こぎれい》な女がいて、おら家の忠治郎はたいそう具合よく暮らしている。

タマはさゆりとも呼ばれた。そう呼んだのは、去年の春先、首府から静養にきた橘《たちばな》という若い男で、お小夜婆の家の離れを借りていた。都会者はハイカラな蓄音機とレコードを持参しており、折らずに置いてきた山蔭《やまかげ》の小百合、と歌うレコードをしばしばかけた。人が見つけたら手を出すだろう。風がなぶったら、露こぼそうものを。自分でも小さく声を合わせながら橘はタマ姉の身八口に手を突っ込んでいたと、タケは季に告げたのだった。折ればよかった、遠慮が過ぎた。

傍若無人のお小夜婆が、橘には遠慮していた。橘の父に、おら家の忠治郎が恩義があるためで、その恩義というのが何なのか、タケは知らないと言った。季は興味がないから聞き流したが、誘われて――というよりは命令されて――、いっしょに離れに行った。季の父は忠治郎の小作人であった。父が死んだとき、女手では無理だから畑を返せと言われたが、母親はきかず、小作料は滞らせない約束で畑仕事も養蚕も続けている。離れにはタマが先にきており、蓄音機の丸い板の上でレコードがまわっていた。人が見つけたら手を出すだろう。風がなぶったら……。学校で習う唱歌とはまるで異なり、季は、わけもなく惹《ひ》かれた。

橘は紙巻煙草をふかしていた。細めた唇から吐き出される煙が、タマの髪にまつわった。タケは二人の間に割り込み、橘の胸に頭をごりごり押しつけて、じゃれた。

所在なくあたりを見まわしていたら、文机《ふづくえ》の上におかれた紙が目についた。

墨で格子状に罫線《けいせん》が引かれた和紙の束で、升目の中に一字ずつ文字が記された案配は綴《つづ》り方のようだが、小学校で配られる用紙よりよほど重々しい。

文机の上には黒光りのする太い万年筆とインク壺《つぼ》があり、それらは季が初めて目にするものであった。

脱皮すれば足が生える。そう思って蛇は、苦痛に耐えてゐる。といふのは、あまりに寓意《ぐうい》が露骨だ。

蛇はまず、大きく口を開く。人で言へば耳まで裂けたやうな口であるから、脱出の出口としては申し分ない。

　人間の口はあいにく、全身を脱出させるのに十分な大きさはなく、相当に苦労すると覚悟せねばなるまい。

蛇の鱗《うろこ》は白く、鼻面から尾の先端まで一筋黒い。

紙をめくって読み進んだ。

薄いゴムでくるんだ差し渡し一寸ほどの球形の羊羹《ようかん》は、駄菓子屋にありさうなものだが、何故か温泉地の土産物屋でしか売ってをらぬ。針の先でつつくとゴムは一瞬にして消失し、羊羹は水っぽくいっかうに美味ではないが、ゴムがはじけて小さい端切れになるさまが手妻めき、幼時の余にはそれが楽しみであった。

蛇も球体であれば、脱皮はいとも容易いであらうに、無駄に長い。

ゆゑに、苦しむ。

　しかし、人間よりはましであらう。人間の形態は、位相幾何学的に見れば蛇と同様一本の筒ではあるが、複雑な凹凸に富んでゐる。就中《なかんずく》、頭髪の部分に問題がある。毛髪は表皮に付随してゐるのであるから、皮膚を剝《は》ぎ取れば禿頭になる。蛇のやうに脱皮した後、そっくり同じ形態を保つことは不可能である。

　いや、タランチュラを思へ。蜘蛛《くも》でありながら、蛇の如く脱皮する奴だ。これは口から脱けるにあらず、頭胸部の表をはずし、脱出すると仄聞《そくぶん》する。全身短毛に覆はれてゐるが、一本一本の毛がすべて脱皮するのである。抜け殻も本体も、寸分違《たが》はぬ形状である。

人間の毛髪が脱皮ができぬとあっては、一介の毒蜘蛛にも劣るの謗りを免れまい。

読めるのか、と、いつの間にか傍にきていた橘が訊《き》いた。

担任教師の夫が本を貸してくれるので、難しい文字も読めるようになっていた。担任教師の髪は灰色だが、その夫の髪は黒々と艶《つや》があった。猫背の担任教師は、学校でただ一人、洋服を着ている。灰色の上着に灰色のスカート、白いブラウスで、襟にレースがついている。担任教師はこの土地で生まれ育ったというから、若い頃、巧《うま》く剝けたのだろう。剝けたからといって、その後、別段どうということもないのだな。そう、季は思う。

担任教師の夫はいつも紺の着物であった。冬は綿入れの襟元から駱駝《らくだ》色の下着がのぞいていた。よその土地からきた。仕事はしていないみたいだ。担任教師の夫と橘は年頃も顔立ちも似ていると、季には思えた。

季がうなずくと、意味はわかるのか、と橘は重ねて訊いた。

剝けることについて書いてあるのだと思ったが、自信がないので黙っていた。

桑の木の根もとに寝ころぶと、黒紫に熟れた房が恥じらいもなく垂れており、葉は蚕に食われるために、実もまた、ひたすら食われるために増殖する。

先を読もうとしたら、橘は何だか不機嫌な顔になって、紙の束を取り上げ、本棚の上に置いた。

インク壺がはずみで倒れた。蓋《ふた》をしてあるのでこぼれはしなかったが、季はその時、担任教師の夫の指を思い出した。よく書き物をしており、人差し指の腹が青く汚れていた。その指を季の口に入れた。唇をすぼめて舐《な》めたら、酸っぱい味がしたのだった。

　橘の人差し指も、青く汚れていた。

　家に帰ってから、井戸端で菜を洗っている三輪に口移しで、折らずに置いてきた山陰の、と教えた。折ればよかった、遠慮が過ぎたと二人で声を合わせていたら、桑の小枝を溢《あふ》れんばかりに詰め込んだ籠《かご》を担って戻ってきた母親が聞きつけ、ひどく嫌な顔をして、子供が歌う歌ではないと叱った。

　それからほどなく、タマは桑の木の下に行ったのだけれど、剝け損なって死に、薄餅になった。

　それが去年のことだ。橘は搗《つ》きたての薄餅を喉《のど》に詰まらせて死んだ。残った餅をお小夜婆は日干しにして錻力《ブリキ》の空き缶に入れ保存している。

　加瀬の家では薄餅にする際、スジハナギだけとりわけて筋太の素麵にした。加瀬のおんじは妹のために蛇の抜け殻をずいぶん沢山拾い集めてやった。それなのにうまくいかなかったのは、妹が不器用だったからだと、村の者は言っている。

　三輪と季の母親は他郷から嫁いだ。お小夜婆と同じく、しきたりを詳しくは知らない。生粋の土地の者は、よそ者に丁寧に教えはしない。口の堅い近隣の者に、母親は折あるごとに訊《たず》ね、蛇の抜け殻が必要だということはわかったが、それをどのように用いるのか、誰もが口を濁す。

　野菫の群落を抜けた。桑畑がのぞめた。若い小枝を片端から伐り取られる桑の木は、ずんぐりと丈が低い。伐られても伐られても新たな小枝が旺盛にのび葉を茂らせるので、握り拳《こぶし》の指の間から楊枝《ようじ》が何本も突き出たというふうな格好になる。

大沼さ行《あ》べじゃ。タケは誘った。

言われなくても、そこが、季が目指した場所であった。皮を剝く前、蛇は水を求める。季はまだ行ったことはなかった。人の話から、およその見当がつくだけだ。

　タケも正確な道は知らず、あてずっぽうに萱山《かややま》に分け入った。

　明日は腰揚げを下ろしてやると口癖のように言いながら母も姉も忙《せわ》しさに紛れ丈が短いままで、萱の葉をかき分けて歩む臑《すね》に、糸鋸《いとのこ》のような縁《へり》が幾筋も傷をつけた。タケは人差し指に唾《つば》をつけ、小さい血の粒が噴き出た季の傷口に塗った。

　タケが裸足なのが気にかかり、下駄を脱いで返そうとした。少し考えてから、タケは片足だけ履いた。二人とも歩きにくい結果になったのだが、足を踏み出すたびに肩を上げ下げしながら、タケは大いに満足そうであった。

　季は下駄を脱いで、両足裸足になった。タケの平手が季の横鬢《よこびん》をはたいた。季が睨《にら》むと、冗談だというふうに、妙に気弱な笑顔を見せた。季は片手の指に鼻緒をひっかけて持ち、タケは片足だけ下駄を履いた姿で歩んだ。

　足の下の土が湿り気を帯びるのを季は感じた。萱でふちどられた沼が、不意に目の前にあった。瞼《まぶた》を持たぬ眼のような沼に映るのは骨色の空ばかりだ。光が太陽というただ一つの天体から与えられるということを、季は、時々、信じがたい恐ろしいことのように感じる。このときも、その思いに摑まれた。光は水で溶いた絵の具のように薄められ、視野のすべてに淡く広がっていた。

タケの眼が不意に真剣に——獰猛《どうもう》なほど真剣に——なり、一点を凝視した。視線を追うと、樹木の根方に青大将が蠢《うごめ》いていた。青みどろのような躰《からだ》は、積もった朽ち葉と紛らわしい。

蛇がその下でのたうっている木は、桑畑のそれと同じものとは思えないほど丈が高い。一丈もありそうだが、葉の形と房の垂れた実から、これも桑だとわかった。

タケは屈《かが》み込み、同じようにしろと身振りで季に示した。

下駄を放り出し膝《ひざ》をつくと、土はじわりと水を吐いた。

三尺はあっぺな。タケの声音に畏怖《いふ》がこもった。胴の差し渡しは一寸ほどか。

太い弓のように弧を描いて地面から盛り上がった根の凹凸に脱ぐべき表皮の腹の鱗を引っかけ、青大将は蠕動《ぜんどう》していた。大きく割れた口の周辺を、上下に捲《めく》れた薄い半透明の膜が丸まって縁取り、頭部が次第に露《あら》わになるのを、季は凝視した。眼のあたりまで剝けた。眼の縁で引っかかったが、その難所を切り抜けた。表皮の眼の部分にも透明な膜があるのだと知った。先端が二つに裂けた細い黒い舌が木《こ》洩《も》れ陽を貫いていた。丸い眼は無表情だが、ひらめく舌は繊細な昂《たか》ぶりをあらわしていた。

伸縮して前進するたびに、鱗の痕《あと》が白く刻印された透明な表皮から裸身が露出した。尾が表皮の中を薄黒く進むさまが見える。空洞になった部分が、きしきしと小さい音をたてて縮んでいくような気がしたのだが、錯覚かも知れない。

日頃心に持ちながら大人に問い質《ただ》したことのない疑問が、このとき、また浮かんだ。剥け損なった者はいても、完全に剥けたという話は聞いたことがない。抜け殻を見たこともない。剥けるのがあまりに当たり前のことだから、誰も語らないのだろうか。腰揚げを下ろしたと、事々しく吹聴《ふいちょう》する者はだれもいないように。

ふと気づくと、沼が広がってきていた。沼の水にも満ち引きがあるのだろうか。

透明な表皮から全身脱けだした蛇は、生まれたばかりの朝の光を思わせた。触れたら溶けてしまいそうだ。

弱々しい皮膚は、瞬時にして強靭《きょうじん》な鱗に変わった。平らな腹部の両側の鱗を地に打ち込み、首は帆柱さながらに屹立《きつりつ》し、櫂《かい》を漕《こ》ぐように前に進む。

迎え入れようと、沼の水もしきりに寄ってくる。

沼と蛇の間に、タケが突っ立っていた。片方だけ裸足の足首を鱗で撫《な》で、蛇は通りすぎた。

季は抜け殻に目を奪われた。にじり寄り、桑の木の根に引っかかっているそれを、両手でそっと持ち上げた。存在しないかのように軽く淡かった。おずおずと、それから少し力を入れて両方にひっぱってみた。担任教師が身につけているレースの襟に似ていた。

大きく裂けた口に左の人差し指を差し込み、上下に動かした。タケに見せようと振り向いたら、タケは蛇の後を追って沼の方に行くところであった。

汀《みぎわ》で蛇に追いついた。下駄を履いていない方の足首に蛇は身を絡め、腹の両脇の鱗をタケの肌に食い込ませ、うねうねと這い上った。タケは足をゆるめず、水に踏み込んで行った。タケの躰が半分水に沈むころは、蛇は王冠のように頭に巻きつき、尾が長く背後に垂れていた。

見送ってから桑の木の下に行った。黒紫の実に右手を伸ばした。熟した実はそっと触れただけで地に落ちた。抜け殻をはずして地に置き、両手を伸べ、右の指で落とした実を左の手の平に受けた。

寝ころんだ。下草が着物越しに背を刺し、湿り気が背中に広がった。草の葉も、抜け殻の顔も、季の眼に巨大に映った。

タマもこうやって横になったのだろうか。加瀬のおんじの妹もこういうふうにしたのだろうか。

上半身を起こして沼の方を見たら、少しずつ汀が遠のき始めていた。水面には波紋もなかった。

剝けるのは、十五の年の六月、と決まっている。桑の実の熟れる六月ではあるけれど、十五の年は、季にはほど遠い。

木洩れ陽は梢《こずえ》の陰の薄暗がりにも淡く広がって、季はその中にすっぽり包まれていた。

桑の実を一粒、抜け殻の口に入れてやった。抜け殻に指をしゃぶられた。黒紫の実は空洞の中を静かに滑った。

そ、そら、そらそら、兎のダンス

クーラーが壊れたので、窓を開けたら、兎が一匹、飛び込んできた。床の一点に片脚で爪立《つまだ》ち、くるりと一回転して、床に仰向けになった。躰《からだ》が二つに開いた。続いて、もう一匹。これも、片脚でくるりと回り、床に仰向けになり、躰が二つに開いた。次々に飛び込んできて、つごう、七匹が、床に仰向き、開いた蟇口《がまぐち》みたいなかっこうになった。

これで終わりかと思ったら、子兎が三匹、いっしょに飛び込んできた。

床に仰向けになったが、躰が開かないので、困っている。

こうやるみたいよ、と、私は他の兎たちのやり方を教えてやった。

片脚で一回転するのが、必要みたいよ。そう教えて手本をやってみせ、のびのびと床に仰向けになったら、私の躰が、ぱかっと二つに開いた。

子兎どもは、嬉《うれ》しそうに私の中に飛び込み、内側から、私の躰を閉じた。

大きな空豆《そらまめ》に見間違えられるのではないかと、私は少し不安である。

水引草

草むらで拾った〈あ〉は、露草の青が染みていた。

ガラスの皿に入れ、出窓の金魚鉢と並べた。西陽がレエスのカーテン越しに差し込むと、〈あ〉の染みはうっすら紫になった。

〈め〉を拾ったのは、翌日、隣家の犬小屋の中だ。回覧板を持っていった時だ。小屋は勝手口の前においてある。秋田犬は昼寝していた。その顎《あご》の下で、〈め〉は犬の涎《よだれ》に濡《ぬ》れていた。いただいてもいいですか。どうぞ、どうぞ。こんなものでよろしかったら。隣家の夫人は愛想よく言った。隣家の主人とは気まずいことになっているから、夫人は誼《よしみ》を取り戻す好《よ》いきっかけになると思ったのだろう。打ち捨てられていた〈め〉をもらったからといって、隣家の主人と仲直りするつもりはない。庭の隅に物置を据えたら、うちからの景観が悪くなると怒鳴り込んできたのだ。物置の裏に目隠し塀を作らされた。

玄関先の植え込みに、種を蒔《ま》いたおぼえのない水引草が赤い小さい花をつけていた。どこからか種が飛んできたのだろう。隣家からではあるまい。あそこの庭には生えていない。

二茎切り取って、口の細長い白磁の器に挿し、金魚鉢とガラス皿との間に置いた。

〈め〉は秋田犬の涎と藁屑を洗い落とし、出窓のガラス皿に〈あ〉と並べた。

〈め〉は蝸牛《かたつむり》と似ているなと思いながら、夕食の仕度にかかった。昨日作ったグヤーシュの残りを温めるだけだから手間はかからない。深皿に移したグヤーシュとスプーンをテーブルに並べ、ふと出窓を見たら、〈あ〉と〈め〉がもつれ合っていた。むつんでいるのかと思ったら、〈め〉が〈あ〉の横棒を欲しがり、奪取と防衛の争奪戦になっているのだった。

ガラス皿に夕陽が溜《た》まった血まみれの戦場を、水引草の幾つもの紅《あか》い眼が見下ろしている。私は食べ終えた深皿とスプーンを洗い、居間の灯《あか》りを消した。すでに陽は落ちた。戦争の、かすかな音だけが聞こえる。

メタ・ドリーム

目覚めれば、夢の内容はほとんど忘れてしまうのだが、学齢前に見た夢で、いまだにおぼえているのがある。

たぶん、KKKの写真か絵の影響だろう、白い三角頭巾《ずきん》で頭から顔まですっぽり覆い、それに続く白い服の裾《すそ》を長く引いたお化けが数人、「タイチョウサマガ、ヤーラレター」と嘆き悲しんでいる。ただそれだけの他愛ない夢なのに、むやみに怖かった。逃げたくても躰《からだ》が動かないのは夢の中ではよくあることだ。目が覚めて、ほっとした。祖母の家で炬《こ》燵《たつ》に入ってうたた寝していたのだ。周囲が奇妙に黄色っぽく、私のかたわらで、異様に巨大な黒猫があくびをし、ああ、まだ夢の中なのだとわかった。

幾重にも夢に囲まれて、怖い夢から目覚めたら別の怖い夢の中ということは、その後何度も経験し、中身はすべて忘れたのに、ヤーラレターと黒猫の二重悪夢は、八十年経った今でも消えない。

楽しい夢というのは、見たことがない。

常に、不安が根底にある。

今住んでいる家に移ったのは半世紀に近い昔だが、越した当座は、毎夜金縛りにあっていた。ひたひたひたひたと複数の足音が近づき、やがて、姿はよくわからないけれど小人みたいな何かが、ひそひそさやさやと囁《ささや》きをかわしながら、胸に乗ったり髪の毛を引っ張ったりする。髪の毛は、痛いのだ。頭蓋《ずがい》の奥まで針金を突っ込まれるような痛さだ。金縛りの原因は解明されているから怪奇現象とは思わないが、実に不愉快で厭《いや》だった。最近はこのタイプの金縛りは生じなくなったが、襟元に風が入り、掛け蒲団《ぶとん》がふわりと浮き上がるという現象が、始終起きる。わたくし、稲生平太郎《いのうへいたろう》じゃないから、山《さ》ン本《もと》五郎左衛門《ごろうざえもん》が退散してくれるのをひたすら願うのみ。はっきりと目が覚めさえすればいいのだとわかっているが、意志の力で覚醒《かくせい》するのはなかなか困難だ。掛け蒲団がかって捲《めく》れて浮き上がるくらい何ほどのこともないのだけれど、厭な気分を伴うので困る。

　普通に眠っているときの夢の主題は、毎夜同じだ。

家への帰り道がわからない。

駅で路線案内を見ると、我が家への路線がない。

あるいは、乗り換えようと駅で下りたら、やはり、我が家への路線がない。

あるいは、電車の中で、ふと途中駅の名前を見たら、まるで知らない場所だ。

あるいは、家に帰ろうとしても、タクシーに乗れない。なぜか、どうしても乗れない。乗ったと思うと、とんでもない崖《がけ》っぷちを走っている。

どうにか家にたどり着くこともある。すると、石段が崩れて家に入れない。

たぶん、私が日常において並はずれた方向音痴であることから生じる不安が、迷子になる夢を生むのだろうと、解釈している。

小学校の二年のとき、引っ越し、転校した。授業が終わり帰宅する途中、新しい我が家への道がわからなくなった。

長じてからも、未知の場所では必ず迷う。数十年前、アイルランドを一人歩きしたとき、ホテルを出たら帰れなくなってしまった。道をたずねようにも、ホテルの名前をおぼえていなかった。ホテルの中では、当然、迷う。朝食に指定された食堂に行き着けない。カード式の鍵《かぎ》だと部屋番号が記されていない——番号をおぼえてもいない——から、部屋に戻れない。

日本での話だが、レストランで会食の途中、お手洗いに立ち、戻ってきて他人《ひと》様のテーブルの空いた椅子に腰掛けてしまった——これは方向音痴というより、そそっかしいというべきだろう——。

数ヶ月前に見た夢は、珍しく、方向音痴と関係なかった。色彩鮮やかで、初めから終わりまで明瞭《めいりょう》におぼえている。私の目の前に、坐卓《ざたく》だか炬燵だかをへだてて、見知らぬ小父《おじ》さんが坐《すわ》っている。その顔が、テレビのような横長の長方形でむやみに大きく、のっぺりと朱色だった。ドングリ眼《まなこ》の上の眉《まゆ》が木炭を置いたみたいに黒々と太い。赤鬼さんに似ているが、角はなかった。その小父さんの耳の穴に、紫色の小鳥が入り込んだ。尾羽がもぞもぞはみ出しているのを、小父さんは平手でぼんと叩《たた》き入れた。とたんに、頭の天辺《てっぺん》が爆発し、小鳥が垂直に飛び出した。珍しい夢だったので、短編の冒頭に使用した。

その後はあいかわらず帰り道がわからなくなる夢ばかりで、うんざりしている。まったく進歩も変化もない。

方向音痴と片づけ音痴は、関連性があるのだろうか。どうにも部屋を片づけられない。必要なものは紛失し、不要なものばかりが溢《あふ》れている。資料を広げる余地もない。デスクトップ型のパソコンは、辛うじてキーボードを操作するスペースを空けてあるのだが、しばしば本がなだれ落ち、その度に気が散る。

カフェラテの味が気に入っている喫茶店に、ノートパソコンをかかえて出張し、仕事場の代わりにしていたら、突然、閉店してしまった——私のせいじゃないと思うけれど——。やむを得ず他の店を開拓した。カフェラテはなくてカフェオレだけれど、思いのほか美味《おい》しく、毎日通っている。二方が壁の隅っこを定席にし、ノートパソコンを広げる。

そのテーブルに先客がいるので、一つ手前の席に着いた。夢見が悪かったのは、この不運の暗示か。定席でないと落ち着かないのだ。先客は四十代の男性で、目立たない地味なスーツだが、耳の穴から紫色の尾羽が飛び出しているので、私はやはりまだ夢の中にいるのだと思う。飛び出した尾羽はエアコンのかすかな風に揺れている。男性が平手でばんと耳を叩き、頭が爆発しない限り、夢の外に出られないので、締め切りに遅れないよう、この原稿はただちにメール添付で担当編集者に送ることにする。

そんなわけですので、Mさん、夢の中で受け取ってください。読者も夢の中で読んでくださると思います。

蜘蛛が踊る

あぶら寺と、呼んでいた。油ではなく脂なのだと、みんな――字を知らない小さい子も――わかっていたんだ、きっと。よそから来たわたしだけが、わからなかった。小母《おば》さんに訊《き》いてみたが、そんな寺はないと言われた。あぶら寺と呼ぶのは子供たちだけなのかもしれない。第一、野原にお寺は建っていない。お寺どころか、建物は何一つなくて、どこまでも草むらが続く。

子供たちは二人お持ちの縄跳びで遊ぶ。お嬢さま、お入んなさい。わたしは跳べないから、見ている。じゃんけんぽん。負けたら、あぶら寺に行きなさい。みんながいっせいに陽炎《かげろう》が揺れる野原の向こうを指さす。負けた子は、泣く泣く陽炎の中に消えてゆく。そして、しばらくして、顔色が悪くなってみんなのところに戻ってくる。

じゃんけんに弱い子がいて、何度もあぶら寺に行かされた。その度に瘦《や》せ細り、やがて姿を見なくなった。

突然、わたしはわかった。子供の脂でできているんだ、あぶら寺は。負けた子供はあぶら寺で脂をとられるんだ。

夕焼け小焼けでみんな家に帰る。

小母さんのところに帰っても辛《つら》いだけだから、一人残って草むらに足を投げ出していた。露草が揺れた。蜘蛛《くも》の群れが動いていた。さやや、さややと露草を揺らし、どこから湧き出たんだか、陽炎消えて夕陽が沈んで、蜘蛛の群れは原っぱを覆って、素早い動きで地平を目指して、宙に浮かんで踊りながら糸を張り巡らしはじめたから、白いぼんやりした何かが見えるようになって、ああ、お寺の屋根じゃないか。蚕《かいこ》の糸みたいに艶《つや》のある蜘蛛の糸で覆われた屋根は真っ白で、たいそう浄《きよ》らかで、あぶら寺じゃない、雪寺だ。子供たちの恐怖のしみこんだ脂は蜘蛛の糸に吸われて、じょうかする、と小さい蜘蛛がわたしに教えたけれど、どういう字を書くのかわからなかった。しょうかすると言ったのかもしれない。足首から先がないわたしの右脚に、小さい蜘蛛は這《は》い上がった。お前もじょうかしよう。沢山の蜘蛛が、右脚から太腿《ふともも》、お腹から胴、胸、とわたしの全身を這い回った。繭《まゆ》になった。わたしは雪寺と一つに溶けあいたくて草むらをころがり進んだ。月がのぼった。蜘蛛たちが煌《きら》めき、寺は光の塊になった。

幻影写真画／金子富之

そこは、わたしの人形の

途中の踊り場で、なぜ、こんなところに鳥居があるの？　幸子《さちこ》に訊《き》いたら、知らないと首を振った。三つ編みの長いお下げが揺れた。傾斜の急な石段が上の道路と下の道路をつなぐ中程にある踊り場の右側に台地がひろがり、わたしの背丈より低い、柴犬《しばいぬ》くらいならどうにか通り抜けられそうな小さい鳥居が、二十か三十か、一番奥のは背後の崖《がけ》に凭《もた》れかかり、他のが次々に凭れて、風が吹き荒れたら総倒れになりそうだ。朱塗りの色が鮮やかで、そんなに古いものではないようだ。

いそがなくちゃ。遅れるよ。幸子が急《せ》きたてた。下のバス通りに面して建つ教会の子供礼拝に、幸子に誘われるままに日曜ごとに行くようになって何度目だったか。居候としては、年上の従姉《いとこ》の命ずるままに従う他はなかった。初めて知った近道の、石段がくすんだ緑色なのは湿った苔《こけ》で覆われているためで、割れ目から雑草がのびていた。台地に自然に生えたのか、枝を伸ばした古木の細い梢《こずえ》が花をわずかにつけ、淡い花びらが苔の上に散っていた。

いつも大回りして緩やかな広い坂道を下るのだが、この日は幸子は寝坊して焦っていた。遅れると、カードもらえないよ。踊り場に立ち止まったわたしに、幸子は苛立《いらだ》った

人形制作・撮影／中川多理

声を浴びせた。基督《キリスト》や聖母の絵を印刷した小さいカードは、色刷りがずれて、面子《めんこ》より安っぽい。

先に立って降りてゆく幸子のズック靴の踵《かかと》に桃の花びらが貼りついた。後を追う気はなくて台地に入ってみた。見下ろす崖の下が、教会の裏手にあたることを知った。お寺のと同じような墓石が並んでいた。

鳥居の群に近寄った。供え物もなく、折り重なって聳《そび》える崖に寄りかかっている。地面に這《は》いつくばり、鳥居たちが作る洞穴の奥をのぞいた。

床の間にすえた雛壇《ひなだん》は、下が少しはみ出して、両側は隙間がある。幸子には、お雛様はあたしのだからね、と言い渡されている。

わたしの家にあった雛飾りはどうなったのか、知らない。母さまと姉さまが飾ったり仕舞ったりするのを手伝った。姉さまはもう一人の伯母《おば》さんの家にもらわれた。緋毛氈《ひもうせん》の端から白木の台の脚がのぞく。屈《かが》んで裏側に潜り込んだ。雛飾りのために掛け軸は外してある。壁に穴が開《あ》いていた。覗《のぞ》いてみた。

真ん中あたりがぼうっと明るくて、ああ、涙の沼なんだとわかった。薄墨みたいな愛らしい影が、沼のほとりに。ひとり？　ふたり？　その向こうから、わたしの眼が、覗いている。

去年《こぞ》はもとより昨夜《きぞ》とても、未生《みしょう》より時の涯《はて》までも、幼きものに哀しみのあらざるときやある。

中川多理《なかがわたり》さんの人形……と書きかけて、少し躊躇《ためら》いました。〈人形〉と呼んでいいのでしょうか。この、哀しみと寂しみが凝《こご》って形をとった小さい人たちを。

一人一人に名前をつけて呼びかけたくなります。小さい人は、ふちが薄《うっす》らうるんだような瞼《まぶた》をあげるでしょう。でも、決して、泣きはしない。小さい人たちは、自分が哀しみで濡《ぬ》れていることさえ知らない。

この人形たちは、生きている子供たちの哀しみをそっと、胸の中に抱き取って、そうして、浄化して、子供たちに返す。そうしているという意識もなく。

中川さんの師・吉田良《よしだりょう》氏とは、浅からぬゆかりがあります。一九八七年。ハンス・ベルメールの球体関節人形に魅せられたころ、吉田氏の球体関節人形写真集『星体遊戯』に書店で出遭い、一目でとらわれました。そのころのお名前は良一《りょういち》でした。編集者をとおして拙作の装画に使わせていただきたいとお願いしたところ、ご快諾とともに、お宅に招いてくださり、少女人形と対面しました。吉田氏は私をそっと少女と二人きりにしてくださり、私はしばらくのあいだ、少女の前に座り込んでいました。生活する人間の時間とは別の〈時〉の中に、私はいました。

数年前、とうに絶版になっていた私のデビュー当時の短編集『トマト・ゲーム』が文庫版で再刊されることになったとき、ブック・デザイナーの柳川貴代《やながわたかよ》さんが装画に選んでくださったのが、中川多理さんの二人の少年でした。ハードカバーも前の文庫も、オートバイ小説なのでバイクの絵を使っていましたが、少年の球体関節人形をもちいるという発想は予想外の新鮮さでした。

その後、写真などを介してではあるけれど、中川多理さんの少年少女たちに接する機会が多くなり、パラボリカ・ビスや京都の春秋山荘《しゅんじゅうさんそう》に子供たちが集うお知らせをいただくたびに、どんなにか会いに行きたかったのだけれど、足弱の身で遠出ができず、写真を見ながら想像するのみでした。

あの薄白い少女たちの空間に身をおいたら、私のうつそみは消えるでしょう、しあわせな心地とともに。

「幽」誌から、特集〈人形／ヒトカタ〉の口絵にもちいるので、中川多理さんの人形たちをモチーフに、掌編を添えて欲しいとの依頼とともに、数葉の写真が送られてきました。

〈哀しみと浄化、そして救済〉。

人形たちが私に与えてくれた物語は、それでした。

書き上がった原稿を編集者をとおして中川さんにお送りしたところ、物語にさらにふさわしい場所に中川さんは少女たちを伴い、新たな写真を撮ってくださったのでした。

幼きものに哀しみのあらざるときやある。さはあれど涙の沼のひとがたに、憩わざる子はあらじとや。

あとがき

皆川博子

「絵の贈り物」という雑誌の口絵のシリーズに参加した一篇が、「夜のリフレーン」です。毎号、福田《ふくだ》隆義《たかよし》氏のイラストを先にいただき、それをもとに各作家が掌篇を創るという独特の企画でした。都筑《つづき》道夫《みちお》さんのようなショートショートの手《て》練《だ》れから、SFのヴェテラン山田《やまだ》正紀《まさき》さんや眉村《まゆむら》卓《たく》さん、時代物の池波《いけなみ》正太郎《しょうたろう》先生、藤沢《ふじさわ》周平《しゅうへい》先生とヴァラエティに富んだ作家陣でした。

この企画によって、私は、絵を発想の基にして創作するという手法の楽しさを知り、後年、絵や写真、詩歌などを発想元にした短篇集を幾つか出すようになりました。『ジャムの真昼』『絵小説』『蝶』などです。本書収録の「蜘蛛が踊る」「そこは、わたしの人形の」も、同じ手法によります。

本書の他の短篇は、突然、中間小説誌に書くようになって、何をどう書いたらいいのかわからず、おろおろ迷っていたころのものが多く、今読み返すと実に気恥ずかしいのですが、放っておけばそのまま消滅するものを、丹念に拾い集めてくださった日下《くさか》三蔵《さんぞう》さんには、心からお礼申し上げます。

何度か言及したり書いたりしていることですが、書きたいものが見え、好きなものを書けるようになったのは、長篇では『死の泉』短篇集では『ゆめこ縮緬《ちりめん》』以降です。その前の作でも、『花闇』『妖櫻記』『あの紫は』『変相能楽集』など幾つか例外はありますが。

長篇と短篇、どちらが書きやすいかと問われることがあります。長篇です。短篇は、実に難しい。長篇にしろ短篇にしろ、何十年書いても、こうやれば書ける、という確実な方法はみつかりません。

足もとおぼつかなく、日暮れて道遠しを痛感していますが、振り返ると過ぎた歳月が仄《ほの》かに明るいのは、日下さん始め、多くの方々が旧作に光を当ててくださっているおかげです。陽光は眩《まばゆ》すぎるので、月明かりで。

ありがとうございます。

編者解説

日下三蔵

1973年　第20回小説現代新人賞受賞（「アルカディアの夏」）
1985年　第38回日本推理作家協会賞長編部門受賞（『壁――旅芝居殺人事件』）
1986年　第95回直木《なおき》賞受賞（『恋紅』）
1990年　第3回柴田《しばた》錬三郎《れんざぶろう》賞受賞（『薔薇忌』）
1998年　第32回吉川英治《よしかわえいじ》文学賞受賞（『死の泉』）
2012年　第12回本格ミステリ大賞受賞（『開かせていただき光栄です』）
2012年　第16回日本ミステリー文学大賞受賞

文学賞の受賞歴を並べただけで一目瞭然《りょうぜん》だが、皆川博子は一貫してクオリティの高い作品を書き続け、それにふさわしい評価を得てきた作家である。その著者に対して「不遇の時代」というのはそぐわないかもしれないが、やはり、八〇年代までは時代の流れに恵まれなかった、と思ってしまう。

それは長篇偏重の出版傾向で、八八年、つまり昭和のうちに刊行された著書三十二冊のうち、短篇集は『トマト・ゲーム』（74年3月／講談社）、『水底の祭り』（76年6月／

文藝春秋）、『祝婚歌』（77年5月／立風書房）、『薔薇の血を流して』（77年12月／講談社）、『愛と髑髏《どくろ》と』（85年1月／光風社出版）と、わずかに五冊しかない。『壁――旅芝居殺人事件』の文春文庫版『旅芝居殺人事件』（87年9月）に初収録短篇六篇が併録されたりしているが、それにしても考えられない少なさである。短篇を書いていない訳ではなく、毎年十篇以上を小説誌に発表していながら、この状況だったのだ。

私が編集者として初めて皆川さんにお目にかかったのは九四年のことだが、単行本未収録短篇も含めた傑作選を作りたい、という申し出に対して、「短篇は本にならないと思って、よほど気に入ったもの以外は切り抜きも取っていないのよ」といわれて驚愕《きょうがく》した覚えがある。しかし、後から考えてみれば、皆川さんが「短篇は雑誌に載ってそれきりで、本にはならないもの」と思ってしまっても無理はなかったのだ。

結局、そのときに作った短篇集『悦楽園』（94年9月／出版芸術社）には未刊行作品四篇を採るにとどまったが、各誌から集めた単行本未収録短篇のコピーはどれもこれも面白く、いつか全部本にしたいものだ、と思った。

その後、発掘作品集としては、東雅夫《ひがしまさお》編『巫女』（94年12月／学習研究社）、日下三蔵編『鳥少年』（99年10月／徳間書店）、七北数人《ななきたかずと》編『ペガサスの挽歌』（12年10月／鳥有書林）などが出ているが、どの本も驚異的な高密度。これらを読んで「落ち穂拾いの作品集」と感じる人は、まずいないだろう。

二〇〇一年、東雅夫、千街晶之《せんがいあきゆき》両氏と白泉社で《皆川博子作品精華》（全3巻）を編

んだ際、『〈ミステリー編〉迷宮』を担当した千街くんは、解説でこう書いていた。

　今回、収録作品選定のためそれらの未収録作品群にも目を通したが、その作業は（一読者としては）まさしく至福の刻であったと同時に、（選者としては）多くの作品をふるい落とさなければならないという意味で大変悩ましくもあった。財宝の山に分け入ったはいいが、持参した革袋にそのすべてを収めることは無理と悟り、宝の殆どを残したまま下山を余儀なくされたトレジャー・ハンターの心境とでも言おうか。

　おそらくこの時点で、そうそう、その通り、と千街くんの言葉に深く共感したのは、東さんと私くらいだったのではないだろうか。

　その後も、機会を見つけては「皆川博子単行本未収録短篇」という山に登って、少しずつ財宝を持ち出してきた。二〇一三年から一七年にかけて出版芸術社から二期十巻を刊行した《皆川博子コレクション》に少しずつ収録したり、創元推理文庫版『鳥少年』（13年10月）と『結ぶ』（13年11月）に作品を増補したり、比較的新しい幻想系の作品を『影を買う店』（13年11月／河出書房新社）としてまとめたりといった具合である。

　実は当初、《皆川博子コレクション》への併録で、未刊行短篇はほぼ消化できるのではないか、と考えていたのだが、その見通しは甘かった。コレクション完結時点で六十篇近い作品が手元に残ってしまったのだ。

そこでその中から幻想小説系とミステリ系の短篇を選んで、二冊の作品集を作ることにした。その幻想小説集が、本書『夜のリフレーン』なのである。続いてもう一冊『夜のアポロン（仮題）』もあまり間を置かずに早川書房から刊行される予定である。〔その後、19年3月に刊行〕。

もちろん皆川作品のことなので、これはミステリ、こちらは幻想小説とはっきり分けられるものではない。どちらの要素も含んだ作品の方が多いくらいなので、二冊に分けたのは、あくまで便宜的なものと考えていただきたい。

本書に収めた作品の初出は、以下の通りである。

夜のリフレーン　「小説推理」78年7月号
夜、囚われて……　「Delica」77年7月号
スペシャル・メニュー　「小説現代」77年4月号
赤姫　「信濃毎日新聞」81年11月21日付
夜明け　「月刊カドカワ」84年12月号
陽射し　「別冊小説現代」86年3月号
恋人形　「婦人公論」87年8月増刊号
赤い砂漠　「毎日新聞夕刊」87年8月20日付
紡ぎ唄　「小説現代」87年9月号

踊り場　「婦人公論」88年8月増刊号
笛塚　「オール讀物」90年2月号
虹　「小説新潮」90年9月号
妖瞳　「小説新潮」92年2月号
七谷屋形　「小説新潮」93年3月号
島　「オール讀物」96年2月号
紅い鞋　「オール讀物」06年2月号
青い扉　「オール讀物」06年8月号
新吉、おまえの　「小説新潮」01年1月号
桑の木の下で　「新潮」10年7月号
そ、そら、そらそら、兎のダンス　光文社文庫『物語のルミナリエ』11年12月
水引草　「図書設計」85号（13年12月）
メタ・ドリーム　角川文庫『きっと、夢にみる』15年4月
蜘蛛が踊る　「幽」23号　15年6月
そこは、わたしの人形の「幽」25号　16年6月

表題作「夜のリフレーン」は双葉社の月刊誌「小説推理」の巻頭カラーページに掲載された。イラストレーターの福田隆義氏が描いた絵に、作家が短いストーリーを添える、

という趣向の連載「絵の贈り物」コーナーのために書かれたもの。七七年一月号から七八年十二月号までの連載で、参加した作家の顔ぶれは、吉行淳之介《よしゆきじゅんのすけ》、中田耕治《なかだこうじ》、藤沢周平、皆川博子、眉村卓、田村隆一《たむらりゅういち》、藤原審爾《ふじわらしんじ》、池波正太郎、中山《なかやま》あい子、多岐川恭《たきがわきょう》、柴田錬三郎、都筑道夫、戸川昌子《とがわまさこ》、田中小実昌《たなかこみまさ》、佐藤愛子《さとうあいこ》、森村誠一《もりむらせいいち》、谷恒生《たにこうせい》、樹下太郎《きのしたたろう》、山田正紀、河野典生《こうのてんせい》、赤江瀑《あかえばく》、藤本義一《ふじもとぎいち》という豪華メンバーであった。

この連載はハードカバー横開きの画集『画家から作家へ 絵の贈り物』（81年9月／PHP研究所）としてまとめられ、八三年十二月には角川文庫にも収められた。今回、福田氏のご厚意で、イラストを再録させていただくことができ、完全な形で単行本に収録することができた。記して感謝します。

絵師とのコラボとしては、岡田嘉夫《おかだよしお》氏とのタッグによる『絵双紙妖綺譚 朱鱗の家』（91年9月／角川書店）、『みだれ絵双紙 金瓶梅』（95年3月／講談社）、宇野亞喜良《うのあきら》氏との『絵小説』（06年7月／集英社）や絵本『マイマイとナイナイ』（11年10月／岩崎書店）があり、この作品はその嚆矢《こうし》といえる。

「夜、囚われて……」の掲載誌「Delica」は通販会社・千趣会の月刊誌。皆川博子は同誌の七八年五月号から翌年四月号にかけて長篇ミステリ『花の旅』（単行本化に際して『花の旅 夜の旅』と改題）を連載している。

「そ、そら、そらそら、兎のダンス」が掲載された『物語のルミナリエ』は井上雅彦《いのうえまさひこ》氏の編による書下しアンソロジー《異形コレクション》の第四十八巻にあたる。この巻のテーマは東日本大震災を受けた灯火《ともしび》としてのショート・ショートであった。「水引草」が掲載された「図書設計」は、装幀家、装画家の団体・日本図書設計家協会の機関誌である。一六年の十月から十一月にかけて、神田《かんだ》の紙の専門店竹尾の見本帖《ちょう》本店で「本迷宮――本を巡る不思議な物語」展という展覧会が開かれた際、会場で「図書設計」掲載のショート・ショート十篇をまとめたアンソロジー『本迷宮――本を巡る不思議な物語』が販売された。「水引草」もこれに収められている。参加メンバーは、眉村卓、間宮緑《まみやみどり》、皆川博子、北村薫《きたむらかおる》、倉阪鬼一郎《くらさかきいちろう》、松野志保《まつのしほ》、篠田真由美《しのだまゆみ》、酉島《とりしま》伝法《でんぽう》、多和田葉子《たわだようこ》、諏訪哲史《すわてつし》の十人であった。

『きっと、夢にみる』は「競作集〈怪談実話系〉」と「メタ・ドリーム」が掲載された

『画家から作家へ　絵の贈り物』
福田隆義 画
（PHP研究所）

『本迷宮
――本を巡る不思議な物語』
（日本図書設計家協会）

『きっと、夢にみる
競作集〈怪談実話系〉』
幽編集部 編　東雅夫 監修
中島京子、辻村深月 他著
（角川文庫）

『夜想#中川多理
――物語の中の少女』
中川多理 著
（ステュディオ・パラボリカ）

銘打たれた幽編集部編のアンソロジー。実質的には角川書店の怪談専門誌「幽」の編集長だった東雅夫氏の監修によるものである。

最後の二篇は、その「幽」に発表されたもの。「蜘蛛が踊る」は金子《かねこ》富之《とみゆき》氏の写真、「そこは、わたしの人形の」は中川多理氏の人形写真とのコラボである。今回、両氏のご厚意により写真も収録することができた。ありがとうございます。

「そこは、わたしの人形の」は中川氏の作品集『夜想#中川多理――物語の中の少女』（18年5月／ステュディオ・パラボリカ）に収録されたが、その際に付された皆川さんのエッセイを、本書にも収録させていただいた。新しい本なのに快く再録をお許しくださった中川さんとステュディオ・パラボリカさんに改めて感謝いたします。

一時は行き場を無くしかけていたこの本の企画を引き受けて素晴らしい本にしてくださったKADOKAWAの光森優子さんは、フリー編集者として皆川さんの『倒立する塔の殺人』（07年11月／理論社→PHP文芸文庫）を手がけられた。装画の佳嶋さんとデザインの柳川貴代さんという鉄壁の布陣で、見た目も中身も最高の本になったと思っています。

編者としては、皆川作品を愛する読者の皆さんに、この一冊を楽しんでいただけることを祈るばかりです。

※文庫化にあたり、情報を補足しました。

初出一覧

夜のリフレーン　「小説推理」1978年7月号
画／福田隆義
夜、囚われて……　「Delica」1977年7月号
スペシャル・メニュー　「小説現代」1977年4月号
赤姫　「信濃毎日新聞」1981年11月21日付
夜明け　「月刊カドカワ」1984年12月号
陽射し　「別冊小説現代」1986年3月号
恋人形　「婦人公論増刊」1987年8月号
赤い砂漠　「毎日新聞夕刊」1987年8月20日付
紡ぎ唄　「小説現代」1987年9月号
踊り場　「婦人公論増刊」1988年8月号
笛塚　「オール讀物」1990年2月号
虹　「小説新潮」1990年9月号

妖瞳　「小説新潮」１９９２年2月号
七谷屋形　「小説新潮」１９９３年3月号
島　「オール讀物」１９９６年2月号
紅い鞋　「オール讀物」２００６年2月号
青い扉　「オール讀物」２００６年8月号
新吉、おまえの　「小説新潮」２００１年1月号
桑の木の下で　「新潮」２０１０年7月号
そ、そら、そらそら、兎のダンス　光文社文庫『物語のルミナリエ』（２０１１年12月）
水引草　「図書設計」85号（２０１３年12月）
メタ・ドリーム　角川文庫『きっと、夢にみる　競作集〈怪談実話系〉』（２０１５年4月）
蜘蛛が踊る　「幽」23号（２０１５年6月）
幻影写真画／金子富之
そこは、わたしの人形の　小説「幽」25号（２０１６年6月）
随筆『夜想#中川多理――物語の中の少女』（２０１８年5月）
人形制作・撮影／中川多理

本書は、二〇一八年十月に小社より刊行
された単行本を文庫化したものです。

夜《よる》のリフレーン

皆川博子《みながわひろこ》　日下三蔵《くさかさんぞう》＝編

令和３年　２月25日　初版発行
令和６年　11月25日　再版発行

発行者●山下直久

発行●株式会社KADOKAWA
〒102-8177　東京都千代田区富士見2-13-3
電話　0570-002-301（ナビダイヤル）

角川文庫 22548

印刷所●株式会社KADOKAWA
製本所●株式会社KADOKAWA

表紙画●和田三造

●お問い合わせ
https://www.kadokawa.co.jp/（「お問い合わせ」へお進みください）
※内容によっては、お答えできない場合があります。
※サポートは日本国内のみとさせていただきます。
※Japanese text only

ISBN 978-4-04-111064-5　C0193

JASRAC 出 2010713-402

角川文庫発刊に際して

角川源義

第二次世界大戦の敗北は、軍事力の敗北であった以上に、私たちの若い文化力の敗退であった。私たちの文化が戦争に対して如何に無力であり、単なるあだ花に過ぎなかったかを、私たちは身を以て体験し痛感した。西洋近代文化の摂取にとって、明治以後八十年の歳月は決して短かすぎたとは言えない。にもかかわらず、近代文化の伝統を確立し、自由な批判と柔軟な良識に富む文化層として自らを形成することに私たちは失敗して来た。そしてこれは、各層への文化の普及滲透を任務とする出版人の責任でもあった。

一九四五年以来、私たちは再び振出しに戻り、第一歩から踏み出すことを余儀なくされた。これは大きな不幸ではあるが、反面、これまでの混沌・未熟・歪曲の中にあった我が国の文化に秩序と確たる基礎を齎らすためには絶好の機会でもある。角川書店は、このような祖国の文化的危機にあたり、微力をも顧みず再建の礎石たるべき抱負と決意とをもって出発したが、ここに創立以来の念願を果すべく角川文庫を発刊する。これまで刊行されたあらゆる全集叢書文庫類の長所と短所とを検討し、古今東西の不朽の典籍を、良心的編集のもとに、廉価に、そして書架にふさわしい美本として、多くのひとびとに提供しようとする。しかし私たちは徒らに百科全書的な知識のジレッタントを作ることを目的とせず、あくまで祖国の文化に秩序と再建への道を示し、この文庫を角川書店の栄ある事業として、今後永久に継続発展せしめ、学芸と教養との殿堂として大成せんことを期したい。多くの読書子の愛情ある忠言と支持とによって、この希望と抱負とを完遂せしめられんことを願う。

一九四九年五月三日